KB212896

DRAGON ORDER OF FLAME

Maze Orusia & Eriche Meidalla

폭염의 용제

Dragon order of FLAME

FANTASY FRONTIER SPIRIT
김재한 판타지 장편 소설

폭염의 용제 11

김재한 판타지 장편소설

초판 1쇄 찍은 날 § 2011년 12월 16일
초판 1쇄 펴낸 날 § 2011년 12월 23일

지은이 § 김재한
펴낸이 § 서경석

편집부장 § 권태완
편집책임 § 박우진

펴낸곳 § 도서출판 청어람
등록번호 § 제1081-1-89호
등록일자 § 1999. 5. 31
어람번호 § 제1-1306호

주소 § 경기도 부천시 원미구 심곡2동 163-2 서경B/D 3F (우) 420-822
전화 § 032-656-4452 팩스 § 032-656-4453
http://www.chungeoram.com
E-mail § chungeoram@chungeoram.com

ⓒ 김재한, 2011

ISBN 978-89-251-2715-6 04810
ISBN 978-89-251-2419-3 (세트)

11

하늘라의 악룡

폭염의 용제

김재한 판타지 장편 소설

FANTASY FRONTIER SPIRIT

Dragon order
of FLAME

Dragon order of FRAME

CHAPTER 46
싸우는 혼돈의 후계자들

폭염의 용제

1

쿠우웅! 쿠우웅!

거대한 얼음의 산이 움직인다. 한 걸음 앞으로 내딛을 때마다 지진이 일어난 듯 땅이 뒤흔들리고, 건물이 무너지며, 마치 한겨울이 찾아온 듯 주변의 모든 것이 울부짖는다.

그아아아아!

높이만도 50미터에 이르는 거대한 얼음 덩어리가 포효하는 광경은 직접 보면서도 현실감이 없었다.

"…포기하고 도망가 버리면 될 텐데 나도 참 왜 이렇게 무모해진 걸까?"

메이즈는 한숨 섞인 목소리로 투덜거리면서 검을 들었다.

칠흑의 보이드 아머가 그녀의 몸을 두텁게 감싸고, 보이드 블레이드가 마력을 발산하며 미미하게 진동한다.

저편에서 악어를 닮은 상위 용족 마법사, 하라자드가 외쳤다.

"발사!"

외침과 함께 용족들을 주축으로 한 20여 명의 마법사 군단이 파괴 마법을 퍼부었다. 고열의 섬광파와 화염 공격이 거대한 얼음의 산을 두들겨 댄다.

그 공격은 동산 정도는 일거에 박살 낼 위력이었다. 하지만 어째서인지 얼음 괴수의 근처에 가는 순간 그 주변에서 휘몰아치는 빙풍에 집어삼켜지듯이 기세가 약해졌다.

퍼버버버벙!

그래도 마법이 완전히 사라진 건 아니라서 상당수의 섬광과 화염이 얼음 괴수를 강타했다. 거대한 얼음 덩어리의 일부가 부서지면서 수증기가 끓어올랐다.

척 봐도 막대한 타격이었지만, 정작 공격을 한 당사자들은 전혀 기뻐하지 않았다.

"이 정도 화력으로는 견적도 안 나온다 이건가? 이건 뭐 이야기 주인공도 아니고 퇴치당해야 할 괴물 주제에 생명을 불태워서 엄청난 힘을 얻는다니, 구도가 거꾸로잖아?"

하라자드가 투덜거렸다. 그는 얼음 괴수가 폭주한 스피릿 비스트라는 것을 꿰뚫어보고 있었다.

그런 그의 눈앞에서 얼음 괴수의 부서졌던 부분이 금세 원래대로 회복되어 갔다.

얼음 괴수의 몸은 생명체의 그것이 아니다. 어디까지나 의념에 지배받는 얼음 덩어리일 뿐이다. 그렇기에 부서져도, 녹여도, 증발시켜도 금세 다시 회복되고 만다. 저 얼음 괴수가 제어하는 냉기의 규모는 그만큼 막강했다.

하라자드가 외쳤다.

"그럼 어디 이것도 받아봐라! 불의 왕이여, 용암을 어루만지는 자여, 숨결은 생명을 태우고 말씀은 대지를 잿더미로 바꾸노니, 내가 그대에게 빌리고자 하는 것은 관통하는 시선이라!"

우우우우우우!

공간이 울부짖으며 무시무시한 열기가 끓어올랐다. 하라자드가 쳐든 손 위로 화염이 집결하여 거대한 불의 창으로 화했다.

"무스펠하임의 창!"

외침과 함께 불의 창이 공간을 관통했다. 사람들이 그것이 발사됐다고 생각한 순간, 이미 음속을 초월한 속도로 얼음 괴수에게 도달하고 있었다.

꽈과과과광!

불길이 치솟으면서 열기가 폭발했다.

일거에 얼음 괴수의 몸 중 4분의 1이 날아가 버리면서 수증기가 끓어올랐다. 기온이 급격하게 변하면서 난기류가 휘몰아친다.

그러나 그것도 잠시였다. 갑자기 허공에 한기와 얼음 알갱이로 이루어진 눈과 얼음의 정령, 프로스티아 수십 개체가 출현하여 날카로운 목소리로 노래했다.

라아아아아아!

노래와 함께 기온이 다시 급강하했다. 한기가 소용돌이치면서 폭발적으로 부풀어오르던 수증기가 시간을 거꾸로 돌리듯이 물로, 그리고 얼음으로 변해 얼음 괴수의 몸에 달라붙었다.

그 광경을 본 하라자드가 기겁했다.

"뭐야? 정령이 정령을 소환해? 게다가 내 마법의 마력을 흡수하다니 이 도둑놈!"

비장의 마법 '무스펠하임의 창'은 위력의 반도 발휘되지 않았다. 얼음 괴수의 영역으로 들어가는 순간, 응집된 마력이 급속도로 흩어져 버렸기 때문이다. 그렇게 흩어진 마력은 얼음 괴수의 엘레멘탈 코어로 흡수되어 그 몸을 수복하는 데 사용되었다.

그어어어어어!

얼음 괴수가 포효했다. 동시에 그 입에서 고밀도로 응축된 한기가 연속적으로 뿜어져 나왔다.

퍼어어엉! 퍼어어어엉!

한기 덩어리가 작렬하는 곳마다 새하얀 폭발이 솟구치면서 반경 30미터 이내의 모든 것이 얼어붙었다.

얼음 괴수의 공격은 그것으로 끝이 아니었다. 허공에서 수백 개의 얼음 송곳이 생성되더니 일제히 지상으로 쏟아져 내렸다.

"이런!"

하라자드가 아차했다. 설마 이 정도 원거리 공격이 가능할 줄이야! 이대로라면 아직 피난 못한 사람들이 학살당한다!

투두두두두두두!

하라자드와 다른 마법사들이 즉시 대응에 들어갔지만 막아낸 것은 채 절반도 되지 않았다. 하지만 나머지도 피난 못한 사람들에게는 아무런 피해도 주지 못했다.

하라자드가 감탄했다.

"오, 다르칸 공!"

다르칸은 흑청색 중장 갑옷을 입은 채 지상에 서 있었다. 그의 주변에 떠 있는, 은은한 빛에 휩싸인 커다란 방패 수십 개가 사람들을 얼음 송곳의 소나기로부터 지켜냈다.

"고, 고맙습니다."

그의 바로 뒤에 서 있던 소녀가 떨리는 목소리로 인사했다. 다르칸은 흘끔 그녀를 돌아보며 말했다.

"어서 가시오. 여긴 위험하니."

그 직후 한기 덩어리들이 그곳을 맹습했다. 하지만 다르칸이 지팡이를 들어 올리며 말했다.

"실드 콜로니, 냉기 속성 대응 모드. 방어용 실드는 전부 발열 개시!"

후우우우우!

그러자 허공에 떠 있던 방패들이 고열을 발산하기 시작했다. 그리고 그 중 열 개의 방패가 한곳으로 뭉쳐서 한기 덩어리를 받아냈다.

파아아아앙!

한기가 뜨거운 방패들의 군집과 부딪치며 그대로 흩어져 버렸다. 후끈한 바람이 주변을 휩쓰는 가운데, 다르칸이 넋을 잃고 있던 사람들에게 외쳤다.

"빨리 가시오! 우물쭈물하고 있다가는 무슨 일을 당할지 모르니!"

"네, 넷!"

사람들은 허겁지겁 달아나기 시작했다. 하지만 그 와중에도 상당수의 사람들이 다르칸에게 두 손 모아 인사하는 것을 보며, 다르칸은 가슴 한구석이 간질거리는 것을 느꼈다.

"인간을 지킨다는 것도… 나쁘지 않은 기분이군."

─다르칸! 기분 좋은 건 알겠는데 지원 좀 해! 방패 몇 개만 보내줘!

그때 메이즈의 통신이 날아들었다. 다르칸이 놀라서 상황을 살피니 메이즈가 한기와 얼음 송곳들을 피하면서 얼음 괴수에게 접근하려고 애를 쓰고 있었다.

메이즈가 얼어붙은 건물에 내려섰다. 그와 동시에 프로스티아들이 달려들면서 한기 덩어리를 쏟아냈다.

파아아아앙!

메이즈는 급속도로 자라나는 얼음 기둥을 피해서 다시 날아올랐다. 동시에 황금의 뇌격을 발해서 프로스티아들의 움직임을 묶은 뒤 보이드 블레이드를 휘둘러서 베어버렸다.

꺄아아아아!

프로스티아들이 날카로운 비명을 지르며 소멸해 간다. 강력한 마법의 힘이 담긴 보이드 블레이드는 정령조차도 일격에 소멸시킬 수 있었다.

하지만 그 직후 사람 머리통만 한 우박들이 비처럼 쏟아져서 메이즈를 두들겼다.

투다다다당!

"꺄아아아아!"

균형을 잃은 메이즈가 비명을 지르며 빙글빙글 돌았다. 그대로 지상에 추락하지 않은 것은 다르칸이 보낸 실드 콜로니의 방패가 그녀를 받치고 날아올랐기 때문이었다.

"으으윽! 뭐가 이리 많아! 사기야!"

메이즈가 짜증을 냈다.

저 얼음 괴수는 원거리에서 마법으로 두들겨 봤자 큰 피해를 주지 못한다. 그래서 접근해서 직접 물리적으로 파괴할 생각이었는데, 도무지 접근할 수가 없었다.

일단 주변에 휘몰아치는 냉기의 바람이 장난 아니다. 보통 인간이라면 들어가는 순간 얼음 덩어리로 화해서 날아가 버릴 정도다.

그리고 그 권역에 소환되어서 날아다니는 프로스티아의 수가 슬슬 백여 개체에 달하고 있다.

또한 얼음 괴수가 날려대는 공격이 너무 광범위해서 그걸 막아내는 것만으로도 벅차다. 처음에는 열심히 공격을 퍼붓던 하라자드도 이제는 완전히 방어에 전념하고 있었다.

하라자드의 통신이 날아들었다.

—메이즈 양! 이대로는 이놈이 왕궁까지 가겠어! 어떻게든 저지해야 하네!

계속해서 공격을 퍼붓고 있는데도 얼음 괴수는 착실하게 왕궁을 향해 전진하고 있었다. 이대로는 10분 안에 왕궁 정문을 넘고 만다!

메이즈가 신음했다.

"으으, 보이드 발리스타를 쏠 틈이라도 벌 수 있다면……."

"그 틈, 내가 만들어 드려도 되겠소?"

메이즈는 옆에서 들려온 목소리에 깜짝 놀랐다. 어느새 바위 같은 근육질의 중년 남자, 발타르 나탈이 옆을 날아다니는 방패에 올라타 있었다.

메이즈는 그를 보는 순간, 급박한 상황이라는 것도 잊고 묻고 말았다.

"…혹시 안 추우세요?"

여기는 극지방의 동토라고 해도 믿을 정도의 한기가 휘몰아치고 있었다. 그런데 발타르는 반소매 옷을 입은 채 마법의 비호조차 없이 이곳에 진입했다.

생각지도 못한 반응에 발타르는 눈을 동그랗게 뜨더니, 곧 너털웃음을 터뜨렸다.

"하하하! 난 문제없소. 이 따위 한기는 내가 허락하지 않는 한 이몸을 침범할 수 없지."

그때 허공을 날아다니던 얼음 송곳들이 둘에게 날아들었다. 메이즈가 자세를 바로잡고 대응하려는 순간, 발타르가 방패를 박차고 뛰어올라 발차기를 날렸다.

콰콰콰쾅!

그가 발차기를 날리는 것만으로도 강력한 힘의 파동이 퍼져나가며 얼음 송곳들을 박살 내버렸다.

허공을 박차고 다시 방패 위에 올라탄 발타르가 말했다.

"나도 저놈의 지척까지 접근을 해야 제대로 한 방 먹이겠는데 그게 여의치 않아서 말이오. 워낙 덩치 큰 놈이라 그런지 속성력이 장난 아니게 세구먼. 혹시 아가씨에게 방법이 있다면…….."

"있어요. 피차 접근해야 할 것 같으니 잠시 틈을 만들어보죠."

"그럼 그동안 방어는 내게 맡기시오."

그어어어어어!

얼음 괴수가 둘을 위협으로 판단했는지 공격을 집중시켰다. 사방에서 우박과 얼음 송곳과 한기가 폭풍처럼 날아들었다.

발타르가 앞쪽으로 도약하더니 그대로 발을 뻗고 몸을 초고속으로 회전시켰다.

"드래곤 타이푼!"

콰콰콰콰콰!

외침과 함께 광포한 회오리바람이 일어나며 그 모든 공격을 붙잡아 소멸시켰다.

그것을 본 메이즈가 기가 막혀서 중얼거렸다.

"주인님이랑 그레이슨 씨 말고도 저런 사람이 있었네?"

그러면서도 메이즈는 자신이 할 일을 잊지는 않았다. 즉시 아공간을 열고 새로운 장비를 불러냈다.

"보이드 아머, 자이언트 암 장착!"

기기기기깅!

그녀의 등뒤에서 아공간이 열리면서 거대한 칠흑의 팔이 모습을 드러냈다. 그것은 인간의 팔보다 네 배는 더 큰 강철의 팔이었다.

철컥!

자이언트 암이 보이드 아머의 등 뒤에 장착되어서 뻗어 나갔다. 뒤이어 메이즈가 비장의 무기를 소환했다.

"보이드 발리스타!"

기기기기깅!

또다시 아공간이 열리면서 거대한 활이 모습을 드러냈다.

흘끔 뒤를 돌아본 발타르의 눈이 휘둥그레졌다.

"그, 그거 활이오?"

새카만 금속질로 이루어진 그 활은 보통 큰 게 아니었다. 도대체 이걸 어떻게 다룰 건지 의문스러울 정도로 큰, 당기기 전에는 그 길이가 무려 7미터에 달하며 3미터를 넘는 화살, 아니, 철창을 장전하고 올바른 궤도로 발사하기 위한 레일이 붙어 있는 구조였다. '발리스타'라는 이름이 딱 어울리는 사이즈다.

메이즈가 말했다.

"발리스타죠. 이걸 쏜 직후에 그 궤도를 따라서 뛰어드는 거예요."

"확실히 마법이 잘 안 먹히는 상황이니 이런 걸로 무식하게 때려 박으면 효과가 있긴 하겠지만… 한기는 어떻게 해결될 것 같지 않소만?"

발타르는 그렇게 물으면서 허공에다 발차기를 날렸다. 그러자 열파가 뻗어 나가면서 쏟아지는 한기를 박살 내버렸다.

메이즈가 자신있게 말했다.

"이건 그냥 무식하게 크기만 한 활이 아니거든요. 반드시 틈이 생겨요."

메이즈는 보이드 발리스타를 방패 위에 고정시킨 채 자이언트 암을 이용해서 화살을 장전하고 당기기 시작했다. 검은 금속질의 활대가 놀라울 정도로 탄력있게 휘어지면서 활줄이 위태위태할 정도까지 당겨졌다.

메이즈의 헬멧 안쪽에 빛으로 그려진 조준점과 궤도가 떠올랐다. 보이드 암즈를 제어하는 마법적인 시스템이 보이드 발리스타의 출력과 발사 궤도를 결정하고 있었다.

메이즈의 머릿속에 일체 감정이 없는 음성이 울렸다.

─보이드 발리스타, 발사 준비 완료.

"좋아! 발사!"

메이즈의 외침과 함께 보이드 발리스타가 발사되었다.

2

굉음이 울려 퍼지면서 마법적으로 가공된 새카만 철창이 레일을 타고 가속, 활줄을 떠나는 순간에는 음속의 다섯 배까지 가속해서 튀어나갔다.

콰콰콰콰콰콰!

한 박자 늦게 공기가 파열하면서 충격파가 터졌다. 철창이 얼음 괴수의 상체를 관통하자 놀랍게도 커다란 구멍이 뚫리면서 그 주변부가 박살 나서 하늘로 끌려 올라갔다.

쿠르르르르릉!

무수한 얼음 파편들이 열기에 녹아버리면서 수증기로 화한다. 열기와 한기가 서로 맞부딪치면서 광풍이 휘몰아쳤다.

메이즈는 보이드 발리스타의 반동을 이기지 못하고 비명을 지르며 날아가 버렸다.

"꺄아아아아아!"

보이드 아머를 입었을 때, 그녀의 체중은 200킬로그램을 넘는다. 게다가 지금은 자이언트 암까지 달아서 400킬로그램을 거뜬히 넘기고 있었다. 그런데도 보이드 발리스타의 반동을 이기지 못하고 공깃돌처럼 날아갔으니 반동이 얼마나 강했는지 알 만했다.

"나 참!"

빙글빙글 돌며 날아가는 메이즈의 귓가에 익숙한 목소리가 들려왔다. 그리고 그녀의 팔을 누군가 붙잡았다.

메이즈가 반색했다.

"주인님!"

루그가 그녀를 붙잡은 채 날고 있었다.

왕태자를 암살하려던 블레이즈 원의 조직원들을 전멸시킨 루그는 즉시 이곳을 향해 날아왔다. 그리고 앞을 가로막는 프로스티아들과 시시때때로 쏟아지는 공격들을 피하면서 여기까지 도달한 것이다.

문득 루그가 표정을 일그러뜨리며 말했다.

"메이즈……."

"응?"

"너, 너무 무거워. 팔이 빠질 것 같다."

"……."

맹렬하게 날아가는 400킬로그램 넘는 덩치를 붙잡았으니 당연하다. 루그가 아니었으면 그대로 끌려가 버렸을 것이다. 하지만 메이즈는 그 말에 울컥해서 꼬리로 루그의 뒤통수를 때렸다.

"악! 무슨 짓이야?"

"섬세한 여자의 마음에 대못을 박다니! 주인님은 좀 맞아도 싸!"

"야, 아파! 네 꼬리 지금 갑옷 둘렀잖아! 진짜 아프다고! 악! 그만하라니까!"

루그는 메이즈가 휘두르는 꼬리를 막아내면서 비명을 질렀다.

그때였다.

쿠우우우웅……!

굉음이 울려 퍼졌다.

루그도, 메이즈도 깜짝 놀라서 소리의 진원지를 바라보았다.

놀랍게도 얼음 괴수가 전진을 멈춘 채 흔들리고 있었다.

콰쾅! 콰아아아앙!

그 직후 연달아 폭음이 울려 퍼지며 얼음 괴수의 몸이 깨져 나가기 시작했다. 그것은 놀랍게도 얼음 괴수의 지척까지 도달한 단 한 명의 인간에 의해 벌어지는 일이었다.

그의 정체를 파악한 루그가 경악했다.

"로드리고 계파의 권사잖아? 저런 괴물이 있었나?"

발타르가 얼음 괴수에게 공격을 날리고 있었다. 스파이럴 스트림에 휘감긴 그의 발차기가 작렬할 때마다 얼음 괴수의 몸이 폭발하듯 터져 나간다. 얼음 괴수는 즉히 냉기를 제어해 몸을 복원했지만, 발타르가 부수는 속도가 더 빨랐다.

"대단해!"

메이즈가 감탄했다.

발타르와 얼음 괴수가 대치하는 것은 그야말로 개미와 코끼리가 맞서는 것처럼 보였다. 그러나 놀랍게도 그의 작은 몸에서 나오는 파괴력이 얼음 괴수를 멈추고 그 몸을 파괴하고 있었다.

"쳇. 기회주의자 같으니!"

메이즈의 말을 들은 루그가 투덜거렸다. 알라움 계파인 그는 로드리고 계파인 발타르가 활약하고, 그것에 메이즈가 감탄하는 모습이 영 못마땅했다.

볼카르가 물었다.

〈질투하나?〉

"무슨 헛소리야? 아니거든?"

루그는 발끈해서 쏘아붙이고는 메이즈를 돌아보며 말했다.

"메이즈, 간다!"

"응!"

루그와 메이즈가 고속 비행으로 얼음 괴수를 향해 돌격했다.

얼음 송곳이 비처럼 쏟아졌지만 그것들은 전부 다르칸이 보내준 실드 콜로니의 방패가 방어했다.

프로스티아들이 달려들었지만 루그가 발하는 폭염과 메이즈가 발하는 황금의 뇌격에 맞고 소멸했다.

얼음과 정령을 돌파하자 거대한 한기 덩어리가 날아들었다. 보이드 블레이드로 요격하려는 메이즈를 가로막으며 루그가 눈을 부릅떴다.

파아아아아앙!

오더 시그마 궁극의 방어 기술, 리버스 도메인이 전개되면서 한기 덩어리가 산산이 흩어져 버렸다.

그워어어어어!

얼음 괴수가 울부짖으며 팔을 휘둘렀다. 거대한 팔이 재앙처럼 날아들어서 둘을 후려갈긴다.

콰과과과광!

거기에 얻어맞은 건물이 단번에 박살 나버린다. 그러나 루그와 메이즈는 위로 솟구쳐서 그것을 피해내고 있었다.

메이즈가 보이드 블레이드에 내재된 공허의 힘을 불러일으켰다. 그러자 새카맣게 물든 공허의 칼날이 두께만도 10미터에 이르는 팔을 그대로 후려쳤다.

콰자자자작!

놀랍게도 공허의 칼날이 그려내는 궤적이 그 팔을 일격에 절단했다. 잘려서 낙하하던 팔이 얼음 괴수의 의념에 지배받아 허공에서 멈추는 순간, 루그가 낙하하면서 응축된 폭염을 날렸다.

콰아앙!

팔이 산산조각 나서 흩어졌다. 그 반동으로 하늘로 치솟는 루그를 향해 얼음 괴수가 또 다른 팔을 뻗는다.

그러자 지상에 있던 발타르의 눈이 빛났다.

'지금이다!'

지금까지 발타르는 큰 공격을 하지 못하고 작은 공격을 연거푸 날리는 데 집중하고 있었다. 얼음 괴수가 계속 팔을 휘둘러 그를 붙잡으려고 했기 때문이었다.

하지만 지금, 얼음 괴수의 신경이 루그와 메이즈에게 향하면서 그에게는 충분한 여유가 생겼다. 전신의 강체력이 불의 속성력으로 화해 스파이럴 스트림과 융합, 오른 다리에 무시무시한 힘이 집중되었다.

"받아봐라, 덩치 큰 하루살이!"

순간, 오더 시그마 로드리고 계파의 비기들 중에서도 궁극의 파괴력을 자랑하는 일격이 해방되었다.

"드래곤 라이징!"

천둥 같은 외침과 함께 그가 딛은 지반이 폭발하듯 터져 나갔다. 그리고 불의 소용돌이를 휘감은 오른 다리가 초음속으로 뻗어 나간다. 발차기가 얼음 괴수의 몸에 접촉하는 순간, 폭음이 울려 퍼지며 거체가 뒤흔들렸다.

콰아아아아앙!

그것은 오로지 하늘에 오르고자 하는 일격.

더 높게, 하늘 저편에 도달할 수 있을 정도로 높이 비상하는 것만을 지상 과제로 삼았기에 위력이 분산되는 것을 일체 허락하지 않는다! 설령 표적이 산 저편에 있다면, 산을 일직선으로 관통해 그곳에 도달할 뿐이다!

그워어어어어!

얼음 괴수가 울부짖었다.

그것은 지금까지와는 확연히 다른 울부짖음이었다. 날뛰는 힘을 풀어놓듯이 포효하던 것과는 달리, 고통과 두려움을 표현하는 소리.

볼카르가 감탄했다.

〈놀랍군. 엘레멘탈 코어를 스쳤다.〉

드래곤 라이징의 충격이 두터운 얼음층을 관통하고 그 속에 있던 엘레멘탈 코어를 스쳐 갔다. 자신의 존재 그 자체라 할 수 있는 엘레멘탈 코어가 손상되었으니 얼음 괴수가 공포를 느끼는 것도 당연했다.

그것으로 엘레멘탈 코어의 위치를 파악한 루그의 눈이 빛났다.

"거기냐?"

동시에 루그의 몸을 감싸고 타오르는 폭염이 강해졌다. 루그가 손을 들어올리며 읊조렸다.

"창염(蒼炎)."

마력에서 비롯된 속성력과 강체력에서 비롯된 속성력이 합쳐지면서 폭염이 청백색으로 물들었다.

화아아아아아악!

압도적인 열기가 주변의 한기를 무참하게 짓밟으며 확장되어 간다. 푸른 불길이 루그의 오른팔을 휘감고 회전하는 스파이럴 스트림 속으로 빨려 들어가며 융합되었다.

콰아아아아아앗!

뒤로 당긴 루그의 팔꿈치 뒤로 날카로운 창염이 20미터 가까이 뻗어 나갔다. 루그는 유성처럼 낙하하면서 얼음 괴물을 향해 혼신의 일격을 날렸다.

'데들리 스톰!'

그것은 로드리고 계파의 드래곤 라이징과 대비를 이루는 알라움 계파의 비기.

같은 기술을 근본으로 둔 두 개의 비기가 각각 땅과 하늘에서 얼음 괴수에게 작렬했다.

콰아아아아아!

극초음속으로 가속된 창염의 응축체가 얼음 괴수를 관통하며 울부짖었다.

드래곤 라이징과 데들리 스톰의 궤적이 서로 교차하면서 그 사이에 있던 엘레멘탈 코어를 박살 내버렸다. 날뛰던 얼음 괴수가 그대로 정지하면서 주변에 휘몰아치던 압도적인 냉기도 급속도로 사그라들었다.

쩌적, 쩌저저적…….

갑자기 찾아온 정적 속에서 거대한 얼음에 균열이 발생하는 소리가 울려 퍼졌다. 하라자드가 화들짝 놀라서 외쳤다.

"발열 결계든 화염 결계든 좋으니까 무조건 뜨거운 걸로 구축! 막을 수 있는 만큼 막아!"

그 말에 마법사들은 다들 퍼뜩 정신을 차리고 다급하게 마법을 짜냈다. 멈춰 버린 얼음 괴수의 주변에 수십 개의 결계가 출현했다. 각자 그 순간에 짜낼 수 있는 만큼의 범위를 커버하는, 빛과 열을 발하는 발열 결계나 혹은 불꽃 그 자체로 이루어진 화염 결계였다.

그리고……!

콰과과과광!

파괴된 엘레멘탈 코어에서 터져 나오는 속성력을 이기지 못한 얼음의 거체가 폭발했다. 무수한 얼음 덩어리가 사방으로 흩날리며 모든 것이 새하얗게 물들었다.

쿠구구구구……!

"절경이군."

하늘에서 그 광경을 보던 루그가 중얼거렸다.

왕도 한복판에 생성된 얼어붙은 폐허 위에서 치솟은 새하얀 폭발이 모든 것을 휘감는 광경은 홀릴 정도로 아름다웠다.

잠시 후, 그 자리에는 원래의 얼음 괴수보다 다섯 배는 더 커다란 빙산이 남았다. 그나마 이 정도로 그친 것도 하라자드가 대규모 결계를 구축하고, 다르칸이 실드 콜로니를 이용해서 주변을 휘감은 덕분이다.

루그는 빙산의 면을 타고 달려서 지상에 내려섰다. 그때였다.

쿠르르릉!

굉음과 함께 빙산의 일각이 터져 나갔다. 그리고 그곳에서 발타르가 자잘한 얼음 조각들을 떨어뜨리며 걸어나왔다.

"흠."

그가 속성력으로 불을 일으켜 몸에 붙은 얼음 조각들을 기화시켜 버렸다. 얼음 괴수가 폭발하기 전, 충분히 거리를 벌리고 리버스 도메인으로 스스로를 보호했지만 그래도 휩쓸리는 것을 피하지 못했던 것이다.

문득 발타르의 시선이 루그에게 향했다. 루그는 빙산을 뚫고 나온 그를 퍽 해괴한 것 보듯이 보고 있었다.

"애송아, 네놈 정체가 뭐냐?"

루그를 바라보는 그의 시선도 비슷했다.

일단 공동의 적을 상대로 왕도를 지켜낸 사이니 나쁜 놈은 아닌 것 같긴 한데, 아무리 생각해도 이해할 수 없는 괴물이다. 많게 봐도 20대 초반 정도로밖에 안 보이는, 새파랗게 어린 놈이 어떻게 강체술 제6단계의 경지에 올랐단 말인가?

루그가 대답했다.

"루그 아스탈이라고 합니다. 왕궁에서 신세 지는 몸이죠."

"왕궁에?"

발타르는 나중에 제자인 펠커스에게 사정을 들어봐야겠다고 생각했다. 루그를 찬찬히 살펴보던 그가 물었다.

"그런데… 너 알라움 계파냐?"

알라움이라는 세 글자를 꺼내는 것만으로도 그 자리의 분위기가 일변했다. 주변을 둘러싼 공기가 한순간에 열 배는 무거워지는 것 같았다.

루그가 삐딱하게 대답했다.

"그렇습니다만?"

"역시 그렇군."

예상한 대답에 발타르가 쯧, 하고 혀를 찼다.

여기가 아니고 다른 곳에서 봤다면 일단 시비를 걸어서 아픈 맛을 보여주고 봤을 것이다. 그만큼 알라움 계파와 로드리고 계파 간의 사이는 안 좋았다. 어디까지나 같이 얼음 괴수를 해치운 사이라서 인내심을 발휘하는 중이다.

'어린것이 버르장머리도 없고. 하여튼 알라움 계파 놈들은 좀 잘나간다 싶으면 이 모양이니 곱게 볼 수가 없다니까.'

발타르는 루그의 태도를 못마땅하게 여겼지만, 루그는 또 루그대로 발타르의 태도를 거슬려 하고 있었다.

'이 영감님 짜증나네. 싸우고 싶어서 도발하는 건지 아닌지 헷갈리잖아.'

처음 볼 때부터 애송이라고 무시하질 않나, 알아서 기라는 듯 노골적으로 압박감을 행사하질 않나. 상황이 상황이니 참고 있는 거지 안 그랬으면 싸우자는 뜻으로 받아들이고 주먹이 나갔을지도 모른다.

그래도 발타르가 연장자이기 때문에 루그는 나름대로 예의를 차리고 있었다. 다만 그도 뼛속까지 알라움 계파의 권사이다 보니 상대가 로드리고 계파라는 사실 때문에 절로 공손하지 못한 말투가 나올 뿐이다.

발타르는 어른인 자기가 참아야지, 하고 스스로를 설득하면서 말했다.

"나는 오더 시그마의 권사 발타르 나탈. 위대하신 로드리고의 의지를 잇는 정통 계승자이니라."

"어?"

그 말에 루그가 눈을 크게 떴다. 여기서 이 이름을 듣게 될 줄이야?

발타르는 루그의 반응을 오해했다.

"흠. 이제야 내가 누군지 알겠느냐? 물론 나는 내가 누군지 모르고 보인 태도까지 책잡을 정도로 도량이 좁지는 않……."

"당신이 우리 스승님한테 몇 번이나 졌다는 그 발타르였습니까?"

"뭣이?"

순간, 발타르의 눈에서 불이 튀는 것 같았다. 그가 폭발 직전의 화산 같은 모습으로 물었다.

"애송이… 네놈의 스승이라는 알라움의 쓰레기가 그레이슨 다카르는 아니겠지?"

루그는 자신의 말이 정곡을 찔렀다는 것을 알 수 있었다. 마치 팽팽하게 당겨진 활을 보는 것 같은 기세를 보건대 곱게 넘어가기는 틀린 것 같다.

'어차피 스승님도 밟아놓으라고 말씀하셨으니 빠르든 늦든 붙었어야 할 사이지.'

루그는 평화적인 해결을 포기하자 오히려 마음이 편해지는 걸 느끼며 피식 웃었다.

"맞습니다. 그분이 제 스승이십니다."

"후… 후후후후후!"

위협적인 기운이 발타르의 전신을 감싸고 아지랑이처럼 피어오르기 시작했다. 그가 무시무시한 살기를 뿜어내며 말했다.

"하늘이 이런 장난을 치다니! 그 빌어먹을 놈의 제자가 내 앞에서 나를 조롱하다니, 이건 필시 예전의 원한을 풀라는 운명의 계시임이 틀림없다."

"그거 운명을 너무 멋대로 갖다붙이시는 것 같은데요?"

"보아하니 그레이슨 그 개자식이 분수에 맞지 않는 재능을 가진 놈을 찾아낸 것 같다만… 오늘 내가 네놈에게 세상이 무섭다는 것을 가르쳐 주마! 이의는 없겠지?"

쿠구구구구구……!

숨막힐 듯한 기격이 발산되면서 주변의 공간이 일그러져 보이기 시작했다. 루그는 자신도 기격을 발산해서 그것을 받아내면서 자세를 잡았다.

"이의를 제기한다고 받아주실 것 같지도 않은데, 뭐, 한번 화끈하게 붙어보죠."

"그 용기가 한 시간 후에도 남아 있을지 두고 보겠다!"

동시에 발타르가 땅을 박차고 루그에게 달려들었다.

3

첫번째 격돌은 찰나였다.

발타르가 루그에게 접근했다고 여겨진 순간, 둘의 움직임이 다른 이들에겐 보이지도 않을 정도로 빠르게 가속하면서 서로 위치를 바꾸었다.

콰앗!

폭음이 울려 퍼지며 충격파가 터져 나갔다. 그리고……!

쿠구구구구구!

둘의 옆에 있던 빙산의 일부가 그 충격을 이기지 못하고 부서져서 무너져 내렸다. 새하얀 얼음 조각들이 퍼져 가는 가운데 그 속에서 루그와 발타르가 서로를 노려보았다.

퍼버버버버벙!

기격과 기격이 격돌하면서 허공에 무수한 파문을 그려냈다. 위에서, 아래에서, 옆에서, 그리고 그 사이를 찌르는 듯한 절묘한 곡선으로… 단번에 인체를 부술 수 있는 힘이 초당 수십 번이나 격돌한다.

어느 순간 균형이 무너졌다. 루그는 방어를 뚫고 날아드는 기격을 손을 들어 막아냈다.

퍼엉!

스파이럴 스트림을 휘감은 팔이 기격을 비껴내는 순간, 동일한 궤도로 날카로운 기격이 6연타로 날아들어서 루그를 두들긴다. 그야말로 바늘구멍도 통과할 수 있을 것 같은 정밀도를 자랑하는 공격!

'이 양반… 장난 아닌데!'

루그는 그것을 비껴내면서 혀를 내둘렀다.

발타르의 실력은 장난이 아니었다. 기격의 제어 능력으로만 보면 명백히 루그보다 우위다.

'스승님은 도대체 이런 인간을 뭔 수로 두들겨 패고 오라고 하신 거야? 스승님이 직접 안 뜨시면 상대할 인간이 없겠는데, 이거.'

발타르가 허공을 박차고 루그에게 날아들었다. 낙하하는 기세 그대로 발차기를 날리니 루그의 기격 방어를 통째로 힘으로 눌러 버리면서 공격이 날아들었다.

투학!

둘이 서로 반대편으로 튕겨 나갔다. 하지만 충격을 완전히 분산하지 못하고 밀려 나가는 루그에 비해, 발타르는 금세 허공을 박차고 반전해서 뛰어들었다. 그가 죽 뻗은 발로 루그를 내려쳤다.

"스톰 폴!"

콰아아아아아앙!

새하얀 폭발이 치솟았다.

단 일격으로 빙산 중에 수십 미터나 되는 부분이 바스라져서 무너지기 시작했다. 가까스로 그 공격을 피한 루그가 그를 향해 주먹을 뻗었다.

'격공!'

비기 격공을 전개한 루그는 다음 순간 눈을 크게 떴다. 놀랍게도 격공이 구현되기 전에 와해되었기 때문이다.

'이런! 발하기 전에 기격의 궤도가 읽혔어?'

격공은 '발사한다'는 과정을 무시하고 목표 지점에서 구현되는, 그야말로 공간을 초월하는 공격.

하지만 그것은 어디까지나 주변에 거미줄처럼 깔아둔 기격을, 원하는 순간 원하는 지점에서 물리력으로 변화시키는 기술이다. 즉, 서로 기격으로 공간을 지배하는 상황에서 움직임을 읽히면 이렇게 와해될 수도 있었다.

퍼어엉!

당황하는 순간, 오히려 발타르가 날린 격공이 루그의 방어위를 강타했다. 루그는 균형을 잃고 핑글핑글 돌다가 빙산 위에 착지해서 미끄러졌다.

"크윽!"

"흥! 제법 하긴 하지만 그래 봤자 애송이로구나! 이제부턴 애송이의 버릇을 고쳐주는 시간으로 하마!"

그렇게 말하는 발타르는 이미 허공에서 루그를 향해 낙하하고 있었다. 전신에 폭풍처럼 가속한 스파이럴 스트림을 휘감고 양발을 모은 채 그대로 낙하하는 기세는 운석이 떨어지는 듯 공포스러웠다.

"드래곤즈 스탬프!"

콰아아아아아!

외침과 함께 빙산이 터져 나갔다.

"제에에엔자아앙!"

기술이 작렬하는 순간, 루그는 아슬아슬하게 피하면서 반격하려고 했다. 하지만 발타르의 기세가 너무 강맹한 데다,

기술이 발산시킨 충격파가 강해서 속절없이 밀려날 수밖에 없었다.

볼카르가 시큰둥하게 물었다.

〈아무래도 안 될 것 같은데, 그냥 마법 쓰지 그러나? 마법을 더하면 이길 수 있는 상대일 것 같다만.〉

"닥쳐! 이건 알라움과 로드리고의 자존심을 건 승부야! 마법의 힘 따윌 빌릴 것 같아?"

머리에 피가 잔뜩 오른 루그가 볼카르의 제안을 거절했다. 그런 루그의 발밑이 뒤흔들렸다. 루그가 흠칫하는 순간, 발밑의 빙산이 터져 나가면서 무수한 얼음 조각들이 치솟았다.

쿠콰아아아앙!

"이, 이 무식한 영감탱이가!"

루그가 경악했다.

드래곤즈 스탬프로 빙산의 안쪽까지 파고들어 간 발타르가 그 위치에서 그대로 발차기를 날린 것이다. 그가 있는 곳에서 루그가 있는 곳까지 20미터 이상의 거리가 있는데도 그 사이의 빙벽이 모조리 산산조각 나면서 충격파가 폭발했다.

화아아아아악!

허공에 뜬 루그가 강체력으로 폭염을 발생시켰다. 압도적인 열기에 날아들던 얼음 덩어리들이 그대로 녹아서 기화되어 버린다.

'라이징 블레이드!'

손날을 휘두르자 반월형으로 그려진 거대한 불의 칼날이 발타르에게 내리꽂혔다. 발타르는 코웃음을 치며 돌려차기로 불의 라이징 블레이드를 발생시켰다.

콰아아아아!

거대한 불의 칼날 두 개가 십자로 교차되면서 폭발했다. 발타르가 퍼져 나가는 폭염을 뚫고 솟구치며 발차기를 날렸다.

"라이징 스톰!"

불의 소용돌이를 휘감은 발차기가 일직선으로 뻗어오는 순간, 루그도 반전하며 달려들었다. 전신에 휘감은 불꽃이 오른팔의 스파이럴 스트림과 융합되면서 그의 주무기가 해방되었다.

"스톰 브링거!"

같은 근본에서 파생된 두 권사의 비기가 서로 격돌했다. 주먹과 발이 격돌하는 순간, 압도적인 열파가 주변을 휩쓸면서 남은 빙산의 절반 이상을 날려 버렸다.

쿠과과과과과!

"크악!"

루그가 비명을 지르며 튕겨 나갔다. 겨우 균형을 바로잡고 반도 안 남은 빙산 위에 착지하는 루그를, 발타르가 더 높은 곳에서 바라보며 히죽 웃는다. 그의 웃음을 보는 순간 루그는 전신에 열이 확 오르는 것을 느꼈다.

'제기랄!'

서로 대등한 기술로 격돌한 결과, 발타르의 라이징 스톰이 루그의 스톰 브링거를 눌렀던 것이다. 스톰 브링거를 전개했던 오른팔이 충격으로 경련하고 있었다.

'짜증나! 위력은 저쪽이 한 수 위라는 건가?'

놀랍게도 루그와 발타르의 강체력은 거의 동등하다. 루그가 혼돈의 비약까지 섭취한 덕분이었다.

그런데도 위력으로 눌린 것은 강체력 운용의 세련됨과 기술 자체의 특성 때문이었다. 루그는 강체력을 운용하여 오른팔의 경련을 안정시키면서 발타르를 노려보았다.

발타르가 루그를 비웃으며 말했다.

"역시 알라움 놈들은 새대가리구나. 주먹으로 발을 이기려 하다니 그게 가당키나 한가?"

로드리고는 '다리의 힘이 주먹보다 강하니 진정 전력을 퍼부은 필살의 일격이라면 다리를 쓰는 것이 당연하다!'는 철학을 바탕으로 발전해 온 계파. 분하지만 한 방의 위력은 알라움 계파가 밀린다는 것을 인정할 수밖에 없었다.

벌레 씹는 표정을 짓는 루그에게 발타르가 호탕하게 웃으며 일장연설을 펼쳤다.

"인간의 다리는 팔보다 훨씬 큰 힘을 발휘하지. 그렇기에 진정 한계를 초월하는 필살의 일격은 오로지 다리를 통해서만 구현될 수 있는 법! 안이한 태도로 쓰기 편한 손에만 의존하는 자에게 궁극의 경지는 결코 얼굴을 보여주지 않는다!"

"무식하게 힘 센 발로 부수는 게 전부인 줄 아는 자에게 궁극의 경지는 결코 얼굴을 보여주지 않는 법이죠."

루그는 콧방귀를 뀌며 받아쳤다. 워낙 극단적인 사상을 가진 알라움 계파와 로드리고 계파이다 보니 서로를 헐뜯는 말도 죽이 척척 잘 맞았다.

"그리고 아직 이겼다고 삐기기에는 좀 이르지 않습니까?"

루그가 그렇게 말하며 달려들었다. 수십 발의 기격을 걸면서 거리를 좁히자 발타르가 발차기를 날렸다. 스파이럴 스트림을 휘감은 발차기가 날아들자 루그는 피하는 대신 거기에다가 주먹을 날렸다.

'모먼트 스톰!'

투아아앙!

발타르의 발차기 궤도가 확 꺾이면서 그의 균형이 무너졌다.

보통 권격이었으면 오히려 튕겨 나왔을 것이다. 하지만 스톰 브링거의 간략형인 모먼트 스톰은 발타르의 발차기를 꺾기에 충분한 위력을 발휘했다.

순간 루그는 눈을 부릅뜨며 한 걸음 더 내딛었다. 발타르와 서로 숨결이 느껴질 정도까지 밀착한 상태에서 양손이 질풍처럼 뻗어 나갔다.

'모먼트 스톰 연격, 래피드 스트라이크!'

투두두두두둥!

위력을 최저치까지 낮춘 모먼트 스톰이 초당 수십 발이나 작렬했다. 눈이 멀어버릴 듯한 섬광이 폭발하면서 공간이 부서질 듯이 뒤흔들렸다.

콰콰콰콰콰콰!

'이 괴물 영감탱이!'

그 폭발 속에서 루그는 속으로 욕설을 퍼부었다. 그도 그럴 것이 소나기처럼 쏟아지는 모먼트 스톰을, 발타르가 발차기 연격으로 받아치고 있었던 것이다!

루그가 양손으로 모먼트 스톰을 연타하는 속도는 그야말로 질풍! 일반인의 눈에는 흐릿한 잔상으로만 보일 정도로 빠르다. 그런데 발타르는 왼발로 몸을 지탱한 채 오른발을 반쯤 굽혔다 차는 발차기 연타로 그 속도를 따라잡고 있었다. 게다가 똑같이 모먼트 스톰까지 사용하면서!

콰콰콰콰콰콰!

서로 한 발짝도 물러나지 않고 연타를 날리는 가운데 그 충격을 이기지 못한 주변이 초토화된다. 얼음이 박살 나서 증발하고, 대지가 깎여 나가는 가운데 둘의 속도가 무한정 빨라져 가고 있었다.

"흐으으으으읍!"

루그가 숨을 들이마시며 속도를 높였다. 그러자 발타르가 조금씩 밀리기 시작했다.

'이, 이 빌어먹을 애송이가!'

발길질을 주력으로 쓰는 로드리고 계파는 일격의 위력은
알라움 계파보다 뛰어나지만, 공수의 빠른 전환과 연격에 있
어서만은 주먹질을 주력으로 쓰는 알라움 계파보다 뒤떨어지
는 면모를 보인다. 그것은 각자의 장단점 문제라서 극복하기
어려웠다.

루그는 바로 그 점을 파고들어서 발타르를 몰아붙였다. 죽
을 힘을 다해 발차기 연타로 받아치던 발타르의 눈에 흉흉한
기운이 감돌았다.

'애송이에게 이런 짓까진 하고 싶지 않았지만!'

그냥 힘을 흩어버리면서 물러나면 피해를 최소화할 수 있
겠지만, 체면상 그럴 수는 없었다. 발타르는 연타의 기세를
최대한 높이면서 일부러 기격 방어에 허점을 만들었다. 루그
는 거의 반사적으로 그것을 파고들었고, 그리고……!

〈끄허어어어어어어업!〉

…볼카르가 비명을 지르며 발작했다.

"으, 으으으윽! 이, 이런 젠장!"

루그도 무사하진 못했다. 루그는 맹렬하게 가속하던 양팔
의 움직임이 어지러워지는 것을 느끼며 뒤로 밀려 나갔다.

〈저, 저 악마의 자식 같은 놈이, 나, 남은 공명정대하게 상
대해 주고 이, 있는데 무, 무슨 쓰레기 같은 짓을!〉

"으읍, 닥쳐 봐. 토할 것 같아. 젠장."

볼카르가 덜덜 떨리는 목소리로 욕설을 퍼붓자 루그가 정

신없이 입을 닦으며 투덜거렸다.

발타르가 음흉하게 웃으며 말했다.

"후훗. 애송이. 이제 좀 세상 무서운 줄 알겠느냐?"

"이쪽이 예의를 지켜 드리니까 아주 그냥 막 나가자 이거 군요? 로드리고의 비약도 제법이라는 것만은 인정해 드리 죠."

방금 전, 루그를 주춤하게 만든 것은 바로 비약맛을 재현하 는 기격이었다.

발타르는 일부러 기격 방어를 조금 열어서 함정을 판 뒤 그 지점을 파고드는 순간을 노려서 루그의 혀에 로드리고 계파 의 비약맛을 재생시켰던 것이다!

4

루그가 이글이글 타오르는 눈으로 발타르를 노려보았다. 이 순간만큼은 볼카르가 완벽하게 루그에게 공감하며 발타르 를 노려보고 있었다.

'이 위압감! 제법이군!'

발타르는 마치 거대한 용이 자신을 노려보는 것 같다고 생 각하며 긴장했다(물론 본인은 몰랐지만 그것은 완벽하게 진실을 꿰뚫어본 감상이었다).

루그가 흉흉하게 웃었다.

"진짜 혀끝에 강림하는 지옥이 무엇인지 가르쳐 드리겠습니다. 로드리고의 비전 따위는 발끝에도 못 미치는 혼돈을 맛보게 될 겁니다."

"호오, 네놈이 내게 그런 것을 가르쳐 줄 정도로 경험이 풍부하단 말이냐? 네 오만함을 경계하고 세 치 혀를 유린할 혹독한 운명을 두려워해라. 지금 것은 말 그대로 맛보기에 불과했다."

발타르도 지지 않고 루그를 노려보았다.

어느새 둘은 약속한 듯 기격 공방을 멈추었다. 서로 어디 쳐볼 테면 쳐보라는 듯 방어를 활짝 열고, 자신의 내면에 잠자고 있는 무시무시한 체험을 끄집어내어 재현하는 데 집중했다.

한참 루그와 함께 전의를 불태우던 볼카르가 불현듯 불길한 예감을 느끼며 물었다.

〈…잠깐, 루그. 왜 방어를 안 하는 거냐?〉

—알라움의 기술을 잇는 사나이로서 이런 승부를 피할 수는 없지. 저쪽이 방어 의지를 거두고 나를 도발하는 데 어떻게 내가 겁쟁이처럼 도망칠 수 있겠어?

〈어, 어이. 그건 뭔가 아닌 것 같다만…….〉

볼카르가 애처롭게 말하고 있을 때 발타르가 씩 웃었다.

"후후. 알라움의 애송이 주제에 뭘 좀 아는군. 그래. 여기서 도망치는 놈이라면 상대할 가치도 없지!"

"조금 있으면 맨발로 도망치는 쪽은 그쪽이 될 겁니다."

"어디 한번 해봐라. 간다!"

그리고 첫 번째 일격이 서로를 강타했다.

〈끄아아아아아아아!〉

볼카르가 끔찍한 비명을 질렀다. 이것은 분명 아까 전의 그 것을 한 차원 능가하는 맛이다! 필설로 형용할 수 없을 정도 로 끔찍한 맛이 심장을 찌르는 비수처럼 날카롭다!

"으으으읍, 제, 제법이군……!"

발타르가 비틀거렸다. 루그가 그의 혀끝에 작렬시킨 비약 맛도 만만치 않았다.

"하지만 아직 시작일 뿐이다!"

"마찬가지입니다!"

두 번째 일격이 서로를 강타했다.

〈끄, 끄러러럽뻐푸라우다그그루……!〉

볼카르는 이미 비명인지 뭔지조차 알아들을 수 없는 비명 을 지르며 그로기 상태에 빠졌다.

어둠이 보인다. 혀끝에서 구름처럼 피어난 어둠이 세상을 뒤덮고 빛을 남김없이 앗아간다. 햇살 아래 피어나던 아름다 운 희망의 꽃이 죽어가고, 영혼 위로 쏟아지는 오물이 모든 것을 악취나게 한다.

"이, 이건……!"

발타르가 휘청거렸다.

루그의 두 번째 일격은 비범했다. 인정하지 않을 수 없었다.

맛이란 그저 혀끝에서만 완성되지 않는다. 혀로 맛보고, 냄새로 보강되고, 이빨로 촉감을 즐기며, 입안에 감도는 감촉으로 전체적인 균형이 마무리되는 법!

방금 전 루그의 일격은 그저 혀끝만이 아니고 그 모든 부분을 건드려 발타르에게 평생 잊을 수 없는 끔찍함을 선사했다. 이 정도면 인생 경험 얕은 애송이라고 얕보던 생각 따윈 깨끗하게 버릴 수밖에 없다.

"과연. 알라움도 이 수준까지 올라왔단 말이군……. 인정하겠다. 네가 오더 시그마의 시련을 견뎌내고 선 한 사람의 당당한 권사라는 것을."

〈그, 그런 거 인정하지 마……!〉

볼카르가 다 죽어가는 목소리로 절규했다.

물론 루그는 싹 무시했고, 발타르에게는 들리지도 않았다.

발타르가 입을 닦으며 눈을 빛냈다.

"이제 힘을 아끼는 짓은 버리도록 하마. 로드리고의 의지를 이은 자들이 완성한 궁극의 시련을 맛보여주지!"

알라움도, 로드리고도 같은 오더 시그마의 권사.

모든 것은 너무나도 귀하디 귀한, 태초의 혼돈을 담은 한 그릇으로부터 시작되었다.

기나긴 역사 속에서 너무나도 귀하디 귀한 태초의 혼돈을 담은 한 그릇을 모방해 보다 효율적으로 생산할 수 있게 만들어낸 비약의 맛은 우열을 가리기 어려울 정도로⋯ 참혹했다.

기나긴 오더 시그마의 역사 속에서 수많은 권사들이 자신을 비약의 '수혜자'가 아닌 '피해자'로 여길 정도가 되자, 어느새 일부 권사들에게 그것은 오더 시그마의 권사로 인정받기 위한 시련의 일부가 되었다.

시련을 대물림할 때마다 그 속에 담긴 피해자들의 악의가 증폭되고, 어느새 그것은 실로 예술이라고 할 만한 경지로 승화되었다. 맨손으로 칼 든 놈을 때려잡겠다는 비정상적인 오더 시그마의 도전정신은, 미각으로 인간의 정신을 극한까지 시험하겠다는 정신 나간 과제에서도 유감없이 발휘되었던 것이다.

"여기서 선언하지. 이번이 내 마지막 공격이 될 것이다. 이걸 견뎌낸다면 너를 인정하마. 궁극의 시련, 아홉 개의 머리를 가진 용이 날아오르며 울부짖는 듯하다 하여 붙은 이름이 구두룡비격(九頭龍飛擊)!"

⋯좀 더 끔찍한 비약맛을 보다 완벽하게 상대의 감각에 전이시키는 것에 그치지 않고, 아예 이름까지 붙여가며 궁극의 비기로 승화시킨 모양이었다.

루그는 그 변태적인 광기에 전율하면서도 겁먹은 기색을 보이지 않고 결의를 굳혔다.

'앞의 두 번을 확실하게 능가하는 공격이라면, 내가 꺼내

들 카드는 그것밖에 없겠군!'

구두룡비격이 뭔진 몰라도 루그가 평범한(?) 비약맛을 재현하는 것만으로는 도저히 맞설 수 없는, 아예 미각을 통해 인간의 정신을 파괴하겠다고 작정하고 발전시킨 궁극의 비기인 것 같다. 유감스럽게도 알라움 계파가 로드리고 계파보다 좀 덜 변태적이었는지 루그에게는 그런 기술이 없었다.

기술에서 뒤처진다면 승부할 수 있는 카드는 하나뿐.

'기술적 우위 정도로는 도저히 뒤집을 수 없을 정도로 압도적인 비약맛을 재현하는 수밖에!'

웬만하면 이 맛까진 재현하고 싶지 않았다.

아니, 솔직히 재현할 자신도 없었다.

다른 비약도 먹고 정신줄 놓을 만한 수준이었다고 해도, 상대방에게 그 고통을 똑같이 맛보여줄 수 있다면 얼마든지 떠올릴 수 있었다. 나만 혼자 당하긴 싫다는 건전한(?) 심상에서 비롯되는 인간의 가학성은 그만큼 강렬한 의욕을 끌어낼 수 있는 법!

하지만 이 맛만은 다시 떠올리는 것만으로도 심장이 멎어 버릴 것 같다. 루그의 영혼에 거대한 상처를 남긴 그 비약은 바로……!

'저쪽이 궁극적인 발전 형태를 들고 나온다면, 나는 이 모든 것의 시작으로 맞선다!'

모든 오더 시그마 권사의 시련이 시작된 한 그릇, 너무나도 귀하기에 천년이 넘는 역사를 돌이켜 봐도 먹어본 자를 거의 찾아볼 수 없는 혼돈의 비약으로 승부한다!

볼카르가 다 죽어가는 목소리로 애원했다.

〈루, 루그. 제발 부탁이다……. 네가 해달라는 건 뭐든지 해줄 테니까 그만둬라……!〉

—훗.

루그는 자신의 내면에 아로새겨진 상처를 정면으로 직시하며 웃었다.

—사나이에게는 결코 물러날 수 없는 싸움이라는 것이 존재하는 법. 내 영혼의 가치를 증명하기 위해서라도… 이 싸움은 이기고야 만다.

〈이건 미친 짓이다! 이겨봤자 뭐가 되나? 영혼의 가치는 얼어죽을! 이긴 놈도 진 놈도 다 바보다! 물러나는 놈이 현명한 거란 말이다!〉

—그 말이 맞을지도 모르지. 하지만 피할 수 없는 싸움이라면…….

마침내 기억의 일부를, 본능적으로 억눌러 놓았던 정신적 상처를 극복해 내고, 그 순간의 기억을 되새긴 루그가 눈을 빛냈다.

—차라리 나는 이긴 바보로 남겠다!

〈피하라고! 피할 수 있다고! 드래곤 말을 좀 들어!〉

절규하는 볼카르를 무시한 채, 두 오더 시그마의 권사는 드래곤조차 두려워할 최종병기를 꺼내들었다.

"구두룡비격!"

"혼돈의 그릇!"

어떠한 방어도 하지 않는 두 권사에게 서로가 가진 가장 악몽 같은 기억이 작렬했다!

〈……!〉

비명은 없었다.

아니, 비명조차 지를 수 없었다.

처음 그 맛을 느끼고 발광하는 순간, 새로운 맛이 몰려온다. 그리고 그 맛이 몰려가기 전에 또 새로운 맛이, 그리고 또 새로운 맛이… 끊임없이 해변에 몰려들어 앞에 있는 물까지 밀어버리는 파도처럼 아홉 개의 비약맛이 연속적으로 작렬했다!

마치 커다란 파도 아홉 개가 모이자 해일이 되어 모든 것을 쓸어버리는 것 같았다. 해일에 휩쓸려 끝없는 어둠 속으로 잠겨갈 때, 형언할 수 없는 악취 속에서 세상을 이루는 모든 것이 썩어서 녹아내리며 파멸해 간다.

구두룡비격은 놀랍게도 로드리고 계파답지 않게 일격필살을 노리는 기술이 아니었다. 공격이 아니라 시련이라는 점을 중시했는지 연타필살의 철학으로 무장한 악랄한 기술이었던 것이다!

〈끄어어어어…….〉

아홉 번의 해일 같은 공격이 끝났을 때, 볼카르는 비로소 정신을 놓고 아득한 심상 저편으로 침몰했다. 그리고 루그는……

"허억, 허억……"

전신에 땀을 비 오듯이 흘리면서도 그 자리에 버티고 서 있었다.

그 앞에서 발타르가 파랗게 질린 얼굴로 휘청거렸다.

"애, 애송아, 이건 설마… 전설의……"

그는 믿을 수 없다는 눈으로 루그를 바라보며 쓰러졌다.

무너지는 발타르를 보고 있던 루그의 입매가 일그러졌다. 루그는 위태로운 걸음으로 그에게 다가가며 웃기 시작했다.

"흐흐, 흐흐흐흐흐… 이겼다. 이겼……!"

그러나 바보 같은 웃음도 오래 이어지진 못했다. 몇 발짝 걸어가던 루그도 결국 눈앞이 캄캄해지는 것을 느끼며 쓰러져 버렸으니까.

털썩!

무승부였다.

둘이 쓰러지기까지의 광경을 멍청하니 보고 있던 마법사들이 허탈해하며 중얼거렸다.

"아니, 저 양반들 도대체 뭘 하다가 쓰러지는 거야?"

"그, 글쎄?"

…장대하기까지 한 두 오더 시그마 권사의 기격 대결은, 당사자가 아니고서는 조금도 그 대단함을 알 수 없었던 것이다.

5

블레이즈 원의 간부, 붉은 드래고닉 리저드 알더튼은 점점 시야가 가물거리는 것을 느꼈다. 짜증이 치솟아오른다. 한 5분 전까지만 해도 지독하게 아파서 아무것도 생각할 겨를이 없었던 것 같은데, 발을 질질 끌며 걷는 지금은 오만가지 잡생각이 떠오르면서 뇌를 괴롭혀 대고 있었다.

"통증을 마비시켜서 고통을 없애는 것도… 좋지만은 않군."

기운 빠진 목소리로 중얼거리던 알더튼은 문득 자신이 걸어온 길을 돌아보았다. 길을 따라서 핏자국이 길게 이어져 있었다. 이런 상황이면 딱히 전문적인 추적 기술을 익히지 않아도, 아니, 세 살 배기 인간 어린애라도 그를 추적해서 잡을 수 있을 것이다.

'다 틀렸나?'

그는 죽어가고 있었다.

적들의 주의를 돌려놓고 잘 숨었다고 생각했는데 상대의 실력이 너무 무서웠다. 그의 은신은 간단하게 간파당하고 일격에 옆구리가 통째로 날아가는 중상을 입었다.

급히 통각을 마비시키고, 준비해 뒀던 함정 마법들을 폭주
시켜서 이목을 가린 뒤 빠져나온 것까지는 좋았다. 하지만 운
동 능력이 저하된 것은 물론이고 사고 능력도 저하되어서 이
젠 간단한 마법조차 쓰기 힘들었다.

'이 정도로 피를 흘렸으면, 인간이라면 벌써 죽었겠지?'

그런데도 쓸데없는 잡생각은 잘도 떠오른다는 것이 짜증
나는 점이다.

그의 출혈량은 스스로 생각해도 섬뜩해질 정도였다. 인간
보다 월등히 강건한 생명력을 가진 용족이 아니었다면 벌써
죽었으리라. 어딘가에서 안정하면서 회복을 기다린다면 회
생할 수도 있겠지만…….

"슬슬 포기하지 그러나?"

상냥하게 경고해 주는 추적자가 있는 판이라 그건 불가능
했다.

"이거이거… 고양이가 쥐 생각을 해주시는구려."

알더튼은 가물가물한 눈으로 상대를 돌아보며 웃었다.

추적자는 두 명이었다.

하나는 담벼락 위에 쪼그리고 앉아서 턱을 괸, 알더튼이 모
르는 육식형 파충류를 닮은 용족, 그리고 또 하나는… 한때는
알더튼의 상관 중 하나였던 푸른 비늘의 드라칸.

"다르칸님이신가."

"누구지?"

"말해도 모르실 것이오. 나는 블레이즈 원에 들어온 지 10년도 안 된 몸인 데다 당신의 직속부하였던 적이 없으니……."

고개를 갸웃하는 다르칸을 보며 알더튼은 피식 웃었다.

하라자드가 다르칸에게 물었다.

"다르칸 자네, 배신하기 전까지는 저 조직에 팬들이 많았던 모양이야?"

그 말에 다르칸이 뭐라고 대답하기 전에 알더튼이 손을 휘휘 저었다.

"전혀! 인기있는 상관은 아니었소. 워낙 고지식한 양반이라 밑에서 일 열심히 해봤자 떡고물도 안 떨어지고 일처리는 또 왜 그렇게 복잡하게 하는지. 나중에 보고서 읽어보면 인간들 목숨 걱정해 주느라 우리 애들 목숨 날리는 경우가 허다해서 내가 직속부하가 아니라서 정말 다행이라고 생각했었지. 우리 조직 내에서 인기투표 하면 아마 꼴찌에서 두 번째쯤?"

그 말에 다르칸의 표정이 미묘하게 일그러졌다.

하라자드가 눈을 동그랗게 뜨고 물었다.

"그럼 꼴찌는 누군데?"

"메이즈 오르시아였소. 어찌나 인간 목숨을 걱정해 주는지 원. 그렇게 인간이 좋으면 악의 조직에 몸담질 말던가! 아, 물론 들어오고 싶어서 들어온 건 아니겠지만 그래도 같은 편을 좀 챙겨줘야지. 자기 뜻하고 상관없이 부려지기로는 다들 같은 처진데. 안 그렇소?"

"……."

피를 철철 흘리면서 궁시렁거리는 알더튼을 보는 하라자드가 흥미롭다는 표정을 지었다. 적이지만 참 재미있는 놈이다.

문득 알더튼이 물었다.

"근데 댁은 뭐하는 용족이오? 한 번도 못 본 종족이구만."

"난 크로커다이드라고 하지. 내 동족들은 워낙 남쪽에서만 살아서 네가 모를 만도 하다."

"크로커다이드라니, 들어본 적도 없군. 척 보니 상위 용족인데 이렇게 안 알려질 수도 있나?"

"거 우리 종족들도 우리 동네에선 유명하거든? 네 견문이 좁은 게야. 뭐, 그나저나 누가 마법사 아니랄까 봐 다 죽어가는 주제에 그런 거부터 궁금해하는군."

"그러고 보니 그렇군."

하라자드의 지적에 알더튼이 쓴웃음을 지었다.

다르칸이 말했다.

"순순히 항복해라."

"항복? 댁 배신하고 나가더니 정신 나갔군? 그게 가능할 것 같소?"

알더튼이 손가락을 머리에 대고 빙빙 돌리며 물었다. 다르칸이 눈살을 찌푸렸다.

"용제의 힘 때문이라면 해결 가능하다."

"당신이 그랬던 것처럼 말이지? 하지만 안 되오."

"진심으로 불카누스를 섬기는 건가?"

"딱히 그런 건 아니오만."

"그런데 왜?"

"머리가 있으면 생각을 해보는 게 어떻소? 댁이랑 메이즈 오르시아가 그렇게 배신했는데 손놓고 있었을 리는 없지?"

"상위 용족 간부에게만 종속의 계약을 건 게 아니었단 말인가? 모든 용족 간부에게 일일이 종속의 계약을 걸었다고?"

생각지 못한 사실에 다르칸이 눈을 크게 떴다. 알더튼이 고개를 저었다.

"땡. 틀렸소."

"……."

"불카누스님이 우리 같은 아랫것들한테 그렇게 신경을 쓸 것 같소? 애당초 활동 방침이나 작전도 그냥 다 댁들이 알아서 짰으면서."

"그, 그야 그렇기는 한데……."

불카누스는 조직이 어떻게 굴러가는지는 전혀 신경 쓰지 않았다. 상위 용족 간부들을 공포로 지배하며 그들을 통해서 뜻하는 바를 성취할 따름이다. 조직을 관리하는 것은 어디까지나 상위 용족 간부들의 몫이었다.

다르칸이 말했다.

"조직원들에게 걸려 있는 금제 정도라면 별로 어렵지 않게 해제할 수 있다만……."

"뭐, 비슷하긴 한데 좀 수준이 다르오. '거울의 심장'이라고 들어봤소?"

그 말에 하라자드가 혀를 차며 끼어들었다.

"상당히 악랄한 수법을 쓰는군. 블레이즈 원에서 흑마법을 쓰는 게 드래코니안이라고 했지? 제법 수준이 높은 모양이야."

'거울의 심장'은 상대방을 복종시키는 흑마법 중에서도 가장 악랄한 축에 속한다. 흑마법으로 만든 모형 심장과 피시술자의 진짜 심장을 연결해서, 어느 한쪽이 부서지면 다른 한쪽도 부서지게 되어 있었다. 또한 모형 심장을 자극하는 것만으로 지옥 같은 고통을 주는 것도 가능하다. 즉, 모형 심장을 가진 자는 '거울의 심장'에 걸린 자의 생살여탈권을 손에 쥐게 되는 셈이다.

알더튼이 말했다.

"조직의 용족들은 전부 이 계약으로 묶여 있소. 이제 더 이상 당신들 같은 이탈자는 생기지 않을 것이오."

"음……."

"그리고… 설령 기적적으로 그 문제가 해결된다고 해도 투항할 생각은 없소."

"어째서냐?"

"그야 댁은 어떻게 생각할지 몰라도 이 나라에서 나를 살려둘 것 같지 않거든? 뭐, 이 나라가 용족을 좀 이상하게 떠받들어 주는 동네긴 하지만 그래도 왕태자를 암살하려고 한 범인을 살려주진 않을 것 같소. 그건 인간의 법도로는 용서할 수 있는 일이 아니지. 아마 있는 고문 없는 고문 다 한 후에 목을 뎅겅 치지 않을까?"

"으음……."

생각지 못한 지적에 다르칸은 당황하며 하라자드를 바라보았다. 하라자드가 유감이라는 표정으로 고개를 끄덕였다. 그 말대로라는 뜻이었다.

하라자드가 물었다.

"왜 왕태자 전하를 암살하려고 했는지 묻는 건 부질없겠지? 너희들이 바라는 건 그저 이곳이 혼란스러워지고, 그 틈을 타서 상층부를 장악하는 것일 테니."

"큭큭, 잘 아시는구려."

알더튼은 문득 하늘을 올려다보았다.

'B팀과 C팀도 실패했군. 시간차 공격으로 투입해서 성공할 수 있을 줄 알았는데, 이 나라 놈들은 꽤 움직임이 빠른걸. 다른 용족이 또 개입한 건가?'

이번 작전은 왕태자를 암살하는 난이도 높은 것인지라 상당히 많은 병력이 투입되었다.

기격의 경지에 오른 오크 자룬타가 이끄는 A팀만이 아니라 마법사가 다수 포함된 B팀과 C팀이 시간차 공격을 가하기로 되어 있었다. 하라자드처럼 강력한 힘을 가진 자들이 폭주한 그랑드를 잡느라 발목을 잡힌다면 충분히 성공할 수 있다고 판단했다.

하지만 B팀과 C팀의 연락이 두절된 것을 보니 아무래도 그의 계산을 넘어서는 변수가 있었던 모양이다. 알더튼은 피식 웃으며 말했다.

"그럼 슬슬 작별할 시간이오. 깜빡하고 말을 안 했는데, 내게 걸린 금제는 '거울의 심장'만이 아니거든."

그 말에 다르칸과 하라자드가 깜짝 놀랐다. 조금 전까지는 전혀 조짐이 없다가 갑자기 알더튼의 몸속에서 위협적인 마력이 부풀어 오르기 시작했던 것이다. 그리고…….

"150년도 못 살고 죽을 줄 몰랐는데. 내 청춘 가련하도다."

알더튼은 시답잖은 유언을 중얼거리며 눈을 감았다. 동시에 그의 몸속에 감춰져 있던 자폭용 마법이 발동했다.

6

자폭용 마법은 알더튼 자신의 사고에 반응하게 되어 있었다. 즉, 적의 손에서 도망치는 것조차 불가능하다고 스스로 판단했을 때 마법이 발동하도록 되어 있었던 것이다.

몸속에서 이질적인 마력이 급속도로 부풀어 오르고, 그 충격으로 모든 감각이 마비되었다. 알더튼은 아무것도 느낄 수 없는 무(無)의 시간 속에서 스스로의 파멸을 기다렸다.

"......"

그런데 뭔가 이상했다.

시간이 지나도 눈앞에 드리운 어둠이 사라지지 않는다.

'왜 폭발 안 하지? 설마 감각이 마비된 동안에 폭발해서 날아가고 내 의식만 잔류하고 있는 상황인가?'

마비되었던 감각이 서서히 돌아오면서 주변의 상황이 느껴진다. 알더튼은 점점 불길한 예감이 엄습해 오는 것을 느꼈다. 어찌 뭔가 자기 옆에 다가와 있는 것 같은데, 눈을 뜨면 그게 누군지 확인할 수 있을 것 같은데… 뭔가 이상하다. 눈을 뜨면 안 될 것 같다.

"흐음."

옆에서 누군가의 목소리가 들린다.

알더튼은 불길한 예감이 현실화되는 것을 느끼며 몸을 가늘게 떨었다. 잠시 후, 날카로운 손톱이 그의 피부를 쿡쿡 찔렀다.

"거 현실도피 그만하고 눈을 뜨시지?"

"하, 하하하……."

알더튼은 살그머니 눈을 떴다.

바로 앞에 하라자드가 쪼그려 앉아서 그를 바라보고 있었다. 골목의 그림자 속에서 위압감 넘치는 덩치가 노란 파충류의 눈을 빛내는 모습을 마주하고 있자니 당장 잡아먹힐 것만 같았다.

하라자드가 히죽 웃었다.

"뭐, 제법 비장한 최후를 맞이할 뻔했어. 하지만 내가 이래 봬도 마법 해제에는 좀 자신이 있어서 말이지."

자폭용 마법이 발동하는 순간, 다르칸은 주변 건물을 보호하기 위해 실드 콜로니를 전개했다. 그리고 하라자드는 도리어 앞으로 나서면서 마법 해제를 시도해서 성공시켰다.

"0.1초만 늦었어도 펑— 하고 터졌겠지만, 그럭저럭 나한테 전이시켜서 억제하는 데는 성공했지."

그렇게 말하는 하라자드의 왼팔 소매는 다 찢겨져 나가고, 밖으로 드러난 팔에서 열기가 끓어오르고 있었다. 아무리 하라자드라 해도 알더튼에게 걸려 있던 자폭용 마법을 해제하기에는 너무 시간이 촉박했다. 그래서 일단 그 마법을 통째로 자신의 팔에 전이시킨 뒤에 위력을 억누르고 있었던 것이다.

알더튼이 입을 쩍 벌렸다.

"그, 그런 터무니없는 짓을! 아니, 애당초 그게 가능하긴 한 거요?"

"가능하니까 하고 있지. 아파 죽겠다."

하라자드는 못마땅한 듯 알더튼의 머리를 쥐어박았다. 그리고는 다르칸에게 말했다.

"완전히 중화시키려면 몇 시간은 걸리겠어. 그동안 격한 마법은 못 쓸 테니 다르칸 자네가 이놈 좀 포박해서 끌고 오게."

"너무 무모하시구려."

"살 만큼 살아서 그런가, 요즘 들어선 젊은 시절보다 더 혈기 넘치는 짓을 하게 되는군. 그나저나… 거울의 심장과 연계되어서 체내에 자폭하기 위한 마법이 심어져 있었나 본데, 아마 네놈이 갖고 있는 마법 도구들도 연쇄 폭발하게 장치되어 있었던 거겠지? 증거도 안 남기고, 마법 도구도 안 남겨주기 위해서?"

"족집게시구만. 맞소."

알더튼이 순순히 인정했다. 이렇게 된 이상 반항해 봤자 소용없다. 차라리 블레이즈 원 쪽에서 자기 상황을 알아차리고 심장을 부숴줄 때까지는 고분고분하게 구는 수밖에…….

'그러다 보면 혹시 살아날 수 있을지도 모르고. 세상 일 한치 앞도 모르는 법 아니겠어?'

뻔뻔스럽게 낙관적인 가능성을 그려보는 알더튼을 보던 다르칸이 눈살을 찌푸렸다.

"아무래도 그새 블레이즈 원의 스타일이 좀 변한 모양이오. 지금까지는 이 정도까지 치밀하지는 않았는데…….."

정확히는 이렇게까지 철두철미하게 일을 처리할 필요가 없었다. 인간들 상대로 용족이 곤란을 겪을 일이 뭐가 있겠는가? 기껏해야 하던 일에 꼬리가 밟히는 정도인데, 그것도 힘으로 밟아버린 다음에 마법으로 현혹 좀 시키고 떠나 버리면 끝이다.

하지만 루그가 그들에게 맞서기 시작한 후로는 상황이 달라졌다. 게다가 메이즈와 다르칸까지 배신한 상황이라 비밀유지에 신경을 쓰게 된 것도 당연했다.

하라자드가 투덜거렸다.

"새로 맞춘 옷이 하루만에 이렇게 망가지다니, 아깝구먼. 하여튼 블레이즈 원이라는 것들이 어떤 놈들인지는 똑똑히 확인했으니 앞으론 우리 쪽에서도 적극적으로 대응책을 수립해야겠어."

로멜라 왕은 루그의 이야기를 믿어주었다. 하지만 바로 전까지만 해도 블레이즈 원은 로멜라 왕국의 국익과는 상관없는, 뜬구름 잡는 이야기에 가까웠다. 루그도 그것을 잘 알고 있기에 정보적인 도움 외에는 큰 기대를 하지 않은 것이다.

그런데 블레이즈 원 쪽에서 이렇게 크게 일을 벌려줬으니 로멜라 왕국은 눈에 불을 켜고 대응에 들어갈 것이다. 다르칸 입장에서는 그들의 행동이 이익을 가져다줬다고 해야겠지만…….

'차라리 도움을 못 받아도 좋으니 이 나라는 관계없기를 바랐건만.'

다르칸은 폐허가 된 시가지를 보며 씁쓸함을 금치 못했다.

얼마 머물지도 않았건만, 다르칸은 이 나라에 전에 없는 애정을 느끼고 있었다. 그런데 블레이즈 원의 음모에 휘말려 아름답던 도시가 파괴되고, 자신에게 호의를 보여주었던 수많은 사람들이 죽어간 것을 보니 슬픔이 몰려들었다.

동시에 용암 같은 분노가 끓어올랐다.

불카누스는 대체 왜 이런 짓을 하는가?

상관도 없는 인간들을 죽이고, 거대한 혼란을 초래하는 것에 도대체 어떤 의미가 있단 말인가?

문득 하라자드가 고개를 들며 말했다.

"저쪽도 대충 처리된 것 같군."

"저쪽?"

다르칸이 물었다. 하라자드는 아까부터 누군가와 통신 마법을 주고받고 있었는데, 그 상대방 쪽의 이야기인 모양이다.

"왕궁 쪽에는 알로키나가 있었거든. 국왕 폐하를 피신시키고 나니 왕궁 한복판에서 왕태자 전하를 노리는 놈들이 또 있었다는군. 근위대와 함께 그놈들을 처리하고, 몇몇 놈들을 구속해 두었다고 하니 정보를 좀 얻을 수 있겠지. 용족이 아니라면 용제의 힘으로 지배받는 것도 아닐 테고."

"물론 그렇소. 근데 그놈들 별로 아는 게 없을 거요. 다들 말단이라서 시키는 대로만 움직이니."

알더튼이 끼어들었다. 하라자드가 그를 돌아보며 물었다.

"네놈은 말단이 아니라서 아는 게 많고?"

"그렇소. 뭐, 처우만 잘해주시면 얼마든지 원하시는 정보를 서비스해 드릴 의욕이 넘쳐흐르는데……."

"이거 보통 뻔뻔한 놈이 아니로고."

"아픈 건 싫잖소? 가뜩이나 다 죽어가는데. 게다가 나도 목숨을 저당잡혀 있는 몸이라서 시키는 대로 하는 것뿐이지 딱히 충성심이 넘쳐흐르거나 블레이즈 원의 이상에 공감하고 있는 건 아니니까. 아니, 잘 생각해 보니 뭐 이상이랄 것도 없긴 하군. 그냥 용족 말고는 다 죽이자는 집단이니."

알더튼이 피투성이가 된 옆구리를 가리키며 말했다. 그나마 방금 전에 다르칸이 마법으로 지혈을 했으니 망정이지, 안 그랬다면 슬슬 사경을 헤매고 있었을 것이다.

하라자드가 물었다.

"하지만 거울의 심장에 걸려 있으니 어차피 죽을 텐데?"

"그럼 더더욱 혼자 죽긴 억울하니, 앞날이 창창한 청춘의 운명을 구속하고 막 굴려먹다가 필요없다고 죽여 버리려는 놈들하고 같이 죽을 궁리를 해야지! 내가 이래 봬도 실무를 많이 담당하고 있던 몸이니 도움되는 정보가 많을 거요."

"…듣고 보니 맞는 소리이긴 하군."

알더튼은 어디까지나 불카누스에게 용제의 힘으로 구속당해서 이용당한 입장이다. 죽을 때가 되어서 그들에게 원한을 품어도 이상할 건 없었다.

하라자드가 말했다.

"네놈이 가진 정보가 얼마나 쓸모있느냐에 따라서 처우를 결정하도록 하지. 어차피 죽을 목숨이니……."

"거 나도 정말 불쌍한 처지라오. 부디 관대한 처우를 부탁 드리겠소."

"그럼 좀 자라."

"켁!"

하라자드가 냅다 오른손으로 머리통을 후려치자 알더튼은 기절해서 축 늘어지고 말았다. 타격과 함께 수면 마법을 걸어서 그의 의식을 끊어놓은 것이다.

다르칸이 그를 들쳐 업으며 말했다.

"잘하면 살릴 수도 있을텐데……."

"음? 정말인가?"

하라자드가 눈을 휘둥그레 떴다.

자폭용 마법 정도면 몰라도 '거울의 심장' 같은 영혼 계약형 마법은 걸기보다 풀기가 훨씬 어렵다. 그 마법을 알더튼에게 건 마법사와 똑같은 계통의 마법을 전문으로 터득했다고 가정할 때, 적어도 실력이 몇 배는 뛰어나야만 할 수 있을 것이다.

다르칸이 고개를 끄덕였다.

"아마도."

그러면서 다르칸은 통신 마법을 이용, 루그와 볼카르에게 연락을 시도했다.

볼카르라면 거울의 심장을 해제하는 법 따윈 3초도 안 걸

려서 내놓을 것이다. 문제는 루그나 메이즈, 다르칸이 그걸
실행할 수 있느냐인데…….

'왜 응답이 없지?'

다르칸은 놀라서 눈을 크게 떴다. 아무리 통신을 시도해도
루그와 볼카르에게서는 응답이 없었다.

'설마… 그새 마스터를 쓰러뜨릴 정도로 강력한 적이 나타
나기라도 했단 말인가?'

하지만 그렇게 생각하면 또 왜 자신을 부르지 않았느냐는
의문이 든다. 볼카르가 다급한 마음에 메이즈에게 통신을 시
도했다.

—음? 왜 그래, 다르칸?

메이즈는 금방 응답했다. 다르칸은 의아해하며 물었다.

—메이즈, 마스터가 통신에 응답하지 않는다. 무슨 일이 생
긴 건가?

—아, 그게…….

메이즈는 조금 난처한 듯 대답했다.

—주인님은 바보짓하다 삐졌어. 그래서 지금은 응답 못
해.

—응?

영문을 모르는 다르칸은 눈을 휘둥그레 떴다. 메이즈가 한
숨 섞인 목소리로 말했다.

—일단은 그렇게만 알아두고 돌아와. 나도 확실한 건 모르

겠고, 주인님이 깨어나야 다 알 수 있을 것 같으니…….

—으음. 그러지.

다르칸은 눈살을 찌푸리며 통신을 끊었다.

하라자드가 물었다.

"왜 그러나?"

"아니, 별일은 아닌 것 같소. 이자를 살릴 수 있을지 물어본 건데 당장 확답을 들을 수는 없겠군. 하지만 가능성은 있소."

"그런가? 어떤 방법일진 모르겠다만, 살릴 수 있다면 좀 재미있을지도 모르겠군."

하라자드가 히죽 웃으며 걷기 시작했다.

7

꿈속에서 자신과 대면하는 것은 그리 재미있는 일은 아니다. 특히 꿈속의 자신이 낯선 타인처럼 여겨지고, 또 자신이라는 것이 창피스러울 정도라면 더더욱.

불카누스는 그런 감정에 익숙해져 가고 있었다. 워낙 꿈을 통해 방대한 기억을 엿보다 보니 이제는 어차피 이 꿈 보는 놈 나밖에 없다, 다른 드래곤들 아니면 누가 알겠느냐~ 하는 될 대로 되라 심정이 되고 말았다.

그런데 오늘의 꿈은 이상했다.

거센 불길이 밤하늘을 불태우고 있었다.

그 불길의 규모는 불카누스가 지금껏 본 적이 없을 정도로 거대했다. 수만 명의 인간이 사는 도시 전체가 불타는 광경은 그야말로 지옥의 한 부분을 도려낸 것 같았다.

"살려줘! 살려주세요!"

"꺄아아아아아!"

"누, 누가 도와주시오, 제발!"

불길 속에 갇힌 인간들은 비명을 지르며 도움을 구한다. 하지만 그들을 도와줄 이는 없다. 지금 이 순간만큼은 신분이 높은 자도, 낮은 자도, 부유한 자도, 가난한 자도, 강인한 자도, 연약한 자도, 똑똑한 자도, 어리석은 자도 모두 공평했다. 그저 모든 것을 불태우는 불길 속에서 죽어갈 뿐이다.

불카누스는 그 광경을 내려다보고 있는 누군가를 발견했다. 불타는 종탑 위에서, 스스로가 불탈 것을 전혀 염려하지 않는 모습으로 붉은 머리칼을 휘날리는 청년은… 바로 과거의 그였다.

"절경이군."

그렇게 중얼거리는 과거의 자신을 보며 불카누스는 이질감을 느꼈다.

'이상하다.'

불타 죽어가는 인간들을 보면서 잔혹하게 미소 짓는 청년은 흡사 불카누스 자신 같았다.

물론 그것은 진실이다. 이 꿈은 불카누스가 잃어버린 과거의 기억이었으니까.

　하지만 지금까지 그 속에는 언제나 볼카르라 불리던 멍청한 드래곤이 자리하고 있었다. 자신이 과거에 이랬다는 것이 굴욕적일 정도로 이질적인 존재가.

　볼카르는 이렇게 불타 죽는 인간들을 보며 즐거워하는 존재가 아니었다. 그런 행동은 불카누스에게 어울린다.

　'그럼 이건 내가 나일 때의 과거란 말인가? 하지만 내겐 이런 기억이 없어. 설마 봉인이 이루어진 것이 내가 이런 짓을 저지른 후였다고?'

　그럴 리가 없다. 블레이즈 원을 통해 모인 정보를 아무리 봐도 자신이 불카누스로서 각성한 후에 세상에 직접 영향력을 행사한 흔적은 찾지 못했다.

　문득 꿈속의 불카누스가 '이쪽'을 바라보았다.

　불카누스는 흠칫했다.

　'설마 나를 보는 건가?'

　뒤를 돌아보았지만 그곳에는 아무것도 없다. 꿈속의 불카누스는, 지금 그의 옆에 꿈을 꾸는 주체이며, 동시에 관찰자로서 존재하는 불카누스를 보고 있었다.

　그리고 꿈속의 불카누스가 미소 지으며 입을 열었다.

　"드디어 여기까지 왔군. 네가 잃어버린 미래로……."

　"뭐라고?"

"이제부터 너는 진짜 과거를 되찾게 될 것이다. 내가 집착하는 것보다 훨씬 가치있는, 되찾아야만 하는 기억을. 그리고 그 과정이 끝났을 때, 우리는 하나가 되겠지."

"무슨 소리지?"

누가 봐도 자신에게 말을 거는 상황에 불카누스가 경악했다.

하지만 꿈속의 불카누스는 더 이상 아무 말도 하지 않았다. 그의 입가에 어린 미소가 짙어졌다고 생각한 순간, 주변에 펼쳐져 있던 세계가 산산조각 나면서 꿈이 끝났다.

"헉!"

불카누스는 헛숨을 토하며 눈을 떴다.

잠시 동안 그는 자신이 어떤 상태인지 알 수 없었다. 그러나 숨을 몰아쉬다 보니 전신이 식은땀으로 축축해져 있고, 심장이 미친 듯이 고동치고 있다는 사실을 깨달았다.

이런 경험은 처음이다. 지금까지 꿈속에서 불쾌한 기억을 본 적이 많긴 해도, 깨어났을 때 이렇게 괴로웠던 적은 한 번도 없었다.

"인간의 몸이라서인가……."

그는 울컥 하며 가슴을 움켜쥐었다. 그릇으로 쓸 수 있는 것이 이 따위로 허약한 인간의 육체뿐이라는 사실이 짜증스러웠다.

"왜 그러시오?"

문득 방 저편에서 익숙한 목소리가 들려왔다. 황색 뿔을 가진 드래코니안의 모습을 취하고 있는 지아볼이었다.

"아무것도 아니다. 불쾌한 꿈을 꾸었을 뿐."

"지금까지의 꿈과는 좀 달랐던 것 같소만."

"아무것도 아니라고 했을 텐데?"

신경질적으로 반응하는 불카누스에게 지아볼이 뭔가를 내밀었다. 유리잔이었다.

쪼르르르륵…….

지아볼이 마법으로 공기 중의 수분을 모아서 깨끗한 물을 생성, 잔을 채웠다. 적당히 시원하게 물을 냉각시킨 그가 말했다.

"드시오. 상태가 안 좋아 보이는구려."

"흥."

불카누스는 짜증을 느끼면서도 마침 목이 타던 참이었는지라 잔을 받아 들고 벌컥벌컥 마셨다.

콰직!

텅 빈 유리잔이 불카누스의 손아귀에서 부서졌다. 깨진 유리 때문에 상처가 나서 피가 뚝뚝 떨어지자 지아볼이 눈을 동그랗게 떴다.

"자해하는 취미가 있으셨소?"

"다 이 허약해 빠진 육체 때문이다."

불카누스가 상처난 손을 보며 으르렁거렸다.

모든 것이 인간의 육체 때문이다. 인간을 증오하는 자신이 인간의 육체를 그릇으로 삼고 있다는 것부터가 웃기는 일이다. 한 대 치면 부서져 버릴 것처럼 허약하고, 마력도 형편없고, 감각 기능도 저능하기 그지없는 이런 육체를 쓰고 있으니 고작 꿈 때문에 괴로워하는 일을 겪는 것이다.

지아볼이 피식 웃으며 손가락으로 허공을 가리켰다. 그러자 복원 마법이 발동, 산산조각 났던 유리잔의 파편들이 허공에서 집결하며 원래 형상으로 되돌아갔다. 심지어 볼카르의 상처에 박혀 있던 작은 파편들까지도.

"무슨 꿈을 꿨는지는 몰라도 그런 식으로 자기 몸에 화풀이하는 건 별로 좋지 않소. 기왕 화풀이를 할 거면……."

"할 거면?"

"당신 같은 경우는 인간을 죽이는 게 차라리 건전하지. 나가서 뒷골목을 돌아다니는 인간들이라도 몇 잡아 죽이는 게 어떻소? 그런 놈들은 죽여서 없앤다고 해도 신경 쓰는 놈도 별로 없을 테니 문제가 되진 않을 거요."

"……"

볼카르는 잠시 동안 멍청하니 지아볼을 바라보았다.

그들은 인간들의 도시에 있는 집 중 한 곳을 골라서 들어와 있었다. 물론 원래 이 집에 살고 있던 자들은 다시는 숨을 쉴 수 없는 시체가 되어 사라졌다.

볼카르가 어이없어하며 말했다.

"네놈은 '건전'이라는 단어의 뜻은 제대로 이해하고 하는 말인가?"

"물론이오. 내가 보기에 당신의 삶의 방향성이 인간을 비롯한 지성체들의 말살에 있다면, 화풀이 대상도 그들로 삼는 게 건전해 보인다오. 뭐, 일반적인 기준으로 보면 말도 안 되는 궤변이겠지만."

"못 당하겠군."

불카누스가 코웃음을 치며 창가에 걸터앉았다. 그가 군데 군데 불빛이 들어와 있는 도시를 보며 말했다.

"이상한 꿈을 꿨다."

그 말에 지아볼이 빙긋 웃었다. 마치 결국 말할 거면서 까칠하게 군 것을 비웃는 듯하여 불카누스는 울컥했지만, 일일이 화를 내는 대신 계속 말하는 쪽을 택했다.

"지금까지의 꿈은 내가 잃어버린 과거의 기억들을 보여주었지. 이따금씩 알 수 없는, 혼돈의 편린 같은 것들이 끼어 있긴 했어도 대체로 그러했어……."

언제인지 알 수 없는, 아니, 실제로 있었는지 없었는지도 알 수 없는 혼돈의 기억. 인간과 닮은 것 같은, 하지만 어딘가 조악해 보이는 이상한 존재들을 앞에 두고 그들을 애정 어린 눈으로 바라보았던, 도저히 이해할 수 없는 시간…….

그것이 자신의 무의식이 자아낸 몽상의 파편인지, 아니면 실제로 있었던 일인지는 모르겠다. 하지만 때때로 그러한 꿈을 꾸었을 때, 볼카르는 더욱더 인간에 대한 증오가 불타 오르는 것을 느꼈다.

"하지만 이번에는……."

불카누스는 방금 전에 꾼 꿈에 대해 이야기해 주었다.

일어났을 리 없는 일을 보며 웃고 있던 꿈속의 자신이, 꿈을 꾸는 자신에게 말을 걸어온 일을.

이야기를 다 들은 지아볼이 흥미로워하는 표정을 지었다.

"당신이 인간이라면 그런 일도 있을 법하지만… 이상하긴 하구려. 애당초 당신은 원래는 꿈이라는 정신활동과도 별 인연이 없었던 존재인데."

"인간의 몸을 그릇으로 쓰고 있기 때문이겠지."

"그건 아닌 것 같소. 내가 보기에 그 꿈에는 꽤 의미심장한 부분이 있는데……."

"의미심장한 부분?"

"시간이오."

"시간?"

"지금까지 당신은 적어도 자신이 주체가 되는 꿈을 꿀 때는, 인간들과는 달리 존재하지 않았던 일을 겪진 않지. 그건 어쨌거나 당신이 '과거에 있었던 일'로 인식하고 있는 기억들이었소."

"그렇다. 왜 새삼스럽게 그 점을 짚는 거지?"

"들어보시오. 그런데 당신은 이번에는 '존재하지 않았던 시간'의 꿈을 꾸었소."

"이상한 꿈이긴 하지만, 꿈일 뿐이다."

"하지만 내가 여기 와서 느낀 모순이 그것과 연결될지도 모른다는 게 문제요."

"무슨 모순 말이지?"

볼카르가 눈살을 찌푸렸다. 지아볼이 말했다.

"나는 그동안 이 세계에 대해서 다방면으로 조사하고 있었소. 블레이즈 원에 오랫동안 몸 담고 있었던 조직원들과 이야기를 나누어보기도 하고, 여러 개의 몸을 이용해서 세계를 여행해 보기도 했지. 이 세계가 파릇파릇한 신세계라는 점을 감안하면 정말 믿을 수 없을 정도로 발달해 있는 역사가 흥미로웠지."

"잠깐."

"왜 그러시오?"

"이 세계가 파릇파릇한 신세계라고? 그건 무슨 의미지?"

"말 그대로 창세가 이루어진 지 그리 오래 되지 않은 세계라는 뜻이오만?"

"무슨 말도 안 되는 소릴 하는 건가? 이 세계의 역사를 거슬러 올라가면 거의 1만 년에 달하는 시간이……."

"거의 1만 년?"

지아볼이 고개를 갸웃거렸다.

알 수 없는 그의 반응에 불카누스가 눈살을 찌푸렸다.

"물론 내가 기억을 잃어버렸으니 명확한 시간을 알지는 못하지. 하지만 그쯤 되는 것만은 분명하다."

"이상하군. 1만 년이라니, 내가 알기로는… 아니지, 나는 이 세계를 바깥에서 관측하는 입장이었고, 당신은 안에서 살아가는 입장이었으니 서로가 가진 인식에 오차가 생기는 거야 얼마든지 있을 수 있는 일인가?"

지아볼은 미심쩍다는 듯 혼자 고민하며 중얼거렸다. 불카누스가 물었다.

"무슨 뜻인가?"

"으음. 딱히 신경 쓸 문제는 아닌 것 같소. 어쨌든 그러니까 이 세계는 파릇파릇하다는 거요. 창세 이후 아직 1만 년 정도밖에 안 지난 세계인 거잖소? 그런데도 이렇게 수많은 생명이 태어나고 문명이 번성해서 역사를 기록하고 있다니, 이렇게 급박한 경우는……."

"1만 년밖에?"

불카누스는 불쾌한 표정을 지었다. 그와 지아볼은 1만 년이라는 장구한 시간에 대한 인식이 완전히 달랐다. 마치 인간과 용족이 10년이라는 시간을 어떻게 인식하는지의 차이를 보는 것 같다.

지아볼이 잠시 생각하더니 말했다.

"뭐, 그 문제는 나중에 차분히 이야기해 보도록 하지. 어쨌거나 당신도 이 세계의 존재이니만큼 판단 기준이 이 세계에 맞춰져 있을 것이고……."

"무슨 말을 하고 싶은 건지 모르겠군."

"자꾸 이야기가 다른 데로 빠져서 그렇소. 내가 하고 싶은 말은 이거요. 내 본체가 마지막으로 당신을 만난 뒤, 내가 이 세계 안으로 복제되기까지는 대충 100년의 시간이 걸렸소."

"꽤나 오래 걸렸군. 고작해야 자신을 복제하는데… 잠깐."

아무 생각 없이 비아냥거리던 불카누스의 표정이 굳었다. 그도 지아볼이 무엇을 문제 삼고 있는지 알아차린 것이다.

지아볼이 심각한 표정으로 물었다.

"왜 이 세계의 시간은 80년 정도밖에 흐르지 않은 거요?"

CHAPTER 47
왕태자에게 무술을 가르치는 법

폭염의 용제

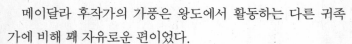

1

메이달라 후작가의 가풍은 왕도에서 활동하는 다른 귀족
가에 비해 꽤 자유로운 편이었다.

그 이유는 그들이 원래 스피릿 비스트가 가득한 경계지대
에 근본을 두고 있어서였다. 150년 전, 나샤 삼국이 바깥 세
상과 교류하기 전까지 그들은 하루하루 목숨 걸고 스피릿 비
스트와 싸우는 것이 일과였다. 그러다 보니 딱딱한 예절을 중
시하지 않고, 같이 목숨 걸고 살아가는 평민들과도 마음을 터
놓고 지내는 가풍이 발달한 것이다.

지금은 150년 동안 축적한 부가 어마어마해서 예전만큼 힘
들게 살진 않지만, 그때의 분위기는 거의 희석되지 않고 남아

있었다. 에리체가 자유분방하게 자라난 것도 그 덕분이리라.

하지만 요즘 들어 메이달라 후작은 둘째 딸을 볼 때마다 생각한다.

'너무 자유분방하게 키웠어…….'

첫째 딸과 셋째 딸도 괄괄하단 소리를 많이 듣긴 하지만, 에리체처럼 사고뭉치는 아니었다. 참고로 첫째 딸은 이미 시집 가서 잘 살고 있기도 하다.

그렇다고 딱히 에리체만 천성이 다른 형제들보다 심하게 자유로운 것도 아니다. 어디까지나 에리체가 가진 출생의 비밀 때문에 상처받는 일이 없도록 사람들이 배려하다 보니, 어느덧 이렇게 막 나가는 성격이 되어 있었다.

메이달라 후작이 말했다.

"너도 이미 들었겠지만 오늘부터 우리 가문에서도 이번 사건으로 피해를 입은 왕도 시민들을 위한 봉사활동에 나선다."

"들었어요."

"너도 나가서 얼굴 마담 노릇 좀 하거라. 가끔은 이런 일도 해야지. 바리엔 양도 라한드리가 백작가의 도장 사람들하고 같이 나온다더라."

"가서 뭘 하면 되는데요?"

"뭘 하면 될 것 같으냐?"

"무너진 집을 보수할 때 폐자재를 들어 나르거나, 아예 부쉬야 할 것들을 부수거나?"

"…넌 네가 귀족가의 딸이라는 자각이 있긴 있는 게냐?"

"하지만 내 힘으로 할 수 있는 게 그런 것뿐인걸? 아빠도 알잖아요. 괜히 요리를 하라거나 설거지를 하려고 했다가는 식기들이나 와장창 부숴먹을 텐데."

에리체는 주제 파악을 잘 하고 있는 소녀였다.

백작이 한숨을 쉬었다.

"그냥 웃으면서 위로의 말을 하고, 옷가지나 음식을 나눠 주기만 해도 된다. 평범한 발상을 해주려므나."

"그런 건 내가 안 해도 되잖아요? 아리에가 훨씬 잘할 텐데. 차라리 그냥 사정이 어려운 동네 가서 스피릿 비스트라도 때려잡으면 안 돼요?"

"맞고 갈 테냐, 아니면 그냥 갈 테냐?"

"우, 아빠는 너무 폭력적이야. 다른 집안에서는 애들한테 손대는 걸 금기시한다고요."

"그건 다른 집안 이야기고. 그럼 맞는 대신 용돈 삭감이라든지, 이번 달에는 새 드레스나 새 장신구는 없다든지, 기타 등등의 즐거운 선택지가 있다만?"

"흥. 내 돈으로 사면 되지, 뭐. 나도 돈 많은걸."

"네 재산 동결시키는 게 어려운 일일 것 같으냐? 비상금 꿍쳐 둔 거야 있겠지만, 나한테 유용하라고 부탁한 재산부터 동결시키고 그것도 찾으면……."

"아빠 비겁해! 알았어요, 가면 되잖아요!"

에리체가 입술을 삐죽였다.

메이달라 후작이 말했다.

"혼자 구박당하는 것처럼 생각하진 마라. 메닌하고 아리에도 나갈 거니까."

메닌과 아리에는 에리체의 남동생과 여동생이었다.

에리체가 투덜거렸다.

"내가 간다고 뭐가 달라지는 것도 아니잖아요."

"가족도 잃고, 터전도 잃은 사람들한테 희망을 주는 일이다. 가볍게만 생각하지 말아라. 네가 그래 봬도 얼굴만은 어디 내놔도 떨어지지 않지 않니? 예쁜 아가씨가 같이 고생하면서 위로의 말을 해주는 것만으로도 사람들은 위안을 얻을 수 있는 거란다. 하는 김에 우리 가문 이미지도 좀 좋게 하고……."

"…본심은 마지막 같은데."

"흠흠. 한 가문을 이끄는 가주의 몸이다 보면 그런 것도 생각해야 하는 법이란다."

"그리고 난 별로 예쁘지도 않은걸."

"무슨 소리냐? 너 이번 달에도 혼담이 두 번이나……."

"내 얼굴하고 가슴만 보는 취향 이상한 놈들이라면서 걷어차 놓고서는."

"으으으음! 아, 아니 그렇게까지는 말하지 않았던 것 같은

데……."

"말했어요. 거기서 왜 가슴 이야기가 나오냐고 엄마한테 구박받았잖아요. 딸한테 혼담이 들어왔는데 가슴 이야긴 왜 해요? 엄마가 그러는데 아빠도 만날 엄마 가슴만 쳐다보길래 자기도 일부러 가슴이 두드러지는 드레스를 입어서 꼬셨……."

"아, 아니, 너도 알잖느냐? 데릴사위 아니면 안 된다는 거. 이 아빠가 열심히 찾아보고 있으니 너무 그러지 말고……."

에리체가 도끼눈을 하고 째려보자 메이달라 후작이 허겁 지겁 변명했다.

에리체는 메이달라 후작가의 혈통에 계승되는 '저주'를 보관하는 존재다. 그렇기에 아무리 자유롭게 자랐어도 출가 외인이 되어서는 안 된다는 절대적인 문제가 있었다.

에리체가 말했다.

"알겠어요. 아, 그리고 아빠, 나 할 말이 있어요."

"또 조건을 걸려고 그러는구나."

"이번엔 아니에요. 나, 사랑하는 사람이 생겼어요."

"뭣?"

메이달라 후작의 눈이 휘둥그레졌다. 그가 믿을 수 없다는 듯 물었다.

"사랑?"

"네."

"사아라앙?"

"네."

"지금 내가 똑바로 들은 게 맞는 게냐? 다른 사람도 아니고 네가! 내 둘째 딸인 에리체 메이달라가! 연심을 품었다고?"

"아빠, 우리 오랜만에 연무장 가서 대련 한판 할래요?"

에리체가 생글생글 웃으며 물었다. 그 말에 메이달라 후작이 흠칫 굳었다.

메이달라 후작가의 가훈은 '필요한 사람이 되자!' 였다. 그래서 남자든 여자든, 다들 도움되는 재주 하나씩은 갖고 있었다.

그 일환으로 어려서부터 일단 적성에 맞는지를 보기 위해서 무조건 강체술을 배우게 했는데, 에리체의 재능은 거의 천재적이었다. 출생의 비밀 때문에 압도적인 신체 능력에 무지막지한 강체력을 갖게 되어서 가문 내에는 적수가 없었다. 메이달라 후작도 4단계의 강체술사였지만 에리체와 대련을 했다간 망신만 당한다.

메이달라 후작이 어색하게 헛기침을 했다.

"흠흠. 아니, 좀 뜻밖이라서 놀랐을 뿐이란다. 그런데 갑자기 무슨 소리냐? 어느 놈팽이가 네 마음을 훔쳤다는 거야?"

그의 목소리가 높아졌다. 일단 사실을 받아들이고 나니 딸 가진 아빠답게 울컥하는 마음이 치솟았던 것이다. 감히 어떤 놈이 지금까지 남자를 돌 보듯 하던 에리체를 사랑에 빠지게 만들었단 말인가?

에리체가 얼굴을 붉히며 말했다.

"루그 아스탈님이요."

"웅? 설마 폭염의 용제 말하는 거냐?"

"네."

"흐으음……."

울컥했던 마음은 상대가 누군지 아는 순간 싹 사라지고, 대신 다른 고민이 자리잡았다.

그가 물었다.

"어쩌다 반한 거냐?"

"첫눈에요."

"첫눈에?"

"네. 처음 보는 순간 막 가슴이 두근두근거리고 그 사람밖에 안 보이고, 세상에 그 사람이랑 나만 있는 것 같고, 날 보기만 해도 눈앞이 핑크빛으로……."

"…네가 그런 표현을 쓸 정도로 정신 나가게 만드는 걸 보니 확실히 사랑은 예측불허로구나."

메이달라 후작은 닭살을 참느라 몸을 부르르 떨었다. 그가 루그를 떠올리며 말했다.

"그 청년, 요즘 열리는 대책회의에 참석했을 때도 그렇고, 셀더린 후작의 생일파티 때는 이야기도 나눠봤는데 호락호락하지 않을 것 같던데. 일단 알려진 사실로만 봐도 전설적인 영웅이 이런 남자구나 싶지 않니? 그 나이에 발타르 공과 맞먹을 정도로 강하니 수백 년에 하나 나올까 말까 한 강체술의 천재고, 용족들이 감탄할 정도로 뛰어난 마법사에, 상위 용족들이 고개를 숙일 정도로 강력한 용제……. 어떻게 이런 인간이 있을까 싶을 정도지."

"응. 정말 대단하죠? 그리고 잘 생겼잖아요."

"너 얼굴 따지는 편이었더냐?"

메이달라 후작이 놀라서 물었다. 지금까지는 에리체가 워낙 남자들을 길가의 돌멩이처럼 취급해서 몰랐던 사실이다.

에리체가 고개를 끄덕였다.

"기왕이면요."

"절세미남까지는 아니지만 호감 가게 잘 생긴 얼굴이긴 하지. 키도 훤칠하고……."

"잘 생겼다니까요. 그분에 비하면 다른 남자는 다 오징어예요."

"…뭐 콩깍지가 씌이면 다 그렇게 보이는 법이지. 어쨌든 딱히 귀족가 출신도 아닌 야인이라고 하니 데릴사위로 못 삼을 것은 아닌데… 밑져야 본전이니 혼담 한번 넣어보길 바라는 게냐?"

"아뇨. 넣지 마세요."

"왜?"

"그분하고 같이 다니시는 드래코니안님 있잖아요."

"메이즈 공 말이냐?"

"네. 둘이 분위기가 묘한 것이… 함부로 들이대 봤자 득이 없을 것 같아요. 괜히 거절당하면 접근할 명분만 줄어든다구요."

"음? 그 청년이랑 메이즈 공이랑 말이냐? 하지만 인간과 드래코니안이… 아, 선례가 없진 않군."

"선례가 있어요?"

에리체의 눈이 휘둥그레졌다.

메이달라 후작이 고개를 끄덕였다.

"몇 군데 있긴 하다. 인간끼리의 결혼과는 좀 관계가 다르긴 하다만, 북방의 하스웰 가문이나 바사드의 지에로바 가문, 하넬라의 이리에타 가문… 생각나는 것만 해도 그 정도는 되는구나."

"헉! 모, 몰랐어……."

에리체의 얼굴이 창백해졌다.

그녀는 지금까지 '루그와 메이즈의 분위기가 묘하긴 하지만, 인간과 드래코니안이니까 문제되지 않을 거다, 자기가 들이대 볼 만하다!'라고 생각하고 있었다. 그런데 이미 선례가 있었을 줄이야!

아무래도 그 선례라는 것을 구체적으로 조사한 뒤 적극적으로 행동할 필요가 있을 것 같다. 두 주먹을 불끈 쥐며 결의를 다진 에리체는 문득 생각난 사실을 말했다.

"아참, 아빠. 루그님 말인데요."

"말해보거라."

"우리 가문의 저주의 연원이 뭔지, 그리고 제 정체가 뭔지까지도 굉장히 구체적으로 알고 있던데요? 우리가 모르는 사실까지 알고 있는 눈치였어요."

그 말에 메이달라 후작은 놀라서 벌떡 일어나고 말았다.

"뭐라고?"

2

알더튼은 낯선 마법진 속에서 눈을 떴다.

황량하고 차가운 방이었다.

아무런 장식도 없는 방에는 오로지 마법적인 설비만이 있었다. 그의 밑에서 은은한 빛을 발하고 있는 마법진을 중심으로, 정체불명의 약물이 들어 있는 유리관에서 뻗어 나온 투명한 관이 몸에 연결되어 있다.

'치유용 약물인가? 재미있는 수법인데?'

알더튼은 마법사답게 자신의 몸과 연결된 관을 보았다. 몸에 아주 작은 구멍이 뚫린 바늘이 꽂혀 있고, 그것을 통해서 약물이 공급되도록 한 장치였다.

'이 마법진은… 흠, 외부와 완전히 마법적인 연결을 차단하는군. 날 가두기도 하고 지켜주기도 하는 셈인가?'

마법진은 심지어 '거울의 심장'의 저주조차도 차단하고 있었다. 이 안에 있는 한 알더튼은 저주의 위협에서 안전한 셈이다.

알더튼이 한참 마법진에 감탄하며 꼼꼼하게 살펴보고 있을 때, 문이 열리면서 두 명이 들어왔다.

앞장선 것은 연갈색 머리칼에 청록색 눈동자를 가진 인간 청년이었다.

'루그 아스탈이군. 직접 만나는 것은 처음인데… 정보랑 다른데?'

정보에 따르면 정상적인 방법으로는 마력을 운용하는 패턴을 읽을 수 없는 기이한 마법을 사용하지만, 대신 마력 자체는 어디까지나 인간 수준이라고 했다. 하지만 지금 과시하듯 개방된 루그의 마력 수준은 드래고닉 리저드인 알더튼 이상이었다.

그 뒤를 따르는 것은 푸른 비늘의 드라칸, 다르칸이었다. 이전에 입고 있던 흑청색 갑옷과는 달리 로멜라 왕국의 복식으로 만들어진 옷을 입고 있는 것을 보니 묘하게 풍채가 좋아 보였다.

루그가 물었다.

"기분이 어때?"

"상쾌하군. 이전에 깨어났을 때는 헤롱헤롱했는데."

왕태자 시해 사건 후 왕궁으로 끌려온 알더튼은 목숨이 간당간당한 상태로 깨어나 하라자드에게 심문을 받았다. 거기서 그가 요구하는 정보들을 다 말해준 뒤 다시 기절했는데, 이번에 깨어나 보니 기력이 없긴 해도 상처는 다 나아 있어서 상태가 한결 좋았다.

문득 알더튼이 루그 주변을 가리키며 물었다.

"그런데 그건 뭐요?"

루그 주변에는 불의 정령 이프리트, 물의 정령 운디네, 얼음의 정령 프로스티아가 떠다니고 있었다. 각각 불과 물과 얼음으로 빚어낸 작고 귀여운 요정 같은 모습이었다.

루그가 말했다.

"신경 꺼."

"신경 쓰이는데……."

"맞을래?"

루그가 주먹을 들어 보이며 협박했다.

하지만 알더튼은 그래도 굴하지 않고 호기심을 드러냈다.

"하지만 그 정령들, 마법으로 굴종시킨 게 아니고 자연스럽게 실체화시킨 거잖소? 당신이 엘프도 아닌데 어떻게 그런 일이 가능한 거요? 아니, 엘프라고 해도 이렇게 다양한 정령을 한 번에 친화력으로 불러내는 일은……."

"잘도 알아보는군."

그 말대로 세 정령은 루그가 스포르카트에게 받은 힘을 이용, 계약을 맺은 이들이었다. 상위 정령으로 성장시키기 위해 마력을 공급해서 지속적으로 실체화시켜 두면서 정보를 축적하는 단계를 거치는 중이다.

루그가 말을 이었다.

"그래도 신경 꺼. 내가 물어보는 것부터 대답하지 않으면, 때린다."

"그거 대답해 주는 게 그렇게 어렵진 않을 것 같은……."

딱!

루그는 전광석화 같은 손놀림으로 알더튼의 머리를 쥐어박았다. 순간 알더튼은 눈앞에 별이 번쩍이는 것을 보며 휘청거리다가 황당해하며 말했다.

"거긴 아버지에게도 맞은 적이 없는데!"

"그래? 앞으로 나한테 자주 맞기 싫으면 알아서 기는 법을 배우도록 해."

"으음. 폭력적인 인간이로고. 그 말에 따르기로 하지."

알더튼은 맞은 곳을 문지르며 눈살을 찌푸렸다. 하고 싶은 말은 많지만 여기서는 일단 루그의 말을 들어줘야 할 것 같다.

"일단 네가 사고를 친 후에 열흘 지났다."

"열흘이나?"

알더튼이 눈을 휘둥그레 떴다. 잠들어 있어도 시간이 적게 흘렀는지 오래 흘렀는지 정도는 파악할 수 있는데, 전혀 감이 잡히지 않았다.

루그가 말했다.

"일부러 수면 마법으로 재워둬서 그래. 사실 네가 완치된 지는 며칠 됐는데 내가 너무 바빠서 좀 방치해 뒀어."

왕도의 난리 이후 루그는 전과는 한 차원 다른 영웅 대접을 받고 있었다. 왕태자의 목숨을 구하고, 대파괴의 현장에서 무수한 사람들의 목숨을 구했으니 당연했다.

게다가 블레이즈 원의 위협이 수면으로 떠오르다 보니 난리가 났다. 국왕은 당장 귀족들을 소집해서 대책을 수립했고, 루그는 여기저기 끌려 다니면서 블레이즈 원에 대해서 말하고 말하고 또 말해야 했다.

'바빠서 방치당했다'는 말에 살짝 상처받은 알더튼이 투덜거렸다.

"나 혹시 전혀 중요하지 않은 문제였소? 이래 봬도 블레이즈 원 간부인데, 나름 요직이었는데……."

"그렇게까지 하찮지는 않았어. 그 기간 동안 정보를 빼먹고 널 죽이냐, 아니면 살려서 써먹을 거냐를 논의하기도 했지."

"역시. 아무리 그래도 내가 그렇게 하찮을 리 없지."

알더튼이 희색을 띠며 고개를 끄덕거렸다. 루그가 희한해하며 그를 바라보았다.

"…묘한 데서 자존심을 세우는 놈일세."

"기왕이면 대접받는 게 좋잖소? 어디서든 말이지."

"그러냐? 하여튼 일단 너를 살려서 써먹을 수 있으면 써먹자는 쪽으로 결론이 나왔다."

"그거 듣던 중 반가운 소식이구려. 하지만 어떻게 살릴 거요? 난 저주에 걸려 있는데?"

"살려줄 방법도 없으면서 이런 소리를 하진 않지. 하지만 그 방법을 알려주는 것은 절차를 다 밟고 나서다."

"절차?"

"그래. 이름이 알더튼이라고 했던가?"

"맞소."

"난 돌려서 말하는 걸 싫어해. 단도직입적으로 말하지. 종속의 계약을 걸고 내 노예가 되라. 그럼 살려주지."

"대충 그런 이야기일 줄 알았소. 그러지."

알더튼이 워낙 자연스럽게 고개를 끄덕이는 바람에 오히려 루그가 당황했다.

"엥? 그냥 그렇게 산뜻하게 받아들이는 거야?"

"딱히 다른 방법이 있을 것 같진 않았거든. 나를 살려서 써먹으려면 당신 뒤에 있는 양반하고 똑같은 안전장치 정도는 해줘야 할 거고. 안 그러면 언제 배신할지, 설령 내가 배신할 마음이 없다고 해도 불카누스와 만나면 용제의 힘에 지배당해서 뭔 짓을 저지를지도 알 수 없으니 당연한 거 아니겠소?"

그 말에 다르칸의 표정에 복잡한 심정이 드러났다. 비록 명령받아서 한 일이라고는 하나 아름다운 왕도를 파괴하고 엄청난 수의 인간을 죽인 놈이 뻔뻔하게 구는 것을 보니 심기가 불편하다.

'하지만 나도 남탓 할 처지는 못 되지.'

다르칸 자신도 과거에는 알더튼과 다를 바 없는 처지였다. 블레이즈 원이라는 조직이 만들어질 수 있었던 것 자체가 그가 불카누스 곁에 있었기 때문이 아닌가?

루그가 혀를 찼다.

"그거야 조금만 생각해 보면 알 수 있는 내용이긴 하지만, 참 쉽게 받아들이는군."

"죽는 것보다야 낫잖소? 사실 섬기는 주인이 바뀌고, 싸워야 할 적이 바뀐다 뿐이지 지금까지하고 별로 달라질 것도 없소."

알더튼이 어깨를 으쓱했다.

루그는 혀를 찼다.

"거 참. 배짱이 좋은 건지 아니면 포기하고 달관한 건지 모르겠군."

"나도 잘 모르겠소. 어쨌든 내 목숨 잘 부탁하오. 앞으로 뭐라고 부르면 될까?"

"마스터라고 불러. 다르칸도 그렇게 부르니."

"그렇게 하겠소. 내가 힘은 상위 용족들보다 못할지 몰라도 다방면에 쓸모가 많으니 잘 봐주시오."

"무슨 쓸모가 있는데?"

"예를 들면 블레이즈 원에서는 중간관리직이었으니 인간 사회에 어떤 식으로 스며들어 있는지도 잘 알고 있지. 자금의 흐름도 그렇고."

"자금의 흐름? 블레이즈 원한테 그런 것도 있었나?"

루그가 눈을 크게 떴다. 블레이즈 원을 상대하면서 돈 문제는 신경 써본 적이 없었기 때문이다.

알더튼이 어이없어했다.

"아니, 그럼 블레이즈 원도 인간 사회에 스며들어서 암약하는 조직인데 돈이 안 필요할 리가 없잖소? 상위 용족 간부들이 써대는 돈이 무시무시하고, 조직원들을 개조하기 위한 마법이나 장비에도 돈이 들어가지. 게다가 이놈들이 좀 많이 먹는 줄 아시오? 인간들하곤 비교도 안 되게 많이 처먹소. 그것도 사치스럽게 고기 아니면 잘 먹지도 않아! 고기 없으면 빵을 먹으면 되잖아! 근데 왜 안 먹냐고!"

순간 루그의 뇌리에 '빵 싫어! 고기 내놔! 고기 아니면 안 먹어!' 하고 밥투정을 부리는 마물들의 모습이 스쳐 지나갔다.

'우와, 무섭다.'

상상만 해도 무서운 광경이다. 블레이즈 원의 중간관리직, 생각보다 힘들었을 것 같다.

씩씩거리던 알더튼이 말을 이었다.

"아무튼 밥값만 해도 무시 못하는 데다가, 인간들과도 손

잡고 있기 때문에 뿌려주는 액수가 장난 아니오."

"그, 그렇군. 무슨 이야기 속의 마왕군처럼 땅 하나 잡고 거기서 자급자족하거나 우르르 몰려다니면서 약탈하는 게 아니니까 돈이 중요하긴 하겠네."

지금까지 루그는 블레이즈 원을 찾아서 족치는 것만 생각했지, 그들의 조직이 어떻게 굴러가고 있는지는 생각해 본 적이 없었다. 그 조직을 관리하던 놈에게 이런 현실적인 이야기를 들으니 새로운 깨달음을 얻는 기분이다.

알더튼이 말했다.

"이건 블레이즈 원의 강점이면서 동시에 약점이기도 하오. 인간 사회에 스며들어 있기 때문에 독소처럼 퍼져 나가다가 원하는 시점에 원하는 곳에서 사건을 일으킬 수 있는 반면, 인간의 조직을 상대한다는 느낌으로 자금줄이나 거래처를 차단하면 말라죽게 되겠지. 나는 그런 정보를 제공하고, 또 모르는 부분도 필요한 정보를 수집해서 분석함으로써 당신들은 찾을 수 없는 블레이즈 원의 자취를 찾아내서 제공할 수 있소."

"그건 확실히 쓸 만하겠군. 지금 이 나라에서도 블레이즈 원에 대항하기 위한 조직을 만들자는 쪽으로 결론이 나서……."

"좋은 소식이군. 근데 이 나라에서 그런 조직을 만들어서 다른 나라에서 활동시키려면… 상단을 통하려는 것이오?"

"그럴 예정이야."

"남의 나라에서 이것저것 캐고 다니고 무력 활동까지 하면… 자칫하다간 간첩 행위로 적발되어서 문제가 될 수도 있을 텐데? 물론 어느 놈들이나 다 하는 행동이긴 하지만, 블레이즈 원을 상대하려면 적당히 해서는 안 될 테니……."

"……."

생각지도 못한 부분을 지적당한 루그가 멍청한 표정을 지었다. 워낙 세력을 규합하고, 조직을 운영하는 일 등과는 담 쌓고 살아오다 보니 이런 기본적인 문제도 간과하고 있었다.

알더튼이 혀를 날름거렸다.

"스슷. 설마 그런 것도 생각 안 한 거요? 하지만 당신, 아니, 마스터가 그렇다고 해도 이 나라 윗대가리들이 그걸 생각 못할 정도로 멍청하진 않겠지."

"그, 그렇겠지."

루그가 고개를 끄덕이자 볼카르가 말했다.

〈어이, 루그. 이놈이 지금 널 멍청하다고 하고 있는 거다만?〉

─시끄러워. 착각이야.

〈글쎄…….〉

볼카르의 존재를 모르는 알더튼이 계속 말했다.

"벌써부터 이런 말 하면 뻔뻔하다고 생각할지도 모르겠지만, 나를 그 조직의 요직에 앉혀줄 수 있겠소? 그럼 성과를 낼 수 있을 거요."

"진짜 뻔뻔하다. 너 지금 자기 입장을 알고는 있냐?"

"왕태자를 암살하려고 한 데다 왕도 한복판에서 대형사고를 쳐서 엄청난 피해를 낸 범죄자지."

"……."

"그렇다고 내가 여기서 설설 기면서 잡일이나 하겠다고 할 순 없잖소? 그건 정말 나 같은 인재를 쓸모없이 낭비하는 짓이라오. 속죄하는 측면에서라도 성과를 올릴 필요가 있지! 소처럼 일해서 죄를 갚을 테니 높은 자리에 앉혀주시오."

〈이놈 정말 물건이군. 감탄스럽다.〉

─그러게.

당당하게 자기 입장을 밝히는 알더튼에게 루그도, 볼카르도 혀를 내두를 수밖에 없었다. 얼굴에 철판을 깐 뻔뻔함이 돋보이기는 하지만 그의 말이 설득력있는 것도 사실이다.

알더튼이 히죽 웃으며 말했다.

"그럼 일단 계약부터 해치우고 나를 살려줄 방법이라는 것을 좀 들어봅시다. 마스터."

"으음. 그러지."

그렇게 알더튼은 루그의 지배하에 들어온 세 번째 용족이 되었다.

3

"하아, 피곤해. 다음 일정은 뭐더라?"

알더튼을 종속시키고, 그의 저주를 해제시킨 루그는 피로감을 느끼며 투덜거렸다. 메이즈는 왕비가 주최하는 귀부인들의 모임에 불려갔고, 다르칸은 알더튼을 데리고 하라자드와 이야기해 봐야겠다면서 가버리는 바람에 혼자 남았다.

〈다음은 칼리아 일리지스다.〉

워낙 일정이 많다 보니 옆에서 보좌해 주는 사람이 없으면 루그의 머리는 터질 것만 같았다. 그리고 다행히 루그의 머릿속에는 기억력에 있어서는 타의 추종을 불허하는 드래곤이 살고 있었다.

"칼리아였어? 그 전에 뭐 하나 있었던 것 같은데……."

〈아까 집안에 사고가 터져서 왕도를 나가게 되는 바람에 죄송하게 됐다는 소식을 하인이 전해왔었지.〉

"아, 그랬지 참. 볼카르, 너는 정말 최고의 일정관리자다."

〈어째 점점 달갑지 않은 칭호가 늘어가는군?〉

"방구석 마법 폐인보단 낫잖아?"

〈시끄럽다.〉

볼카르가 투덜거렸다.

루그는 잠시 방에 들러서 얼굴과 복장을 점검하고는 칼리아의 거처인 동쪽 별궁으로 향했다. 본궁의 동쪽 회랑을 지나 별궁 정원으로 나서자 기괴하고도 익숙한 풍경이 보였다.

'그 아가씨 또 와 있나 보네.'

겉모습과 전혀 어울리지 않는 '릴피'라는 귀여운 이름을 가진 와이번이 얌전히 웅크리고 있었다. 에리체 메이달라가 용제의 힘으로 종속시킨 와이번이었다.

〈둘이, 아니, 셋이 같이 있는 것 같군.〉

"셋이라면 바리엔 경까지?"

〈그렇다. 그런데 여기서는 경이 아니지 않나?〉

"아, 확실히. 강체술사이긴 해도 기사 서임은 안 받은 것 같으니… 실수하지 않게 조심해야겠다."

멀쩡한 귀족 아가씨를 면전에서 '경'을 붙여서 기사 취급하면 그것도 사교계에서 두고두고 회자될 만한 실수가 되리라.

라한드리가 백작가는 유서 깊은 무가라 가문에서 직접 운영하는 도장도 꽤 잘 되고 있었다. 바리엔도 다른 형제자매들과 같이 어려서부터 도장에서 기초적인 무술을 배웠는데, 여자아이답지 않게 재능이 출중해서 꽤 괜찮은 기량을 가진 모양이다.

'요르드한테 배워서 4단계였으니, 지금은 3단계이려나? 하지만 강검의 경지에 이르기 위해 가장 중요한 건 강체력이니까 집안에서 지원을 해줬으면 지금도 4단계일지도 모르지. 여성으로서는 신체 조건도 워낙 좋은 편이고……'

바리엔은 여성으로서는 꽤 키가 컸다. 시공 회귀 전, 기사였을 때는 그렇다 치고 소녀인 지금도 여성치고는 몸에 근육이 많은 것 같다. 전에 보니 칼리아나 에리체와는 달리 목까지 가리는 얌전한 드레스를 입었던데, 그것도 여성스러운 차림일 때는 그런 몸을 감추고 싶어서가 아니었을까?

이런저런 생각을 하는 동안 루그는 시종을 따라서 칼리아의 거처까지 도착했다.

마침 방 앞에는 칼리아가 나와 있었다. 에리체와 바리엔의 모습은 보이지 않는다.

'그냥 놀러와 있는 건가?'

혹시 여기서 두 사람도 같이 보게 되는 건가 싶었는데 그렇지는 않은 모양이다. 에리체와 바리엔은 평소에도 칼리아의 거처에 자주 드나든다고 하니 그냥 놀러와 있는 모양이었다.

'생각해 보면 왕궁을 제 집 드나들 듯이 하면서 일리지스 대공의 거처에 옆집 놀러가듯 놀러온다니, 대단한 인맥인데.'

아마 두 사람을 부러워하는 귀족들이 한둘이 아닐 것이다. 추측컨데 에리체가 아무리 제멋대로 굴어도 가문에서 그녀를 내버려 두는 것도 칼리아와 하라자드라는 강력한 인맥 때문일 것 같다.

'어쨌든 그 아가씨랑은 마주치지 않을 것 같으니 다행이군.'

에리체와 만나지 않아도 된다고 생각하니 부담감이 한결

덜하다. 루그 입장에서는 도대체 그녀를 어떻게 대해야 할지 난감했던 것이다.

속으로 안도의 한숨을 쉬는 루그에게 칼리아가 살짝 고개를 숙였다.

"요즘 굉장히 바쁘실 텐데 초대에 응해주셔서 감사합니다."

"아뇨. 대공께서 중요한 부탁이 있다고 하시는데 안 올 수 없지요."

루그는 칼리아를 볼 때마다 떠오르는 복잡한 심경을 감추며 빙긋 웃었다.

곧 마주 보고 앉은 두 사람은 한동안 요즘 주변 돌아가는 상황에 대해서 이야기했다. 루그도 요즘은 워낙 바쁘게 귀족들과 만나 블레이즈 원에 대해서 이야기했기 때문에 그에 관련된 화제만으로도 이야기가 끊이지 않았다.

루그가 물었다.

"그러고 보니 이번 일에 굉장히 많은 자금을 대신다고 하더군요?"

"소문이 벌써 퍼졌나 보군요. 그렇게 되었답니다."

칼리아가 쓴웃음을 지었다.

시공 회귀 전과 비교할 정도는 아니지만, 그녀는 지금도 상상하기 어려울 정도의 재력을 갖고 있었다. 선왕이 물려준 유산부터 시작해서 일리지스 대공으로서 매달 벌어들이는 돈만 해도 일반인들은 상상도 못할 수준이다. 그녀의 개인자산만 해도 외국의 왕실 중에서 비교할 만한 곳을 찾기 어려울 것이다.

150년 전, 외부와의 단절이 해제된 후로 나샤 삼국은 대륙에서 가장 부유한 곳이 되었다. 스피릿 비스트에게 죽는 사람은 있어도 굶어 죽는 사람은 없을 정도다. 그만큼 외국에 마법 금속과 마정석을 판매해서 거두는 이익이 컸다.

칼리아가 말했다.

"아마 해외에 영향력이 있는 상단들끼리 공조해서 지원 체제를 마련할 것 같습니다. 함부로 무력을 사용하다가는 국제 문제가 될 수도 있으니 각국의 귀족들과 협력 체계를 마련해서 그들의 병력을 빌려쓰는 형태를 검토 중이고, 그외에도 용병들을 쓰는 방식도……."

칼리아의 입에서 실무적인 이야기가 줄줄 흘러나오는 바람에 루그는 좀 질려 버렸다. 시공 회귀 전과 비교하면 아직 소녀라 불릴 나이지만, 유능한 지배자의 자질만은 똑같았다. 아직 조직의 형태가 명확하지 않은데 구성이나 운용에 대해서 당장에라도 굴러갈 수 있을 정도로 상세하게 생각해 두고 있었던 것이다.

루그가 물었다.

"그런데 말씀을 들어보니… 설마 이번 일에는 일리지스 대공께서 진두지휘를 하시는 겁니까?"

"아마 그렇게 될 것 같네요. 자금을 많이 댄 것도 명분 문제가 크게 작용했거든요. 아무래도 유력한 귀족들이 많이 참여하는 일이다 보니 웬만큼 신분이 높지 않고서는 조직을 총괄하는 게 어려울 것 같다고 폐하께서 직접 부탁하셨습니다."

확실히 백작 이상 급이 수두룩하게 참여하는 일이니 칼리아쯤 되는 신분의 소유자가 아니면 그들을 통제할 수 없을 것이다.

아직 어리긴 해도 칼리아는 선왕의 유일한 자손으로 많은 고위 귀족들의 지지를 받고 있어서 정치적 영향력도 강했다. 국왕이 그녀를 왕태자와 혼인시키고자 하는 것도 왕태자보다도 훨씬 지지기반이 강한 그녀 때문에 왕국이 분열되는 것을 우려했기 때문이다.

그녀의 말을 들은 루그는 충격을 받았다.

'결국 이렇게 되는 건가?'

이성적으로 따져보면 당연한 귀결이었다. 그녀를 만나기 위해 이곳에 찾아왔고, 블레이즈 원의 진실을 이야기했으며, 블레이즈 원이 사고를 친 시점에서… 이렇게 될 수밖에 없었다.

칼리아는 결코 어려운 일을 다른 이들에게 맡기고 뒷짐 지고 있는 여자가 아니었다. 그녀는 자신이 가진 권력과 그에 수반하는 책임의 무게를 알고 있었다. 그리고 모든 이들이 인정할 수밖에 없을 정도로 빼어난 능력의 소유자였다.

'그래. 이게 당신의 운명이라면······.'

루그는 칼리아의 진록색 눈동자를 바라보았다. 예전과 달리 현실에 지쳐 절망하지 않은 소녀의 눈이다. 하지만 그곳에 깃들어 있는 강한 의지력만은 똑같았다.

'내가 당신을 지키겠어.'

저 아름다운 눈동자가 절망으로 물들지 않도록, 지켜낼 것이다.

문득 칼리아가 말했다.

"미리 말씀드린 대로, 오늘 루그 경을 청한 것은 부탁드릴 일이 있어서입니다."

"어떤 부탁입니까?"

루그는 그녀가 굳이 자신에게 할 부탁의 내용이 궁금했다. 나름대로 머리를 굴려봤지만 떠오르는 것들이라고는 영지에 처치 곤란한 그랑드가 나타나서 피해를 입히고 있으니 처리해 주십사 한다거나, 블레이즈 원에 대항하기 위한 조직에 합류해 주길 바라거나 하는 정도다.

하지만 그녀의 입에서 나온 부탁은, 루그가 전혀 예상치 못한 것이었다.

"부디 왕태자 전하의 무예 스승이 되어주셨으면 합니다."

루그가 돌아가고 나서 혼자 남은 칼리아는 흔들의자에 앉은 채 천장을 바라보며 생각에 잠겼다.

선왕의 유산 중 하나인 이 흔들의자에 앉은 채 천천히 흔들거리며 생각에 잠기는 것은 그녀가 즐기는 행위였다. 에리체는 노인네 같다고 놀려댔지만 칼리아에겐 가장 마음이 편안한 시간이다. 아마도 부친인 선왕에 대해 남아 있는 얼마 안 되는 추억 중에 이 의자에 앉은 그의 무릎에 올라앉아서 책을 보던 일이 있기 때문이 아닐까.

'루그 아스탈.'

칼리아는 멍하니 천장을 올려다보며 루그에 대해 생각했다.

'그 남자는 나와 접점이 없어.'

이미 루그에 대해서는 많은 것을 조사해 두었다. 아직 많은 부분이 공백으로 남아 있긴 해도, 그가 스스로 이름을 밝히고 벌인 일들은 거의 파악했다.

그 행적은 실로 흥미진진한 모험담이었고, 그의 나이를 생각하면 믿을 수 없는 일들의 연속이었다. 아니, 나이 따윈 상관없이 그의 존재 자체가 기적이었다.

하지만 그와 칼리아의 인생에는 서로 접점이 없었다. 그는 한동안 행적이 묘연하다가 갑자기 나샤 삼국에 나타난 후에야 칼리아와 처음 만난 것이 분명하다.

그런데 왜 그는 자신을 그런 눈으로 보는 걸까?

칼리아는 어려서부터 가면을 쓰고 사람을 대하는 법을 배윘다. 수도 없이 많은 사람들을 가면을 쓰고 대하다 보니 어느새 가식과 진심을 너무나도 쉽게 구분해 낼 수 있게 되었다. 사교계에서 능구렁이로 불리는 이들도 그녀 앞에서는 발가벗겨진 듯이 본심을 읽히곤 했다.

그렇기에 그녀는 루그의 어설픈 가면 너머의 진심을 볼 수 있었다.

"칼리아."

멍하니 생각에 잠겨 있던 칼리아의 얼굴 위로 그림자가 드리워졌다. 쥐도 새도 모르게 의자 옆까지 다가와서 고개를 내민 것은 에리체였다.

"에리체, 머리카락이 간지러워."

칼리아는 그녀의 머리 양쪽에서 늘어뜨려진 하얀 머리카락을 치우면서 말했다.

늘 생각하는 거지만 에리체는 원하기만 하면 신기할 정도로 기척을 없앨 수 있었다. 고양이도 그녀처럼 살금살금 걸을 수는 없을 것이다.

그녀의 뒤를 따라온 바리엔이 물었다.

"이야기는 어떻게 됐어?"

"허락해 주셨어. 사실 거절하실 이유는 없는 일이니까."

왕태자의 무예 스승이 되는 것은 영광스러운 일이다. 물론 영광으로 끝나는 게 아니라 충분한 보상도 준비되어 있다.

'물론 돈에 연연할 사람은 아니겠지만.'

볼카르가 알았다면 '오해다! 이놈 돈에 환장했다!' 고 외쳤을 생각이었다.

"있잖아."

문득 칼리아가 물었다.

"누군가가, 전혀 모르는 사람을 만났을 때 마치 잘 아는 사람을 보는 것 같은 모습을 보인다면, 그러면서도 그 사람이 자기를 모른다는 것을 알기에 그런 내색을 하지 않으려고 한다면… 그건 무슨 이유에서일까?"

"음. 글쎄……."

에리체와 바리엔이 생각에 잠겼다.

잠시 후, 에리체가 말했다.

"자기가 아는 다른 사람이랑 닮아서가 아닐까?"

"그럴싸하네."

칼리아는 생각지도 못한 지적에 눈을 크게 떴다.

에리체의 의견은 정말 가능성이 높아 보였다. 수집된 자료를 바탕으로 추측해 보면 루그가 자신을 예전에 만났을 가능성은 희박하다. 그저 추억 속의 누군가와 자신이 닮아서 볼 때마다 복잡한 심경을 내비친다고 생각하는 것이 합리적이다.

칼리아가 놀랍다는 듯 말했다.

"에리체 네가 이렇게 합리적인 의견을 내다니……."

"그건 무슨 소리야? 난 이래 봬도 차분하고 이성적인 도시

아가씨인걸."

"…왕도 사교계에서 백 명한테 물으면 백 명 다 그건 아니라고 대답할걸."

바리엔이 고개를 설레설레 저었다.

곧바로 티격태격하는 둘을 보며 미소 짓던 칼리아는 문득 벽에 걸려 있는 거울을 바라보았다. 매일 보는 자신의 얼굴이 그곳에 비춰지고 있었다.

'나랑 닮은 사람이라……'

루그가 추억 속의 누군가를 자신에게 비춰보고 있다면, 그럼 왠지 실망할 것 같다.

'마치 나를 잘 아는 사람처럼 이름을 불렀는데.'

거대한 얼음 괴물이 나타나고 건물이 무너졌을 때, 그가 자신의 이름을 절박하게 외치며 나타나던 순간이 기억난다.

그때 보였던 감정이 단지 누군가와 닮았기 때문이지 않기를 바란다. 머리로는 그럴 리가 없다는 것을 알지만, 왠지 칼리아는 꿈꾸는 소녀처럼 비현실적인 이유가 그 사이에 놓여 있길 바랐다.

'나도 참.'

쓴웃음을 짓는 칼리아는, 루그에 대한 생각에 빠져 있느라 자신의 뒤쪽에서 에리체가 중얼거리는 말을 미처 듣지 못했다.

"그럼 이제 루그님이 왕태자 전하를 가르치시는 거란 말이지······."

에리체의 얼굴에는, 바리엔이 위기감을 느낄 정도로 뻔하
게 음모를 꾸미는 표정이 드러나 있었다.

4

발타르 나탈은 요즘 계속 기분이 나빴다.

왕도를 덮친 재앙 이후, 그는 거처에 틀어박혀 있었다. 그
의 머릿속에서는 루그와의 대결이 수백 번도 넘게 재현되고
분석되었다.

'어떻게 그런 애송이가 있을 수 있지?'

처음엔 그래도 20대 초중반 정도는 되는 줄 알았다. 키도
꽤 컸고, 산전수전 다 겪은 듯한 분위기가 났으니까. 얼굴이
좀 앳되어 보이긴 했지만 세상에 나이보다 훨씬 어려 보이는
인간은 수두룩하다. 발타르 자신도 나이보다 훨씬 젊어 보이
는데 젊은 나이에 높은 경지에 이른 놈이 어려 보인다고 해서
이상할 건 없지 않겠는가?

하지만 나중에 제자들에게 들으니 고작 열여덟 살이라고
한다.

그 사실을 알았을 때 발타르는 하늘이 무너지는 것 같았다.
그건 딱히 루그가 수백 년에 하나 나올까 말까 한 천재라고
오해해서(?)만은 아니었다.

'그레이슨 그놈이 그렇게 좋은 제자를 줍다니! 하늘이여, 어쩌면 이리도 내게 잔혹하단 말입니까!'

왕년에 발타르는 그레이슨과 많이도 싸웠다.

생각해 보면 스승들끼리도 사이가 극명하게 나빴으면서 하필 가까운 동네에 살고 있었던 것이 모든 비극의 시작이었다. 하다 못해 서로 멀리 떨어져서 살고 있었다면 그렇게 아웅다웅할 일은 없었을지도 모른다.

둘은 스승들의 감정다툼에 등 떠밀려서, 그리고 자신의 자존심을 위해 싸우고 싸우고 또 싸웠다. 스승들의 인맥이 꽤 넓은 편이다 보니 거의 정기적으로 치러지는 둘의 대결에는 수많은 오더 시그마의 권사들이 참관해서 그 결과가 공중되었다.

둘은 오더 시그마 최강의 후기지수라는 평가를 받았고, 각각 알라움 계파와 로드리고 계파의 미래라고 불렸다.

하지만 발타르는 한 번도 그레이슨을 이겨본 적이 없었다.

덕분에 스승에게 얼마나 구박받으며 살아야 했던가? 심지어 스승은 숨을 거두는 그 순간까지도 발타르를 그레이슨과 비교하며 구박하다 가버렸다.

예전부터 그레이슨의 재능은 압도적이었다. 비슷한 시기에 오더 시그마에 입문한 두 사람이었지만 언제나 그레이슨은 발타르보다 한 발 앞서 가고 있었다. 3단계도, 4단계도, 그리고 기격의 경지까지도.

콰직!

유년기부터 청년기까지 이어진 줄기찬 패배를 회상하자 혈압이 올랐다. 손에 쥐어져 있던 나무컵이 압력을 이기지 못하고 박살 나버렸다.

'그 빌어먹을 놈… 6단계에 올랐겠군, 역시!'

제자인 루그가 6단계에 올랐다면, 스승인 그레이슨 역시 6단계에 올랐을 것이다.

물론 그건 예상한 바였다. 발타르는 세상 누구보다도 그레이슨을 잘 알았고, 인정하고 있었으니까.

자신이 6단계에 올랐으면 그레이슨도 6단계에 오르는 게 당연하다. 하지만… 그 제자는 별개다.

'자질이냐, 아니면 교육법이냐? 아니, 역시 둘 다겠지?'

발타르는 자신의 실력에 절대적인 자부심을 가졌다. 지금이라면 그레이슨과 싸워도 지지 않으리라고 자신할 정도로.

하지만 루그의 존재가 그의 자존심에 상처를 입혔다. 어쩌면 자신이 스승으로서 그레이슨에게 미치지 못할지도 모른다는 불안감을 느꼈기 때문이다.

그의 제자 중에 가장 뛰어난 것은 누가 뭐래도 왕궁 수비대장 펠커스였다.

31세에 기격의 경지에 올랐고, 3년이 지난 지금까지도 꾸준히 발전하고 있기에 앞으로 10년 안에 6단계를 넘볼 수 있는 천재다. 그러나 아무리 생각해도 루그에 비할 바는 아니었다.

'제기랄! 펠커스의 재능이 그놈의 반만 됐어도 이런 굴욕은… 아냐아냐.'

문득 발타르는 눈살을 찌푸리며 스스로의 생각을 부정했다. 자신이 굴욕을 당했다 하여 그동안 흡족해하던 제자의 자질을 탓하다니, 이 얼마나 남자답지 못한 행동이란 말인가?

발타르는 크게 반성하며 다시 생각에 골몰했다. 그레이슨 그놈은 도대체 어떤 방식의 교육법을 썼기에 루그를 저토록 젊은 나이에 6단계의 경지에 올려놓을 수 있었던 것일까? 직접 부딪쳐 본 결과, 루그는 아직 미숙한 구석이 많긴 해도 갓 6단계에 도달한 수준이 아니었다.

'그 방법만 알아내면……'

그럼 자신도 펠커스를 예상보다 훨씬 빠르게 6단계의 경지에 올려놓을 수 있을지 모른다.

그가 끙끙거리며 그 방법에 골몰하고 있을 때였다.

"스승님."

"왜 그러느냐?"

요즘 가르치고 있는 어린 제자가 조심스럽게 그를 불렀다. 후작가의 자제인데 평소에 로드리고 계파의 도장을 확장하는 데 도움도 많이 받았고, 또 본인의 자질이 괜찮은 편이라 재미있게 가르치고 있는 중이었다.

어린 제자가 말했다.

"펠커스 사형께서 말씀 좀 전해달라고 서신을 보내오셨는데……."

"펠커스가? 무슨 일이냐?"

"그 루그 아스탈 경이라는 분께서 왕태자 전하의 무예 스승이 되셨다는데요?"

"뭐라고?"

그 말에 발타르는 놀라서 벌떡 일어나고 말았다.

5

루그는 왕태자 아사르가 기다리는 연무장으로 향하고 있었다.

사흘 전, 칼리아의 제의를 받아들이고 나서 오늘이 첫 수업날이다. 정식으로 누군가의 스승이 되어 가르쳐 본 경험이라고는 없었기 때문에 긴장이 많이 되었다.

〈그렇게 긴장되나?〉

"으음. 좀 그래."

루그는 웬일로 오기를 부리지 않고 솔직하게 인정했다.

〈마빈이나 요르드를 가르칠 때하고 비슷하게 생각하면 되지 않겠나?〉

"일단 상대의 신분이 신분이니만큼 그렇게 막 굴릴 순 없잖아?"

사실 오더 시그마에는 막 굴리는 것 외의 수련법은 눈 씻고 찾아봐도 드물 정도지만, 그래도 루그 정도 실력이 되고 보면 부드럽게 가르치는 것도 불가능한 일은 아니다. 단, 그만큼 성취도가 떨어지긴 하겠지만.

"그리고……"

루그는 결국 한숨을 쉬었다.

사실 왕태자를 만나는 게 그리 달갑지는 않았다. 칼리아를 볼 때마다 심란한데, 그 짝인 왕태자를 보고서 아무렇지 않을 리가 없지 않은가?

하지만 두 사람은 이루어져야만 한다. 그것이 루그가 바라는 칼리아의 행복이다.

"도대체 뭘 어떻게 해야 할지 모르겠어."

메이즈의 말대로, 루그가 칼리아와 왕태자의 관계에 집착하는 것은 사라진 미래가 겹쳐지기 때문일 것이다. 어떻게든 자신의 손으로 안심할 만한 상황을 만들지 않으면, 또 예전 같은 비극이 벌어질까 봐 안절부절못하게 된다.

하지만 지금 루그가 할 수 있는 일이 뭐가 있을까?

문득 볼카르가 말했다.

〈넌 매사를 너무 어렵게 생각하는 경향이 있군.〉

"뭐?"

〈지난번에 하려다가 못한 말이다만…….〉

볼카르는 피식 웃으며 말을 이었다.

〈그렇게 번민할 바에야 차라리 저질러 버리면 되는 거 아닌가?〉

"그러고 보니 그런 소릴 했었지. 무슨 뜻이야?"

루그는 왕태자 암살 시도가 있었던 그 날의 일을 떠올리며 물었다. 확실히 볼카르는 그때 이런 말을 하려다가 급박한 상황이 일어나는 바람에 못했다.

볼카르가 말했다.

〈두 사람 사이가 안 좋은 것이 불만이라면, 네 손으로 좋게 만들어주면 되지 않나? 좀 더 적극적으로 말이다.〉

"좋은 생각이긴 한데… 어떻게? 넌 뭐 복안이라도 갖고 있는 거야?"

〈그러니까 왕태자의 스승이 되라고 한 것 아니겠나?〉

볼카르가 음흉하게 웃으며 말했다.

칼리아에게 왕태자의 무예 스승이 되어달라는 부탁을 들었을 때, 루그는 망설였다. 비록 칼리아 때문에 이곳에 오긴 했지만 자신은 언제 나샤 삼국을 떠나야 할지 모르는 몸이었으니까.

하지만 볼카르는 그의 망설임을 눈치채고 무조건 수락하라고 권했다. 루그가 이유를 묻자 그 편이 더 이곳에 영향력을 행사하는 데 좋을 것이라면서 갖가지 이유를 대가면서 설득했다. 그래서 루그도 그 말에 따랐지만 아직도 떨떠름한 감정이 남아 있었다.

〈루그, 넌 라나 아룬데와 친해질 때 예전에 파악해 두었던 그녀의 취향을 활용했다. 열정적으로 그녀에게 다가가는 네 모습은 솔직히 말하자면… 비겁할 정도였지.〉

"그, 그런 소리를 들을 이유가 없어! 그때는 라나하고 친해질 필요가 있었다고!"

〈과연 그럴까? 어쨌든 내가 제안하는 방법은 간단하다. 왕태자의 스승이 되어 그와 친해진 후, 칼리아 일리지스와 사이가 좋아지도록 뒤에서 도와줘. 너라면 왕태자가 어떻게 처신하면 그녀의 마음을 끌 수 있을지 알 수 있을 것 아닌가?〉

"어……."

순간 루그는 멍청한 표정을 지었다. 볼카르가 의기양양해하며 물었다.

〈어떤가?〉

"이건 솔직히… 좀 감탄스러운데."

정말 그럴싸한 방법이었다.

물론 잘 생각해 보면 어렵지 않게 떠올릴 수 있을 것 같은 방법이다. 단순히 칼리아에 대한 복잡미묘한 감정 때문에 애써 눈 돌리고 있었을지도 모른다. 하지만 다른 사람도 아니고 볼카르에게 이런 조언을 듣게 될 줄이야!

"하하하. 이거 참. 그래. 그러면 되겠군."

갑자기 의욕이 솟구치기 시작했다.

칼리아의 취향이라면 어떤 남자보다도 잘 알고 있다. 그때

보다 훨씬 어린 소녀니까 완전히 똑같지는 않겠지만, 라나가 그렇듯이 공통분모가 많긴 할 것이다.

일단 왕태자를 강하게 만들자.

칼리아는 몇 번이나 말한 바 있다. 왕태자가 좀 더 강하고 듬직한 남자였다면 그를 좋아하는 게 훨씬 쉬웠을 거라고.

'그래. 다른 것보다는 일단 강하고 듬직한 남자로 만드는 거야.'

마음을 정한 루그가 마구 떠오르는 아이디어들에 혼자 고개를 끄덕이며 걷고 있을 때였다.

"음?"

문득 루그는 근처에서 강대한 기척을 느꼈다.

이곳 왕궁에는 워낙 강체술사들이 많다 보니 그런 이들의 기척을 느끼는 일은 흔했다. 하지만 지금 다가오고 있는 기척은… 말 그대로 격이 다른 느낌이다.

'발타르 나탈인가?'

루그는 자연스럽게 그를 떠올렸다. 한번 주먹을 맞대봐서 그런가, 그가 발하는 기척의 특성을 알 수 있을 것 같았다.

그 예측은 들어맞았다. 다음 순간 루그는 그의 기척이 급격하게 가까워지는 것을 느꼈고, 복도에 뚫려 있는 창문틀을 커다란 손이 붙잡았다.

"역시 여기 있었군, 애송이!"

흥분한 발타르가 창문 저편으로 고개를 내밀고 있었다. 사이에 커다란 유리창이 있었기 때문에 목소리가 좀 울린다.

〈저 악마의 종자는 또 왜 온 거냐?〉

볼카르가 부들부들 떨리는 목소리로 말했다. 루그와 발타르의 기격 대결은 볼카르에게는 창세 이래 최악의 재앙으로 각인되어 있었다.

—이제 와서 그때의 결판을 내자고 하진 않을 것 같으니 떨지 마.

〈누, 누가 떨었다는 거냐?〉

—그래? 그럼 기격 방어 열고 한번 도발해 볼까?

〈하지 마! 거 이만큼 함께 지냈으면 말과는 다른 내 속마음 정도는 척 하면 착 하고 읽어줘야 할 거 아니냐!〉

—…….

솔직한지 솔직하지 못한 건지 알 수가 없는 볼카르였다.

어쨌든 루그는 발타르의 행동을 어이없어하며 물었다.

"여기 5층이거든요?"

"내가 못 갈 곳 따윈 없다!"

어이없게도 발타르는 지상을 돌아다니고 있다가, 루그의 기척을 느끼고는 단번에 5층을 뛰어올라 온 것이다. 왕궁은 한 층의 높이가 5미터 이상이니 20미터 이상을 달려온 셈이다. 밑에서 목격한 사람이라도 있었으면 난리가 났을 터.

'아, 이미 났군.'

감각을 확장한 루그는 혀를 찼다. 이미 지상에서 그를 발견한 왕실 사람들이 웅성거리고 있었다. 급히 출동한 왕궁 수비대가 그의 정체를 파악하고는 이마에 손을 얹고 있는 중이다.

"별것도 아닌 일로 소란 떨기는. 에잉."

발타르도 그 사실을 눈치채고는 눈살을 찌푸렸다. 그는 창문을 열려고 했다.

철컥.

하지만 복도 창문은 잠겨 있었다.

"……."

루그가 빤히 바라보자 그의 얼굴이 붉어졌다.

홧김에 창문을 부수려던 발타르는, 여기가 왕실이라는 것을 상기하고는 다른 방법을 사용했다. 기격을 섬세하게 운용해서 창문 자물쇠를 풀어버린 것이다.

찬바람과 함께 들어온 그는 다시 창문을 닫고 자물쇠를 채워두었다. 벽을 타고 5층까지 뛰어올라 온 주제에 상당히 소심해 보이는 행동이었다.

루그가 물었다.

"거 그냥 계단으로 올라오지 그러셨어요?"

"그랬다간 네놈이 어디로 가버릴지 모르지 않느냐?"

"그럼 트랜스 메시지라도 보내서 기다려 달라고 하시던가요. 설마 고작 그 정도 거리에서 트랜스 메시지 못 보내시는 건 아닐 텐데?"

"……."

루그의 빈정거림에 발타르의 얼굴이 확 붉어졌다.

물론 보통 강체술사라면 100미터 이상의 거리에 트랜스 메시지를 사용하는 것은 불가능하다. 하지만 기격마저 초월하여 속성력에 도달한 둘에게 그 정도는 어려운 일이 아니다.

루그가 말했다.

"쯧쯧. 왕궁 수비대가 불쌍하군요. 얼마나 황당했을까?"

"끄흐으으음!"

구구절절 맞는 소리였기 때문에 발타르는 붉으락푸르락할 뿐, 한마디도 반박할 수 없었다.

그는 루그가 더 뭐라고 하기 전에 재빨리 화제를 돌렸다.

"에이! 난 그런 소리를 하자고 온 게 아니다!"

"그럼 왜 오셨는데요?"

"너한테 물어볼 게 있어서 온 것뿐이다."

"물어보세요."

루그가 삐딱하게 대답했다. 발타르가 물었다.

"이번에 왕태자 전하의 무예 스승이 되었다지?"

"그렇잖아도 지금 첫 수업하러 가는 길입니다. 왕태자 전하를 기다리시게 할 순 없으니 짧게 끝내주셨으면 좋겠는데요?"

"쯧. 누가 알라움 녀석 아니랄까 봐 버르장머리없기는."

발타르는 못마땅한 표정으로 루그를 바라보며 물었다.

"내가 관대한 마음으로 충고를 해줄 테니 감사히 들어라."

"충고라고요?"

"아는지 모르겠는데, 왕태자 전하께서는 문재(文才)는 매우 뛰어나시지만 무재(武才)는 다소 부족하시니라."

"듣긴 했습니다."

왕태자 아사르가 무술에 재능이 없다는 사실은 많이 들었다. 여태까지 많은 스승들을 초빙하여 가르침을 받았지만 전혀 발전이 없었다고 한다. 그리고 그 스승 중에는 발타르도 있었다.

발타르가 말했다.

"왕태자 전하는… 네가 상상할 수 있는 수준이 아니다. 평범하게 재능없는 사람을 생각하고 가르치려고 했다가는, 그분이 다치신다."

"엥? 그러니까… 제가 큰코다친다는 말씀을 하고 싶으신 게 아니고, 왕태자 전하가 다치신다고요?"

"그래. 혹시나 해서 말해두는 것인데, 함부로 병장기를 쥐어드리지 마라. 그분은 그걸 휘두르다가 자기 발등을 찍으실 수 있는 분이다."

"농담하시는 거죠?"

"내가 농담이나 하자고 네놈을 찾아올 만큼 할 일 없어 보이느냐?"

발타르가 역정을 냈다.

'솔직히 되게 할 일 없어 보입니다.'

루그는 그렇게 말하고 싶은 것을 참았다.

그리고 아무리 할 일 없는 사람이라도 농담따먹기나 하자고 벽을 타고 달려서 5층까지 올 것 같지는 않다. 발타르가 진심으로 말하고 있다는 사실을 깨달은 루그가 충격을 받았다.

"아니, 아무리 무술에 재능이 없어도 그렇지 어떻게 그럴 수가……."

"난 분명히 경고했느니라. 확실하게 말해두겠는데, 이건 네놈을 위해서가 아니고 그분을 걱정해서 하는 말일 뿐이다. 알겠느냐? 웬만하면 네 능력으론 안 된다는 사실을 일찌감치 깨닫고 포기하는 게 좋을 것이다. 그분은 그냥 무예를 추구하시지 않는 게 인생에 도움되는 일이다."

"흐음."

그 말에 루그가 울컥했다.

"당신이 포기하셨다고 해서 제 능력이 부족할 거라고 단언하진 않으셨으면 합니다만?"

막 왕태자를 강하고 듬직한 남자로 만들어서 칼리아와 친하게 만들겠다고 의욕을 불태웠건만, 이런 말을 들으니 아예 가슴속에 불이 붙는다. 설령 그가 천 년에 한 번 나올까 말까 하는 전설적인 몸치라 할지라도, 자신은 가르치고야 말 것이다.

발타르가 피식 웃었다.

"흥. 주제파악을 못하는구나. 한번 해보거라."

"글쎄요. 로드리고 쪽에서는 제자가 좀 재능없으면 '너를 위해서다'라고 변명하면서 버리는 게 유행인가 본데, 우리 알라움은 그렇지 않거든요?"

"뭣이?"

발타르의 눈매가 치켜올라 갔다. 두 사람 사이에 흉흉한 분위기가 감돌기 시작했다.

오기가 치솟은 루그가 단언했다.

"지금 선언해 두죠. 알라움의 교육법에 한계는 없습니다. 문제는 그분이 아니고 당신의 부족함이었다는 것을 깨닫게 해드리겠습니다."

"역시 오만방자한 놈이로고! 좋다. 그렇게까지 말한다면 네 말에 책임을 져야 할 것이다! 네 자존심을 세우겠다고 그분을 다치게 하기라도 하면 내가 가만있지 않겠다!"

발타르가 으르렁거렸다.

한동안 루그와 노려보고 있던 그는, 문득 생각난 것을 말했다.

"그리고 또 하나 묻자. 그레이슨은 어디에 있느냐?"

"스승님이라면 바레스 왕국에 계시는데요? 왜요? 만나서 한판 붙어보시게요?"

"물론 그럴 생각이다. 그놈이 있는 곳을 가르쳐 주지 못하겠다면……."

"나중에 주소를 적어서 보내 드릴 테니 거기로 찾아가 보시죠."

"당장 한판 붙어서라도 듣고야 말겠… 음? 뭐라고?"

"주소 알려 드릴 테니 찾아가 보시라고요."

"아, 알려주는 거냐?"

발타르가 당황했다. 루그의 반응이 생각한 것과 너무 달라서였다. 아니, 제정신 박힌 제자라면 보통 여기서는 스승님께 위해를 가할 생각이라면 허락할 수 없다 운운해야 되는 것 아닌가?

루그가 피식 웃었다.

"스승님이 요즘 좀 많이 심심해하시거든요. 사정 때문에 거기서 나오질 못하시는지라. 그리고 나랑 싸울 사람은 환영이다! 제발 좀 와라! 하시는 분이니 가시면 신난다! 이런 상대를 보내주다니 역시 내 제자가 최고다! 하실 겁니다."

"……"

발타르는 할 말을 잃었다. 하지만 곧 납득했다. 잘 생각해보니 그레이슨은 원래 그런 인간이었다.

'나이 처먹고도 전혀 안 변한 모양이군.'

그가 어떻게 변해 있을까를 생각하니 피가 끓는다. 루그가 장소를 알려주기만 하면 한달음에 달려가서 붙어볼 생각이었다.

"그럼 왕태자 전하께서 기다리고 계시니 이만 실례하겠습니다."

"잠깐! 한 가지만 더 묻자."

루그가 돌아서려고 하자 그가 손을 들어 제지했다. 루그가 고개를 갸웃했다.

"더 하실 말씀이 남았습니까?"

"남았다. 애송아, 너 왜 지난번에 전력을 다하지 않았느냐?"

"전력을 다했는데요?"

루그가 삐딱하게 대답했다. 그때는 분명 전력을 다해서 싸웠다. 전력을 다하는 방식이 좀 많이 어긋나서 그렇지, 내면에 도사린 공포와 필사적으로 싸워가면서까지 공전절후한 일격을 날리지 않았던가?

발타르가 혀를 찼다.

"네놈은 마법사이기도 하지 않느냐? 얼음 괴물 부술 때 쓴 그 시퍼런 불꽃은 왜 안 썼지?"

"그야……."

루그는 뭐 그런걸 다 묻느냐는 듯 대답했다.

"그건 오더 시그마의 권사끼리, 알라움과 로드리고의 자존심을 걸고 싸우는 거였잖아요?"

강체술사의 자부심이 있는 자라면 그런 자리에서 마법의 힘 따윈 쓰지 않는게 당연하다. 그런 의미를 담은 대답에 발타르가 피식 웃었다.

"정말이지 시건방진 애송이로군."

"칭찬으로 듣겠습니다."

루그는 씩 웃고는 몸을 돌렸다. 모퉁이를 돌아서 그가 보이지 않게 되자 볼카르가 말했다.

〈정말 괜찮겠나, 루그? 저 악마의 종자가 말한 것을 곧이곧대로 믿기 어렵긴 하지만 왕태자가 그 정도로 무술에 재능이 없다면 가르치는 것 자체가 위험할지도…….〉

"에이, 겁주려고 그랬겠지. 세상에 그런 사람이 어디 있어?"

6

있었다.

정말로 그런 사람이 있었다.

"이건 말도 안 돼……."

왕태자 아사르와 처음으로 대면해서 인사를 나누고 가르치기 시작한 지 불과 30분이 흘렀다. 고작 그 시간 동안 루그는 전에 없던 좌절감을 느끼고 있었다. 마음 같아서는 30분 전의 자신과 다시 만나서 멱살 잡고 세상 만만하게 보지 말라고 호통쳐 주고 싶은 기분이다.

"미, 미안하오……."

아사르가 좌절한 루그를 보며 풀죽은 목소리로 말했다.

루그보다 두 살 어린 아사르는 찰랑거리는 금발에 푸른 눈을 가진 수려한 용모의 소유자였다. 잘 차려입고 서 있는 모습만 보면 누구나 호감 가질 것 같은 모습이다.

하지만 그는… 심각할 정도의 몸치였다.

'아니, 이 정도면 정말 전설이 될 만한데?'

루그는 인정할 수밖에 없었다, 발타르의 충고가 옳았다는 것을.

이미 아사르와는 공식석상에서 보고 인사를 나눈 바 있었다. 하지만 개인적인 만남은 오늘이 처음이라 일단 이런저런 이야기를 하면서 분위기를 부드럽게 풀어나갔다. 이곳에 와서 지금까지 만난 사람들이 다들 그러했듯이, 아사르 역시 루그에게 많은 관심을 갖고 있었기 때문에 자신의 이야기를 풀어놓는 것만으로도 호감을 살 수 있었다.

하지만 그 후 수업이 시작되자 루그는 상상 그 이상을 봐야만 했다.

"내가 재능이 부족하여 많은 스승들을 상심하게 했소. 루그 경에게도 폐를 끼치게 될 것 같아 걱정되는구려."

누가 왕태자 아니랄까 봐 아사르의 말투는 열여섯 살 소년답지 않게 고풍스럽기 그지없었다.

앞으로의 일을 무서워하기까지 하는 듯한 그의 모습에 루그는 웃으면서 안심하라고 말해주었다. 하지만…….

'그 걱정, 정말 타당하셨습니다, 전하!'

일단 아사르는 리듬감이 없었다. 간단한 하나, 둘, 하나, 둘 하는 아주 기본적인 반복 동작조차도 세 번 이상 반복하질 못했다. 그 이상 반복하면 그때부터는 계속해서 엇박자를 타다가 동작이 꼬여서 넘어져 버렸다.

루그는 세상에 숨쉬다가 다치는 사람이 있다는 사실을 처음으로 알게 되었다.

〈새로운 발견이군. 인간에 대해서 많은 것을 알았다고 생각했거늘, 아직 하나도 몰랐다는 사실을 깨달았다. 겸손해져야겠어.〉

볼카르가 강체술의 호흡을 행하다가 꼬여서 켁켁거리는 아사르를 보며 그렇게 말했을 정도였다.

리듬감만 없었으면 어떻게든 해볼 생각이 들었을 텐데, 아사르는 균형감도 없었다.

기초 체력을 확인해 보자고 가볍게 달리기를 시작한 그는, 채 열 발짝도 가기 전에 다리가 꼬여서 요란하게 넘어졌다.

'미치겠다.'

미리 대비하고 있던 루그가 기격으로 받쳐주지 않았다면, 수업 시작 5분 만에 부상을 입는 참사가 벌어질 뻔했다.

하지만 그건 약과였다. 달리기는 포기하고 일단 기본 자세를 알려주고, 주먹을 지르게 하자…….

"어억!"

…세 번째 지르기에 자기 힘을 이기지 못하고 팔꿈치를 삐

끗했다.

허공에 주먹을 지르다가 자기 몸을 다치는 일은 의외로 훈련 과정에서 종종 일어나는 일이다. 힘을 맺고 끊는 리듬이 어긋나면서 어깨나 팔꿈치를 다치게 되는 것이다.

하지만 별로 힘도 안 주고 질렀을 뿐인데, 그것도 고작 세 번 만에 삐끗하는 경우는 처음 봤다. 아니, 상상도 못해봤다.

'환장하겠네!'

이렇게 된 이상 더욱 안전한 동작부터 가르쳐야겠다. 루그는 그렇게 생각하며 '팔 휘돌리기'라는 방어 동작을 가르쳤다. 발을 어깨넓이로 벌리고 선 뒤 살짝 몸을 낮춘 상태에서 양팔을 느릿느릿하게 휘둘러서 타원을 그리는 동작이다. 이걸 점점 빠르고 정확하게 단련해서 상대의 공격을 튕겨내거나 흘려내는 것이 훈련의 골자였다.

'설마 이걸 하다 다치는 일은 없겠지? 진정하고 천천히 하는 거야. 느릿느릿한 동작이라도 집중해서 꾸준히 하다 보면 몸이 데워져서 땀이 나게 되지. 이런 동작들부터 천천히 가르쳐서 토대를 쌓은 후에 점점 빠른 동작으로 넘어가면……'

…이 생각이 얼마나 안이한 지 깨닫게 되는 데는 채 30초도 필요하지 않았다.

느릿느릿하게 팔을 휘두르던 아사르는 손발이 어지러워지고, 덩달아 호흡이 꼬이고, 그 바람에 살짝 몸이 흔들리자 균형을 잃고 쓰러져 버렸다.

"……."

그를 기격으로 붙잡은 루그는, 아주 자연스럽게 하늘을 올려다보며 마음속으로 탄식했다.

'울고 싶다.'

아사르는 마치 눈앞에 돌뿌리가 있다는 사실을 뻔히 알면서도 결국은 걸려서 넘어지고 마는 것 같았다. 세상에 어떻게 이렇게 심각한 몸치가 있을 수 있단 말인가?

볼카르가 진지하게 물었다.

〈루그, 정말 이 녀석을 강하게 만들 비책이 있는 거냐?〉

그 말에 루그가 떠올린 생각은 하나였다.

'이제 어쩌지?'

이건 정말 대책이 없다.

좌절한 루그를 보면서 아사르가 한숨을 쉬었다.

"정말 미안하오. 루그 경, 사실 난 이럴 줄 알고 있었소. 그런데도 굳이 경께 실망을 주어서 뭐라고 사과해야 할지……."

정말로 낙심한 아사르를 보자 루그는 죄책감을 느꼈다. 좌절감을 느꼈어도 그걸 내색하지 않았어야 했을 것을. 지금까지 이런 상황을 많이 겪은 아사르는 상대의 그런 감정에 민감했던 것이다.

루그가 헛기침을 하고는 말했다.

"음. 전하, 죄송하지만 제 준비가 많이 부족했던 것 같습니다. 좀 더 전하에 대해서 미리 알고 준비했어야 하는 건데."

"아니오. 누구라도 마찬가지였을 거요."

"전 아닙니다. 일단 오늘 수업은 이쯤 하지요. 대신 이야기나 좀 해볼까요?"

7

루그와 연무장 한구석에 나란히 앉은 아사르는 천천히 운을 뗐다.

"난 어려서부터 항상 호위를 옆에 두어야만 했소."

왕태자니까 당연한 일이다. 하지만 그는 좀 다른 의미로 말하고 있었다.

"안 그러면 언제 어떻게 다칠지 알 수 없었기 때문이오."

아사르는 팔뚝을 들어서, 그리고 옷을 당겨서 흉터를 보여주었다.

왕궁에서 곱게 자란 왕태자답지 않게 그의 몸에는 무수한 흉터가 있었다. 심지어 앞머리를 걷으니 이마에도 꽤 긴 흉터 하나가 보였다.

"내 몸에 상처 하나가 날 때마다 내 주변에 있던 이들이 내쳐졌소. 그래서 내 곁에 있던 자들 중에 오랫동안 나를 보필한 이가 드물 정도지. 그런 자들은 이미 특례에 속한다고 해도 과언이 아니오. 발타르 공처럼."

아사르는 아무 일 없이 걸어가다가도 발이 꼬여서 넘어지는 경우가 잦았다. 정말 평온한 일상생활에서조차 부상의 위협을 감수해야 했던 것이다.

"내가 책을 좋아하게 된 것은, 어쩌면 움직이는 걸 무서워해서였는지도 모르겠소."

책을 읽으면서 공부할 때만은 다칠 걱정을 하지 않아도 되었다. 가만히 앉아서 책을 읽는 것만이 자신도 다치지 않고, 다른 사람도 다치지 않게 하는 일이었다.

"하지만 부왕께서는 내가 왕태자로서 당당해지길 바라시오. 이런 몸 때문에 내가 왕태자에 적합하지 않다고 수군거리는 자들도 많고, 또 나 스스로도 자신감이 없다고 우려하시기 때문이지."

차라리 칼리아가 여왕이 되어야 한다고 주장하는 이들은 지금도 많았다. 선왕의 혈육이며 정치적인 감각도 확실하기에 그녀를 여왕으로 추대하는 편이 차라리 나을 거라는 이유에서다. 국왕은 이런 여론을 우려하여 아사르와 칼리아를 약혼시켰지만, 아직까지는 불안요소가 많았다.

루그는 속으로 혀를 내둘렀다.

'이런 문제가 있을 줄이야……'

아사르에게 무예를 가르치는 것은 많은 이들이 포기한 문제였다. 국왕조차도 사실은 포기하고 있을 것이다.

그런데도 칼리아가 굳이 루그에게 희망을 건 것은, 해결되어야만 하는 문제가 존재하기 때문이다. 루그는 그 사실을 깨달았다.

시공 회귀 전, 결국 아사르와 칼리아는 가까워졌고 그로 인해 왕실에 존재하던 불온한 움직임들이 사라졌다.

하지만 지금은 점점 더 위험이 커져 가고 있었다. 아사르가 모두가 보기에 믿음직한 왕의 재목이 되지 못한다면, 그리고 아사르와 칼리아의 사이가 좋아지지 않는다면 그 문제는 언제고 폭발하고 말 것이다.

—볼카르.

〈왜 그러나?〉

—혹시 왕태자의 문제가 뭔지 알겠어?

루그는 기격을 이용, 왕태자의 몸을 조사해 보았다. 혹시 몸에 뚜렷한 문제가 있다면 어떻게든 해결할 수 있으리라 여겼기 때문이다.

하지만 아무리 봐도 눈에 띄는 구석이 없었다. 왕태자는 좀 운동 부족이고 체력이 허약하긴 해도, 그럭저럭 건강한 상태다. 덤으로 왕태자답게 좋은 약을 많이 먹고살았는지 강체력이 될 수 있는 잠재 기운도 꽤 많다.

볼카르가 말했다.

〈이런 문제는 네 전문이지 않나?〉

—모르겠으니까 이러지. 네 안목이라면 내가 볼 수 없는 문제라도 파악할 수 있지 않겠어? 이건 단순히 무술에 재능이

없는 문제가 아니야. 뭔가 생명체로서 치명적인 문제가 있는 것 같아.

〈태어나면서부터 감각이 비틀어져 있는 경우는 분명히 있지. 그게 운동 장애를 낳기도 하고.〉

—그런 문제를 해결할 수 있나?

〈지금 네 실력이라면, 불가능하진 않을 거라고 본다.〉

볼카르는 어떤 마법적 대책이든 세울 수 있다. 하지만 그걸 실행하는 것은 어디까지나 루그의 실력이다.

지금의 루그는 피코 엘레멘탈을 300개체 가량 통합하면서 마력이 일반 용족 수준으로 향상되었고, 마법 실력도 굉장히 늘었다. 볼카르는 그런 조건을 따져볼 때 한번쯤 해볼 만하다고 여겼다.

〈일단 문제를 파악해 보자. 마법적인 문제가 아니니 나도 보는 것만으론 알 수 없지.〉

볼카르는 아사르의 신체 정보를 마법으로 조사해 볼 것을 요구했다. 루그는 즉시 그 말에 따랐고, 대화를 나누는 10분 정도에 걸쳐 아사르의 신체 정보를 읽어들였다.

볼카르가 말했다.

〈가능하겠군.〉

—정말?

〈하지만 네 수준에서 행할 수 있는 마법으로는 문제를 전부 해결할 수 없다. 여기서는 강체술을 병용할 필요가 있

겠어.〉

―강체술을 병용하다니?

〈왕태자는 생명체, 정확히는 인간으로서 가져야 할 본능적인 리듬감이 어긋나 있는 상태다. 당연히 반복되어야 할 것이 제대로 반복되지 못하는 거지. 아마 그는, 굳이 강체술의 호흡 같은 특정한 방식의 호흡을 할 때도 아니고 일상생활에서 숨을 쉴 때도 조금씩 묘하게 리듬이 어긋나다가 켁켁거리곤 할 거다. 물어봐라.〉

루그는 그 말에 따랐다. 왕태자가 신기해했다.

"맞소. 그래서 종종 헛기침을 하는 습관이 들었다오. 그럼 호흡이 처음으로 다시 돌아오는 기분이거든."

"……."

여태까지 살아 있는 게 신기했다.

볼카르가 큭큭 웃었다.

〈대단하군. 주변에서 필사적으로 보살펴 주는 신분이 아니었다면 살아남을 수 없었겠어. 특히 갓난아기 때를 무사히 넘긴 게 놀랍다.〉

어릴 때는 정말 사소한 문제로도 죽을 수 있다. 그 점을 지적하자 왕태자가 말했다.

"어릴 때는 확실히 문제가 좀 심각했소. 그때는 당시 부왕의 스승이었던 체이라 공께서 기격으로 기식(氣息)을 다스려 주셨다고 들었소. 그분이 아니었다면 살아남지 못했겠지."

"기격으로 기식을요?"

확실히 기격의 경지에 오른 이라면 그걸 치료에 이용하는 것도 어렵진 않다. 고통받는 이에게 편안함을 주고 뒤틀린 호흡을 바로잡는 것도 쉽게 할 수 있는 일이다.

그 말에 루그의 뇌리에 번뜩이는 생각이 스쳐 지나갔다. 왕태자를 어떻게 하면 가르칠 수 있을 것인가?

'전이법이라면……'

그레이슨이 라나를 가르치기 위해 사용했던 변칙적인 훈련 방법인 전이법.

본인이 단련하면서 겪어야 할 모든 과정을 기격으로 대신해 주는 말도 안 되는 그 방법이라면… 아사르를 가르칠 수 있을지도 모른다. 루그가 전이법을 행할 수 있는지가 문제이긴 했지만 말이다.

'그리고 전이법으로 가르친다고 해도 문제는 그대로 남아 있지.'

아무리 육체를, 그리고 강체력을 제어하는 방법을 고스란히 체감하게 해준다고 해도 아사르의 어긋난 감각이 바로잡히는 건 아니다. 어긋난 감각으로 큰 힘을 다루려고 한다면 오히려 더 큰 화를 입게 될지도 모른다.

바위를 부술 수 있는 힘으로 내지른 주먹에 스스로의 몸을 다친다면, 그때는 팔꿈치를 삐끗하는 게 아니고 아예 팔이 부서질 수도 있다.

발하는 것만으로도 공기를 떨리게 하는 강체력을 제어하다가 호흡이 꼬인다면 스스로의 내장을 파열시킬 수도 있다.

그러한 고민을 이야기하자 볼카르가 말했다.

〈놀랍군. 나와 같은 생각을 하고 있다니.〉

—뭐?

〈루그, 너는 왕태자에게 전이법을 사용해야 한다. 내가 네게 요구하는 것이 그 방법이었다.〉

—아니, 하지만 아무리 올바른 방법을 체감시켜 준다고 해도 근본적인 감각이 어긋나 있는데 어떻게 해? 그거 후천적인 학습으로 수정될 수 있는 거였어? 그 정도면 지금까지 해결이 안 됐을 리는 없을 것 같은데?

인간의 감각은 경험을 통해 바뀐다. 학습을 통해, 훈련을 통해서 감각을 수정하고 발전시킬 수 있다.

하지만 아사르가 품고 있는 문제는 보다 본질적인 것이다. 인간이 태어나는 순간부터 알고 있는 것, 이 육체를 계속 살아 있게 만들기 위해 어떤 초월적인 의지에게 받아서 숙지하고 있는 것이 뒤틀려 있는데 그걸 학습으로 수정할 수 있을까?

〈훗. 그 문제는 해결할 수 있다. 안 그랬다면 말하지도 않았지. 걱정 마라. 이 치료는 내가 책임진다!〉

볼카르는 당당하게 선언했다.

CHAPTER 47

왕태자를 치료하는 방법

폭염의 용제

1

치료는 다음날 곧바로 시도하기로 했다.

볼카르가 제시한 방법은 루그 혼자서 처리할 수 없는 것이었기 때문에, 이번에는 메이즈와 다르칸도 동행하기로 결정났다. 물론 아사르에게도 미리 이야기를 해둔 참이었다.

볼카르에게 치료 방법에 대한 설명을 다 들은 메이즈가 물었다.

"볼카르님, 본능을 고쳐서 각인시킨다니, 그게 정말 가능한 거예요?"

볼카르가 제시한 치료 방법은 요약해 놓고 보면 아주 간단했다.

아사르의 문제는 생명 활동을 위한 가장 근본적인 리듬감이 어긋나 있는 것이다. 그러니까 어긋난 리듬감을 초기화시키고, 기격을 이용해서 올바른 리듬감을 그 위에 새로이 각인시킨다.

…도대체 어떻게 하면 이런 발상이 나오는지 궁금할 지경이었다. 드래곤인 볼카르의 기준에서 보면 본능조차도 '그게 잘못됐다고? 그럼 고치면 되잖아' 라고 할 수 있는 대상에 불과했던 것이다.

〈가능하니까 하라고 하는 것이다. 물론 세부적인 데이터를 추출해서 구축하는 것은 너희들 실력으로는 불가능하다고 봐야겠지. 하지만 루그의 경우 기격으로 존재하지 않는 감각을 존재하는 것처럼 재생시킬 수 있다.〉

본래대로라면 기격을 이용한 전이법으로 타인의 감각을 체감한다고 해서 그게 완전히 자신의 것이 되진 않는다. 그 예가 바로 라나다. 그녀는 그레이슨의 전이법으로 강체술 4단계의 경지에 오르긴 했지만, 아직 제어가 미숙하다. 그레이슨이 체감시켜 주었던 감각을 완전히 자기 것으로 만들려면 상당한 시간의 훈련이 필요하기 때문이다.

후천적으로 학습하는 감각이 이러한데 평생 바뀌지 않는 근본적인 감각은 어떻겠는가?

하지만 볼카르의 마법은 불가능을 가능케 만든다.

마법의 힘으로 아사르를 가사 상태로 만든 뒤, 그의 감각

중 필요한 부분만을 초기화시키고 루그가 기격으로 재생하는 '올바른 감각'을 각인시킨다.

하지만 문제는 또 있었다.

"올바른 감각이 대체 뭐야? 그거 사람마다 다른 거 아냐?"

감각이라는 것은 지극히 주관적인 영역이다. 똑같은 기술을 터득해도 개개인이 느끼는 감각이 다르다.

그런데 루그가 어떻게 '아사르에게 있어 올바른 감각'을 기격으로 재생할 수 있단 말인가? 단순히 가르치는 입장에서 깨닫지 못하는 감각을 체감시켜 주는 것과는 다르다. 이건 오차가 허용되지 않는 완벽한 올바름을 요구한다.

볼카르는 그 문제에 대해서도 쉽게 해답을 내놓았다.

〈답은 내가 도출해 놓았다.〉

"도출해 놓다니?"

〈심상 세계에서 시뮬레이션을 통해 아사르 자므 로멜리어스에게 필요한 '올바른 감각'이 무엇인지 알아냈단 뜻이다. 넌 내가 알려주는 감각을 재현하기만 하면 된다.〉

"어떻게? 우리가 정신감응을 한다고 해도……"

〈몽상 세계는 뒀다 어디다 쓸 생각인가?〉

"어?"

몽상 세계에서 볼카르의 권능은 무한에 가까웠다.

볼카르는 자신이 원하는 환경을 구축하고 원하는 생명을 재현할 수 있었다. 또한 꿈을 꾸는 주체인 루그의 상태조차 자유자재로 조절하는 것이 가능하기에 부상이나 고통조차 생생하게 재현했다가 한순간에 멀쩡한 몸으로 회복시킬 수도 있는 것이다.

즉, 몽상 세계에서라면 볼카르는 루그의 의식이 아사르의 몸에 들어가 있는 상황도 만들 수 있었다.

루그는 곧바로 육체를 잠재워서 몽상 세계로 들어왔다. 그리고 볼카르가 구현한 환경 속에서 고개를 끄덕였다.

"과연."

"참 쉽지 않은가?"

볼카르가 붉은 드레키의 모습으로 우쭐거렸다.

루그가 혀를 내둘렀다.

"이게 왕태자의 감각이란 말이지? 이런 몸으로 잘도 미치지 않고 살아왔군."

지금 루그의 의식은 아사르의 현재 상태를 재현한 육체에 들어가 있었다. 단 10분 정도 이 몸을 썼을 뿐인데 답답해서 미쳐 버릴 지경이다.

볼카르가 히죽 웃으며 물었다.

"어떤가?"

"젠장! 항복!"

루그는 결국 두 손 들고 말았다.

처음 이 몸에 들어왔을 때는 자신의 능력으로 이 몸을 제대로 조종해 보겠다고 도전했다.

원래 자신의 몸과는 키나 체형이 다르고, 근력이 다르고, 체력도 다르니 감각이 어긋나는 것은 당연하다. 그래도 시간을 들여서 노력하면 충분히 그 오차를 바로잡고, 육체를 쓰는 감각을 극한까지 단련한 자신의 의식이 이 몸을 제대로 통제할 수 있으리라 여겼다.

하지만 그것은 오만이었다. 숨쉬는 것조차 의식하지 않으면 어긋나고 마는 이 육체는, 루그의 의식으로도 제대로 통제를 할 수 없었다.

결국 루그가 항복 선언을 하자 볼카르가 그럴 줄 알았다는 듯 말했다.

"네가 하려는 행동은 팔이 없는 몸으로 팔을 들어 보이겠다고 하는 것보다 약간 난이도가 낮은 일이다. 그럼 이번엔 네가 재현해야 할 '올바른 상태' 를 체험해 보도록 하지."

볼카르의 말이 끝나기가 무섭게 루그가 체감하는 육체의 상태가 바뀌었다.

루그는 신기해하며 손을 들어보았다. 겉보기엔 바뀐 것이 아무것도 없다. 시각도, 청각도, 근력도 똑같다. 하지만 가만히 숨쉬고 있노라면 모든 것이 통째로 바뀐 것 같은 느낌이 들었다.

"그렇군."

루그는 자신이 재현해야 할 감각이 어떤 것인지 알았다.

"왕태자를 이런 상태로 만들어주면 된단 말이지?"

바뀐 것은 하나뿐, 내면에 존재하는 생명의 근본적인 리듬감.

그 감각 하나를 수정하는 것만으로도 아사르의 육체는 온전해진다.

볼카르가 말했다.

"자, 이제 알았으면 충분한 연습이 필요하겠지?"

말과 동시에 주변 환경이 바뀌었다.

일단 루그의 몸이 원래 그의 몸이 되었고, 장소가 오늘 아사르를 만났던 연무장으로 옮겨졌다. 연무장 바닥 한가운데 네 개의 원을 이어서 만든 빛의 마법진이 그려져 있고 각 원마다 메이즈, 다르칸, 그리고 가사 상태에 빠진 아사르가 있었다.

"이게 내일 겪게 될 상황이란 말이군."

"너희들 수준으로는 상당히 마력을 많이 소모하게 된다. 하루에 한 번 정도 시도하는 게 고작이겠지. 실패할 경우 아사르 자프 로멜리어스의 감각은 더욱 이상해질 수도 있고."

"부담 팍팍 주는구만."

"물론이다. 그런 의미에서 내일 한 방에 끝내기 위해서 오늘 밤에는 특별 훈련을 한다. 성공률이 100퍼센트라는 확신이 들 때까지 해보는 거다."

"그거 좋지. 근데 네가 그렇게 말하니 수상한데…… 당연히 실패하면 벌칙이 있겠지?"

"안 그러면 훈련의 효율이 나지 않으니 당연한 거 아닌가? 주입식 교육의 기본은 채찍과 채찍과 그리고 채찍이다."

"야! 당근은 어디 갔어? 보통 당근과 채찍이잖아!"

"그건 성공시에 얻는 기술과 성취감이지. 가장 큰 보물은 마음속에 있는 법 아니겠는가?"

"아니거든? 절대 아니거든?"

루그가 따지고 들었지만 볼카르는 코웃음을 쳤다. 그가 손가락을 튕기자 루그의 주변에서 불꽃이 타오르고 푸른 스파크가 튀기 시작했다.

"벌칙은 불타는 게 좋은가, 아니면 전기에 지져지는 게 좋은가? 좋을 대로 선택해라, 루그."

"……."

루그는 불길한 예감이 해일처럼 몰려오는 것을 느끼며 침을 꿀꺽 삼켰다.

'젠장. 왕태자 따위 그냥 그렇게 살라고 놔두는 거였는데!'

언제나 그렇듯 후회는 아무리 빨라도 늦는 법이다.

2

다음날, 루그는 메이즈와 다르칸과 함께 아사르의 치료에 도전했다.

셋이 함께 바닥에다가 볼카르가 알려준 네 개의 원을 이어서 만든 마법진을 그리고, 꼼꼼하게 검토한 후에 아사르를 북쪽에 위치한 원 위에 서게 한 루그가 물었다.

"전하, 한가지 여쭙고 싶은 것이 있습니다만."

"무엇이오?"

"오늘 저희가 전하를 치료하겠다고 하는 것, 아무에게도 말씀 안 하신 겁니까?"

루그는 오늘 왕태자 말고 다른 인원들이 바글거리는 상황을 각오하고 있었다. 예를 들면 국왕이라든지 왕비라든지 칼리아라든지… 기타 등등, 왕족이나 대귀족들이 이 소식을 듣고 찾아오리라 여겼던 것이다.

그런데 오늘도 왕태자는 평소 데리고 다니는 시종과 호위들만을 대동했을 뿐이었다. 그들도 오늘 루그가 왕태자에게 특별한 치료를 한다는 것을 아는 기색은 없었다.

왕태자가 대답했다.

"아무에게도 말하지 않았소."

"어째서입니까?"

"그럼 한바탕 시끄러워질 것이 뻔하기 때문이오. 나야 루그 경을 믿기로 했지만, 다른 사람들이 쉬이 그러하진 않을 것이오. 아마 이 치료를 받아도 될지 안 될지에 대해서 길고 지루한 논의가 이루어지겠지. 난 그런걸 바라지 않소."

"아니, 그거야 왕태자 전하가 워낙 중요한 인물이니 그런 거 아닙니까? 솔직히 거쳐야 할 과정이라고 생각하고 있었는데……"

"나는 루그 경을 믿소. 그러면 되는 거 아니겠소?"

"……"

"지금까지 살면서 나를 염려해 준 사람은 많았소. 위해준 사람도 많았지."

아사르가 쓴웃음을 지었다.

"하지만 그런 이들도 내 몸에 대해서는 모두 포기하고 있었소. 고귀하신 용족들께서도 내 몸의 문제가 무엇인지 제대로 짚어내지 못했지. 그런데 루그 경은 내가 정상적인 몸이 될 수 있다고, 남들이 다 하는 것을 할 수 있다고 말해주었소."

"고작 그것만으로… 저를 이렇게까지 믿는단 말입니까?"

"루그 경은 이미 한 번 나를 구해주었소. 당신이 아니었으면 죽었을 목숨이거늘, 새로운 삶까지 주겠다 하니 어찌 믿지 않겠소?"

대수롭지 않은 투로 이야기하며 웃는 아사르를 보며 루그는 가슴 한구석이 간질거리는 것을 느꼈다. 이놈은 어린 주제에 순진한 건지 아니면 대범한 건지 모르겠다. 왕위를 이을 존재로 자라서 그런 것일까?

문득 아사르가 머뭇거리며 말을 이었다.

"그리고……"

"그리고?"

"기왕이면… 내가 멀쩡한 몸이 될 때까지는 일리지스 대공이 이 사실을 몰랐으면 좋겠소."

"어째서죠?"

루그는 의아해하며 물었다. 그는 지금까지 루그 앞에서 칼리아에 대해서 이야기한 적이 없었기 때문이다.

아사르는 부끄러운 듯 얼굴을 붉히며 말했다.

"루그 경의 치료가 성공한다면, 그녀를 놀라게 해주고 싶소. 그녀는 늘 내가 허약한 것을 걱정했으니 기뻐해 주지 않겠소? 약혼자씩이나 되면서도 지금까지 한 번도 그녀를 진심으로 웃게 만들어보지 못했으니, 이번에 한 번쯤은 해보고 싶구려."

"……."

루그는 형용할 수 없는 복잡한 감정을 느끼며 아사르를 바라보았다.

아사르는 칼리아를 진심으로 사랑하고 있다.

이미 알고 있던 사실이다. 아사르는 칼리아를 사랑하기에 그녀의 마음을 사고자 노력했고, 목숨까지 바쳤다. 그가 칼리아의 마음을 사는 것이야말로 그녀가 행복해지는 길이다.

그걸 잘 알기에 아사르와 친해져서 그가 칼리아와 가까워질 수 있도록 도와주려고 마음먹은 게 아닌가? 아사르의 입에서 나오는 칼리아를 향한 마음이야말로 그럴 보람을 느끼게 해주는 이야기일 텐데, 그런데 어째서……

'아아.'

가슴이 아픈 것일까.

아사르가 의아해하며 루그를 바라보았다.

"루그 경?"

"음. 아, 그럼 이제 시작해 볼까요, 전하?"

루그는 황급히 표정을 수습하고는 말했다.

아사르를 마법진 안에 눕히고는 마법을 걸기 전에 설명했다.

"치료를 시작하면 전하의 의식은 완전히 잠들 겁니다."

"그리고 깨어나면 모든 게 끝나 있겠군. 치료 과정을 내가 느끼지 못한다는 게 조금 아쉽구려."

아사르의 의식이 깨어 있으면 감각을 초기화하고, 올바른 감각을 그 위에 덮어쓰기 할 수 없다. 그렇기에 그는 가사 상태에 빠져서 육체의 상태를 전혀 인지할 수 없어야 했다.

곧 아사르는 마법진 위에 누운 채로 긴장을 풀었다. 아니, 긴장을 풀기 위해 노력했다. 오랫동안 자신을 괴롭혀 온 문제가 해결될지도 모른다는 기대감과 실패하면 어쩌나 하는 두려움 때문에 가슴이 쿵쾅거렸다.

루그가 말했다.

"그럼 시작해 볼까? 메이즈, 다르칸, 마법 쪽은 잘 부탁……"

루그가 말을 끝까지 잇지 못한 것은 이질적인 마력 파동이 감각을 엄습해 왔기 때문이다. 메이즈와 다르칸도 거의 동시에 한 지점을 바라보았고, 그들의 시선이 닿은 곳에 물결 같은 파문이 일면서 두 사람의 모습이 환상처럼 출현했다.

"아, 한 번에 왔다."

눈을 동그랗게 뜨고 그렇게 말한 것은 백발에 보라색 눈동자를 가진 소녀, 에리체였다. 그녀의 곁에는 못 말리겠다는 표정을 짓고 있는, 키가 크고 눈매가 날카로운 소녀 바리엔이 있었다.

3

루그가 기가 막혀하며 물었다.

"에리체 양, 그리고 바리엔 경."

"경?"

그 말에 바리엔의 눈이 휘둥그레졌다. 루그가 아차했다.

"아, 아니 저도 모르게 그만. 라한드리가 백작 영애의 자태가 워낙 늠름하고 아름다우셔서 착각했습니다. 사과드립니다."

〈호오, 혀에 기름칠이라도 한 것처럼 아주 거짓말이 매끄럽게 나오는군그래.〉

─시끄러워.

루그가 급히 변명했지만, 제법 그럴싸한 찬사를 들었음에
도 바리엔의 어깨는 축 늘어졌다.

"늠름하다니……."

그녀는 좌절감 어린 목소리로 중얼거렸다.

또래 소녀들 중에서는 눈에 띌 정도로 키가 크고 눈매가 사
나운 그녀는 그 사실에 콤플렉스를 갖고 있었다. 루그가 그녀
를 칭찬하기 위해 쓴 '늠름하다' 는 표현은 그녀의 상처를 칼
로 쑤시는 것이나 마찬가지였다.

"역시 저는 남자한테는 그렇게 보이는 거군요……."

"괜찮아, 바리엔. 너한테는 내가 있잖아."

"귀엽다는 소리를 듣는 여자의 동정 따윈 필요없어!"

바리엔은 에리체가 위로하듯 어깨에 얹은 손을 야멸차게
쳐내며 신경질을 냈다. 그 모습을 보고 있던 루그가 헛기침을
했다.

"흠흠. 그나저나 이게 무슨 짓입니까? 여기가 어딘지 알고
들어온 겁니까?"

아사르가 루그의 수업을 받는 동안 다른 사람들의 연무장
출입은 엄중히 통제된다. 바깥에서 연무장으로 통하는 두 개
의 문은 다 아사르를 호위하는 기사들에 의해 지켜지고 있었
다.

에리체가 말했다.

"루그님이 왕태자 전하를 가르치신다고 해서 구경 왔어요."

"…그걸 알고도 왔다고요? 본궁 무단침입만 해도 큰 문제인데 여기까지 들어와 버리면……."

"아, 그건 괜찮아요. 혹시 문제가 생기면 하라자드 오빠가 해결해 주기로 했거든요."

"오빠?"

뻔뻔한 에리체의 말에 루그가 눈을 휘둥그레 떴다. 그런 에리체의 뒤에서 바리엔이 골치 아파 죽겠다는 표정을 짓고 있었다.

에리체가 후후후, 하고 자신만만하게 웃더니 말했다.

"하라자드 오빠를 다시 오빠라고 불러주는 대신에 당분간 제 본궁 출입이나 기타 등등의 문제를 책임져 주기로 거래했어요."

"……."

〈이 나라, 정말로 괜찮은 건가?〉

볼카르가 진지하게 물었다.

루그도 그 말에 절절하게 공감했다. 국왕에게도 존중받으면서 왕실의 법도 따윈 아무렇지도 않게 무시할 수 있는 상위 용족이 어린 인간 소녀가 '오빠'라고 불러주는 것에 홀라당 넘어가서 이런 대형사고를 지원해 준다니, 정말 그래도 되는 거란 말인가?

에리체가 말했다.

"그리고 왕태자 전하께서는 그렇게 쩨쩨하지 않으세요. 제가 종종 릴피를 태워 드리면 얼마나 좋아하시는데요."

"내가 없었으면 목숨이 위험한 국면이 상당히 많았던 것 같은데 말이지."

바리엔이 투덜거렸다. 아마 왕태자를 와이번의 등에 태워 줬다가 떨어뜨리는 대형사고도 저질렀던 모양이다.

에리체가 귀엽게 웃었다.

"물론 나는 바리엔이 있어서 너무너무 든든해. 이번 일도 바리엔이 아니었으면 저지르지 못했을 거야."

"만날 거짓말하는 건 요 입이야? 요 입이지?"

"우므므므므!"

바리엔이 에리체의 입술을 잡아당기자 에리체가 버둥거렸다.

둘이 노는 꼴을 빤히 바라보던 루그가 물었다.

"에리체 양은 그렇다 치고, 라한드리가 백작 영애까지 이런 일이 가담하시다니……."

"아, 아니 그게……."

그 말에 바리엔이 화들짝 놀랐다. 얼굴에 철판 깔고 뻔뻔한 태도를 보이는 에리체와는 달리, 그녀는 지금 자신이 저지르는 일이 얼마나 대형사고인지 자각하고 조마조마해하고 있었다.

루그가 추궁했다.

"당신의 공간 이동만 아니었다면 에리체 양도 이런 대담한 일은 하려고 들지 않았을 텐데… 어째서 가담하신 겁니까?"

"그건 오해예요!"

"오해라고 하셔도 이렇게 상황이 명백한데…….."

"아니, 그게 아니고! 제가 없었으면 에리체가 이런 일을 하지 않았을 거라고 생각하시는 부분이 오해예요! 쟤는 무슨 수를 써서라도 일을 저질렀을 거라고요!"

"……."

순간 루그는 어이가 없어서 에리체를 바라보았다. 도대체 평소에 어떤 삶을 살아왔는지 궁금하다. 하지만 에리체는 배시시 웃고 있을 뿐이었다.

바리엔이 한숨 섞인 목소리로 말했다.

"솔직히 말씀드리자면, 저는 정말 안 된다고 말렸고 또 가담하고 싶지도 않았지만…….."

"우와, 바리엔. 여기까지 와서 잘못은 나한테만 있다고 뒤집어씌울 생각이야? 널 혼자 보낼 수는 없어 운운하면서 도와주겠다고 한 게 누군데?"

"넌 좀 조용히 하고 있어!"

"으버버버버버!"

발끈한 바리엔이 양 볼을 죽 잡아당기는 바람에 에리체가 버둥거렸다.

화끈화끈한 볼을 붙잡고 입술을 삐죽이는 에리체를 뒤로한 채 바리엔이 말했다.

"간단하게 말씀드리겠습니다. 제가 안 도와주면 쟤가 도대체 무슨 일을 저지를지 무서워서 그냥 보낼 수가 없었어요."

"으으으음."

루그는 식은땀을 흘리며 에리체를 바라보았다.

상식적으로 생각하면 바리엔이 잘못을 에리체에게 미루기 위해 수를 쓰고 있다고 여기겠지만, 이미 에리체가 사고를 치는 것을 몇 번 겪다 보니 굉장히 설득력있게 들렸다.

바리엔이 돕지 않았다면 에리체는 그냥 자기 능력으로 잠입했을 것이다. 그리고 어쩌면 일이 감당할 수 없을 정도로 커졌을지도 모른다.

루그가 한숨을 쉬며 물었다.

"에리체 양."

"네."

"왜 이런 짓을 한 겁니까?"

"루그님을 만나고 싶어서요."

"……"

직설적이다. 너무 직설적이라서 뭐라고 말해야 할지 말문이 막혀 버렸다.

귀엽게 웃고 있는 에리체는 볼을 발갛게 물들인 채 촉촉하게 젖은 눈으로 루그를 바라보고 있었다. 그야말로 뜨겁다는 표현이 어울리는 시선이다.

"안 되나요?"

에리체가 슬쩍 몸을 꼬며 물었다. 그러자 그녀의 큰 가슴이 살짝 흔들리면서 시선을 끈다. 자연스럽게 거기에 시선을 빼앗겼던 루그는 옆에서 메이즈가 헛기침을 하는 소리에 퍼뜩 정신을 차렸다.

"흠흠. 주인님, 왜 말이 없어?"

뒤통수에 와 닿는 시선이 따갑다. 루그는 왠지 무시무시한 압박감을 느끼며 침을 꿀꺽 삼켰다.

'이거 진짜 위험한데.'

금세 정신을 차렸으니 망정이지, 하마터면 사회적 지위에 커다란 흠이 잡힐 뻔했다. 가뜩이나 움직일 때마다 흔들리는 게 신경 쓰이는데, 저 어려 보이는 얼굴에 작은 체구와 조화되니 저도 모르게 바라보게 되는 굉장한 주목도를 발휘한다. 이쯤 되면 정말 사회적 흉기라고 해도 과언이 아니었다.

루그는 슬쩍 주변을 둘러보았다. 다행히 메이즈 말고는 이상하게 생각한 사람이 없는 것 같았다.

〈쯧쯧. 이런 상황에서 여자 가슴이나 보고 있다니.〉

—…….

'사람'은 없었다. 사람은…….

뜨끔한 루그는 애써 표정을 수습하고는 말했다.

"곤란합니다, 에리체 양. 누가 보기 전에 얼른 다시 나가시지 않으면……."

"아무도 모르게 하면 되잖아요. 그냥 보기만 할게요, 네?"

"아니, 그러니까……."

물러나지 않고 계속 몰아붙이는 에리체의 태도에 루그는 정말 난감해졌다. 이건 뭔 핑계로 거절해도 어떻게든 밀고 들어올 것 같지 않은가?

뻔뻔하게 몰아붙이는 에리체와 쩔쩔매는 루그를 뒤에서 보는 메이즈는 자기도 모르게 잔뜩 골이 나 있었다.

'거절해! 주인님, 거절하라고! 억지를 부리는 거지 제대로 된 명분이 있는 건 아니니까 그냥 안 된다고만 하면 되잖아!'

"메이즈? 왜 그러나?"

문득 다르칸이 소근거리는 목소리로 물었다. 메이즈가 당황해서 그를 돌아보았다.

"내, 내가 뭘?"

"꼬리를 잔뜩 세우고 있길래……."

다르칸이 메이즈의 꼬리를 가리키며 말했다. 그녀는 의식하지 못하고 있었지만 꼬리가 마치 전투태세에 들어간 고양이마냥 꼿꼿하게 서 있었다.

"아무것도 아냐."

"정말인가? 하지만 왠지 얼굴도 상기되었고……."

"괜찮다고 했잖아."

메이즈가 표독스럽게 째려보면서 으르렁거리자 다르칸이 찔끔했다. 그가 움츠러들면서 말했다.

"나는 그냥 네가 컨디션이 이상하면 왕태자를 치료하는 데

지장이 있을까 봐 그런 것뿐인데…….”

“전혀! 조금도! 문제없어. 알겠어?”

“아, 알겠다.”

자신을 노려보는 메이즈의 무시무시한 박력에 다르칸은 결국 고개를 끄덕였다.

그러는 동안 에리체가 새로운 방법을 제안했다.

“왕태자 전하께 허락받으면 괜찮은가요?”

“음?”

“전하, 오랜만에 뵙습니다. 곧바로 인사드리지 못한 것은 사과드릴게요.”

에리체가 치맛단을 잡고 우아하게 몸을 숙이며 인사했다. 지금까지는 누워서 눈을 감고 있었는지라 이러지도 저러지도 못하고 있던 아사르가 머쓱해하며 몸을 일으켰다.

아사르가 말했다.

“여전히 무모하시구려, 에리체 양.”

“그렇지도 않답니다. 괜찮다고 생각할 때만 이렇지요.”

“전혀 아니라고 보는데…….”

바리엔이 투덜거렸다. 물론 에리체는 무시했다.

에리체가 양손을 모으고 간절한 눈빛으로 아사르를 바라보며 부탁했다.

“전하, 제발 부탁드릴게요. 하라자드 오빠한테 같이 수업 들으신 정을 생각해서 참관을 허락해 주시면 안 될까요? 절대

방해 안 하고 그냥 보고만 있을게요."

"그, 그건……."

아사르는 거절하지 못하고 쩔쩔맸다.

난감해하던 그가 슬쩍 루그를 바라보았다. 그리고 쓴웃음을 지었다. 그도 왜 에리체가 이런 말도 안 되는 억지를 부리는지 알아차린 것이다. 에리체의 태도가 워낙 노골적인지라 모르기가 더 힘들었다.

"한 가지 조건이 있소."

"뭔가요?"

"이곳에서 보고 들은 것에 대해서 일리지스 대공에게는 절대 말하지 않았으면 좋겠소."

"네."

에리체는 생각해 보지도 않고 대답했다. 너무 쉽게 대답을 들은 아사르가 당황하자 그녀가 생긋 웃으며 말했다.

"저도 칼리아한테 들키면 혼나거든요. 바리엔, 너도 비밀로 해줄 거지?"

"선택의 여지가 없잖아."

"그렇다네요. 부디 전하께서도 비밀로 해주세요. 헤헷."

"하하하……."

아사르는 실소하고 말았다.

칼리아에게 이 일을 들켰다간 아마 에리체는 한나절 동안은 설교를 들어야 할 것이다. 덤으로 메이달라 후작에게 이

사실이 알려져서 근신 처분에 용돈도 삭감당할지도 모르
고…….

목적을 달성한 에리체가 싱글벙글 웃으며 물었다.

"그런데 이건 뭘 하시는 거예요? 전하께서는 왜 누워 계시
고……."

"나를 치료하려고 하는 거요."

아사르가 말했다. 에리체가 눈을 동그랗게 떴다.

"치료요? 전하 어디 아프세요?"

에리체가 아사르를 요리조리 뜯어보았다. 굉장히 실례되
는 행동이었지만 그녀가 원래 그렇다는 걸 아는지라 아사르
는 쓴웃음만 지을 뿐이었고, 바리엔는 붉으락푸르락하고 있
었다.

에리체가 고개를 갸웃거렸다.

"아프신 데 없는 것 같은데……."

"루그 경이 말하길 내 몸이 이상한 게 잘 보이지 않는 데가
아파서 그렇다고 하는구려. 그래서 치료를 받기로 했소."

"그렇구나. 역시 루그님은 대단하시군요!"

에리체가 눈을 반짝반짝 빛내며 루그를 바라보았다. 실로
부담스러운 시선인지라 루그는 슬쩍 눈을 피했다.

에리체가 루그에게 바싹 다가오며 말했다.

"저도 도와드릴 수 없을까요?"

"이건 마법에 능통해야만 도움이 될 수 있는지라 에리체

양은······."

〈그녀는 도움이 된다. 그것도 상당히.〉

"엥?"

볼카르가 불쑥 끼어드는 바람에 루그가 눈을 휘둥그레 떴다.

놀란 에리체가 눈을 깜빡거리며 물었다.

"네?"

"아, 아니, 아무것도 아닙니다."

루그는 대충 얼버무리고는 볼카르에게 물었다.

─얘가 도움이 된다고? 마법도 익히고 있었어?

〈마법은 태어나면서부터 걸려 있던 것들이 있긴 한데, 그 외에 본인이 마법을 익히고 있진 않군. 하지만 마력이 메이즈나 다르칸보다도 더 크지 않나? 그리고 아사르 자프 로멜리어스를 치료하는 데는 많은 마력이 필요하지. 마력을 제공해 줄 이가 많다면 좋다.〉

─그렇긴 한데, 얘가 마력을 제공해 주는 법은 알까?

〈그건 걱정 마라. 마법진을 좀 수정하면 끝나는 문제니까. 수정한 마법진을 알려주지.〉

루그는 복잡한 표정을 지은 채 에리체에게 말했다.

"에리체 양, 그럼 좀 도와주시겠습니까?"

"네. 뭐든지!"

에리체는 뛸 듯이 기뻐하며 대답했다.

4

눈을 떴을 때는 하늘 높이 떠오른 태양이 뿜어내는 빛이 눈을 찌르고 있었다.

불카누스는 눈살을 찌푸리며 몸을 일으켰다. 그의 옆에 있던 지아볼이 물었다.

"어떻소?"

"아무것도."

"최면은 도움이 안 되는가 보군. 당신의 꿈이 어떤 식으로 작동하는지를 모르겠소."

지아볼이 유감스럽다는 듯 말했다.

불카누스의 꿈은 갈수록 많은 의문을 낳고 있었다. 단순히 '볼카르'라 불리던 때의 기억을 보여주는 것이 아니라, 전혀 의미를 알 수 없는 일들이나 존재했을 리 없는 일들마저 보여주고 있다.

가장 중요한 것은 불카누스가 그 모든 것들을 '실제로 있었던 일들'로 인식하고 있다는 점이다. 왠지는 모르겠지만 불카누스는 그 사실을 확신했다. 인간을 비롯한 지적 생명체들을 미워하는 감정만큼이나.

그래서 지아볼은 한 가지 방법을 제안했다. 마법을 통해 최면을 걸어서 불카누스의 의식을 과거로 회귀시켜 보고자 했던 것이다. 하지만 그 시도는 실패했다. 잠들었던 불카누스는 아무런 꿈도 꾸지 않았다.

지아볼이 말했다.

"어째서 시간차가 생겼는지는 꼭 해명하고 싶은 문제인데, 일단은 기다리는 수밖에 없는 것 같구려. 아쉽군."

"20여 년의 오차라……."

지아볼이 볼카르에게 거대한 정신 공격을 가하고, 불카누스의 존재가 깨어난 것은 대략 100년 전의 일이다. 그런데 불카누스는 그 이후 80여 년이 지난 것으로 인식하고 있었다.

이 시간차는 물론 볼카르가 루그와 함께 시공 회귀하면서 발생한 것이다. 하지만 시공 회귀에 대해서 모르는 둘은 그 의문에 골몰하고 있었다.

지아볼이 말했다.

"어쩌면 당신이 모르는 동안 20년 정도에 해당하는 시간이 정지되어 있었을 수도 있소. 드래곤들은 시공간을 자유자재로 다루었으니까."

"그렇게 오랜 시간 동안? 그럴 이유가 있을까?"

불카누스는 볼카르의 기억을 상당히 많이 들여다 보았다. 또한 지아볼에게 드래곤이 어떤 존재인지에 대해서 들어왔다.

그렇기에 드래곤의 마법이 시공간마저 자유자재로 갖고 노는 경지에 올랐음을 알았다. 하지만 20년씩이나 시간을 정지시켜 둘 이유는 상상이 안 간다.

지아볼이 어깨를 으쓱했다.

"그건 나도 모르겠소. 드래곤들은 마법을 위해서라면 뭐든지 하니까 그것과 관련이 있을지도 모르지. 뭐, 국지적으로도 시간을 조작할 수 있는 그들이 굳이 전세계적으로 시간을 20년간이나 정지해 두고 있어야 할 이유가 뭔지 구체적으로는 전혀 짐작이 안 가긴 하오만."

"전에……."

문득 불카누스가 또 다른 의문을 입에 담았다.

"너는 내가 1만 년이라는 시간을 이야기했을 때, 두 가지 반응을 보였지."

"응?"

"하나는 1만 년이라는 시간을 얼마나 길게 인식하느냐에 대한 문제였고, 또 하나는… 뭔가 오차가 있다는 투였다."

"그랬지."

"그 오차는 뭐였지?"

불카누스가 날카로운 눈으로 지아볼을 바라보았다. 그의 직감이 알려주고 있었다. 이 문제가 아주 중요하다고. 반드시 답을 알아야만 한다고.

지아볼이 고개를 갸웃하며 말했다.

"별건 아니었소. 우리가 관측하기로는 이 세계는 창세 이후 1만 4천 년 정도가 지났거든. 당신의 인식과 수천 년의 차이가 있으니 의아해했던 것뿐."

"1만 4천 년? 어째서 그렇게 많은 차이가 나지?"

"시간이라는 것은 절대적인 것은 아니오. 내가 20년의 오
차를 심각하게 여긴 것은 어디까지나 정보체로 이 세계로 침
입해서 구현되는 과정이었기 때문이고, 외부에서 관찰하는
입장에서는… 어디까지나 우리 세계와 이 세계는 서로 다른
세계이기 때문에 시간의 흐름이 다를 수도 있지. 심지어 드래
곤들이 시간을 조작하기도 하는 상황이잖소?"

"4천 년이라……."

불카누스가 눈살을 찌푸렸다. 왠지 가슴이 답답하다. 지아
볼이 말하는 이유가 정답이 아니라는 생각이 들었다.

'나는 이 문제의 답을 알고 있다.'

분명 기억 어딘가에 그 답이 존재하고 있다. 하지만 문제는
지금 그가 가진 기억에는 그 답이 누락되어 있다는 것이다.

불카누스는 일단 그 문제를 덮어두고 물었다.

"그럼 창세가 이루어진 지 얼마 안 됐다는 건 무슨 의미지?
1만 년은 결코 짧은 시간이 아니다."

"그건……."

지아볼은 난감한 듯 웃었다. 말해주기 곤란하다기보다는,
이걸 어떻게 설명해야 할지 감이 잘 안 잡히는 모양이다.

"일단 서로 인식 차이가 일어나는 이유부터 짚어보지. 내
고향 세계가 창세 이후 얼마나 지났을 것 같소?"

"글쎄. 볼카르의 기억과 네 말을 종합해 보면, 아마 지금의 인간들과는 비교할 수 없을 정도로 문명이 발달한 상황이겠지? 그럼 적어도 우리 세계보다 수천 년 정도는 더 지나지 않았을까?"

"아니오."

"그럼?"

"우리 세계는… 뭐, 우리 종족이 창세 때부터 존재하진 않았기 때문에 어디까지나 여러 가지 방법으로 측정해 본 결과에 불과하긴 하지만, 대략 창세 이후 지금까지 160억 년 정도가 지났소."

"뭐라고?"

불카누스가 눈을 크게 떴다.

160억 년? 도대체 어느 정도인지 상상조차 안 갈 정도로 까마득한 세월이었다.

지아볼이 쓴웃음을 지었다.

"그래서 난감해한 거요. 당신과 나는 '세계의 나이'에 대한 인식의 스케일이 너무 다르니까. 생명체 입장에서 보면 1만 년은 아주 긴 시간이지만, 세계를 기준으로 보면 그야말로 찰나요. 별이 태어나고, 변화하고, 늙어가는 시간을 측정해 보면 수백만 년 단위의 시간이 아주 짧은 것처럼 보일 정도지."

세계가 창조되고, 확장되고, 별들이 태어나고, 별들의 환경이 안정되고… 그리고 마침내 그 안에서 생명이 탄생한다.

그것은 인간은 상상도 할 수 없을 정도로 오랜 시간을 필요로 하는 일이다. 수억 년, 혹은 수십 억 년의 시간이 지나고 수백 억 개의 별 중에서도 천문학적인 확률로 선택된 환경을 지닌 별만이 생명의 요람이 되는 특혜를 누릴 수 있다.

문명이 극에 달하여 고향 세계의 아득한 역사를 되새기는 데 성공한 지아볼의 기준으로 볼 때, 이 세계의 역사는 지나치게 축약되어 있었다. 마치 생명이 탄생하기 위해 반드시 거쳐야 할 수십억 년의 세월을 생략해 버린 것처럼.

"그뿐만이 아니지. 그 생명이 지성을 가진 고등생명체로 진화하고, 문명을 쌓아올리는 시간도 비정상적으로 짧소."

불카누스의 인식을 따르자면 이 세계의 나이는 채 1만 년이 안 된다. 그런데 인간을 비롯한 다양한 지적 생명체들이 나타났고 문명 역시 상당히 발달했다. 지아볼 입장에서 보면 정말 말도 안 되는 일이다.

"애당초 드래곤의 존재부터가 말이 안 되지. 차원의 균열을 통해 이 세계를 발견했을 때, 우리는 새로운 안주의 땅을 얻을 수 있으리라 기대했소. 이 세계는 믿을 수 없을 정도로 젊었고 생명력이 넘쳤으니까."

그래서 지아볼의 세력은 이 세계로 이주하고자 했다.

지아볼이 속한 세력만이 아니라, 아니, 심지어는 지아볼도 알지 못하는 다른 세계의 존재들까지도 이 세계를 원했다.

간간이 차원의 균열을 통해 접촉해 본 바에 따르면, 드래곤에 의해 '마족'으로 뭉뚱그려진 각 세력의 목적은 모두 달랐다. 어떤 세력은 생존을 위해, 어떤 세력은 더 많은 자원을 위해, 그리고 어떤 세력은 그저 새로이 발견된 이 세계를 소유하기 위해 싸우고 있었다.

만약 드래곤의 존재가 없었다면, 태어난 지 얼마 안 되는 어린 세계는 수많은 이계 세력들의 각축장이 되었을지도 모른다.

불카누스가 물었다.

"너희 세력의 이유는 뭐였지?"

"생존이었소."

불카누스가 예상한 대로의 대답이었다. 이따금씩 지아볼이 이 세계와 고향 세계를 비교할 때면, 그들의 세계가 생명이 살 수 없는 환경이라는 것을 추측할 수 있었으니까.

어깨를 으쓱한 지아볼이 말을 이었다.

"어쨌든 내가 보기에 이 세계에는 뭔가 초월적인 의지가 간섭하고 있소. 그렇지 않고서야 현재의 상황을 설명할 수가 없군. 너무 빨리 나타나 번성한 지적 생명체의 존재도, 뻔히 드러난 취약점을 막고 외계의 간섭을 차단하는 드래곤이라는 무서운 파수꾼의 존재도……"

"아마 신들이겠지."

"당신은 신의 존재를 확신하는군? 그들이 정말 인간의 신화 속에서 이야기하는 대로 전지전능에 가까운 권능을 가진 초월의지라고 믿는 거요?"

"너는 신의 존재를 부정하는 건가?"

"우리도 마법에 가까운 기술을 사용하고 있으니 세계의 부속품으로 존재하는, 과거에는 신앙의 대상이 되기에 합당했던 존재들이 있음은 확인했소. 하지만 그들이 세계를 창조하고 자기들 뜻대로 그 형상을 빚어낼 수 있다고는 생각하지 않소만?"

"너와 나는 신에 대한 인식 차이가 꽤 큰 모양이군."

"그런 듯하오. 하긴, 드래곤들만 해도 우리 상상을 초월하는 존재이니 신이 있다고 해서 이상할 것도 없겠지."

지아볼이 피식 웃었다.

"우리 모두는 드래곤의 존재에 절망해야 했소. 도대체 이 젊은 세계에 어떻게 이토록 강대한 권능을 가진 고등지성체가 있을 수 있는 것인가?"

드래곤은 차원의 균열을 통해 넘어오는 마족들을 남김없이 격퇴했다. 지아볼은 역사상 유일한 예외였다.

"우리가 당신에게 사용한 방법은 정말이지 최후의 수단 중에 하나였소. 별로 남아 있지도 않은 자원을 총동원하고, 수많은 목숨을 희생시킨 결과였으니."

"덕분에 내가 깨어났으니 감사해야 하나?"

"그럴 필요까진 없지. 하지만 궁금하긴 하구려."

"뭐가 말인가?"

"당신의 존재가 대체 무엇인지. 사실 우리는 당신에게 그 방법을 쓰기 전에 다른 존재에게 한번 실험해 본 적이 있었소."

"실험이라고? 다른 드래곤에게 말인가?"

"아니오. 처음부터 드래곤에게 덜컥 실험하기에는 너무 부담이 컸지. 그래서 훨씬 작은 규모로 만들어진 실험용 장치를 이용해서 레비아탄에게 실험해 보았소."

"레비아탄?"

"실험 결과는 성공적이라고 판단되었지. 레비아탄이 차원의 균열에서 물러나서 사라지는 것까지는 확인했으니까. 그때의 성공이 있었기에 당신에게 쓸 생각으로 막대한 시간과 노력을 들여 그 시설을 완성한 거요."

그리고 지아볼은 이 세계에 온 뒤에야 그 레비아탄이 어떻게 되었는지 알게 되었다. 알파르타라는 이름을 가진 레비아탄은 미쳐 날뛰다가 어처구니없게도 인간의 손에 쓰러졌다고 한다.

불카누스가 어처구니없어했다.

"레비아탄이 인간에게? 루그 같은 인간이 또 있었던 건가?"

"글쎄. 그것까진 잘 모르겠소. 전설이라는 것은 과장되게 마련인지라 실제로 어떤 일이 있었는지는 모르지. 하지만 분명한 것은 레비아탄은 우리가 심은 명령대로 자신의 정체성이라고 할 수 있는 의무를 등졌고, 그 결과 미쳐 버리게 된 것이 아닐까 추측하오."

"나처럼 다른 인격이 나타나진 않았다는 건가?"

"그렇소. 그래서 궁금한 거요. 마족인 나를 용인할 수 있는 당신의 정체가 도대체 무엇인지……."

"나도 궁금하다."

불카누스가 몸을 일으켰다. 그리고 먼 곳을 바라보며 말했다.

"그 답은 나를 가둔 봉인 속에 있겠지. 봉인이 풀리면 풀릴수록 과거를 들여다보는 현상이 가속되는 것을 느낀다."

루그는 불카누스를 가둔 봉인의 구조를 뒤트는 데 성공한 후로는 봉인의 조각을 찾아다니는 데 열을 올리지 않았다. 다만 봉인의 조각을 가진 인간들을 블레이즈 원의 시선에서 가려두었을 뿐이다.

하지만 블레이즈 원은 여전히 봉인의 조각을 찾아서 해제시키고 있었다. 그럴 때마다 불카누스의 마력은 미력하나마 증가하고, 좀 더 많은 과거를 꿈을 통해 들여다볼 수 있게 된다.

"그놈들이 봉인에 무슨 장난을 쳤는지는 모르겠지만……."

불카누스는 루그가 봉인에 손을 댔음을 눈치채고 있었다.

그렇지 않고서야 이토록 많은 봉인의 조각을 찾아 해제했는데도 자신의 힘이 고작 이 정도밖에 회복되지 않았을 리가 없었으니까.

"그래 봤자 유예기간이 좀 늘어났을 뿐이다. 내 본체가 풀려날 때면 더 이상 아무것도 문제가 되지 않을 테니까."

CHAPTER 49
하넬라의 악룡

폭염의 용제

1

"부족해."

폐허가 된 마을 한가운데서 한 청년이 중얼거리고 있었다. 채워지지 않는 갈망을 이야기하는 그는 검보랏빛 머리칼을 휘날리는 수려한 용모의 청년이었다.

그의 주변에는 무수한 인간이 죽어 널브러져 있었다. 수십명에 이르는 인원들은 모두 강건한 육체를 가진 전사들뿐이었다.

"죄다 허약한 놈들밖에 없군. 요즘은 제대로 된 기량을 가진 인간은 없는 건가?"

청년은 불쾌감을 드러내며 발로 시체를 짓밟았다. 가벼워

보이는 동작이었지만 짓밟는 힘이 너무 강해서 시체의 뼈가
부서져서 땅속으로 함몰되었다.

콰드드득!

"샤디카."

문득 뒤쪽에서 그를 부르는 목소리가 있었다.

검보랏빛 머리칼의 청년, 샤디카는 시큰둥한 표정으로 그
를 돌아보았다.

"끝났나?"

"응. 인간은 다 처리했어."

순진하게 대답한 것은 3미터를 넘는 거구의 붉은 드라칸이
었다. 샤디카와 같은 블레이즈 윈의 간부인 아레크스였다.

살아 있는 인간은 단 한 명도 남지 않은 폐허 한복판에서
아레크스가 물었다.

"우린 언제까지 이런 일을 해야 돼?"

"하기 싫어?"

샤디카가 물었다. 아레크스가 덩치에 걸맞지 않게 움츠러
든 모습으로 고개를 끄덕였다.

"…응."

"왜 그렇지?"

"그냥… 싫어. 왠지 여기가 아파."

아레크스가 자기 가슴을 가리키며 말했다. 그 말에 샤디카
가 흥미로운 표정을 지었다.

"이거 정말 재미있군. 난 네가 명령을 따르는 것 말고는 아무것도 생각하지 않는 녀석이라고 생각했는데, 그게 아니고 아무것도 배우지 않은 순수한 상태였던 건가? 하긴 그러니 그런 가공할 학습 능력을 보일 수 있었던 거겠지만… 지식이나 기술만이 아니라 기억의 누적과 함께 감정도 학습하고 있는 건가?"

그 말에 아레크스가 눈살을 찌푸렸다.

"무슨 말 하는지 모르겠어."

"아, 미안하군. 넌 마법을 연구적인 측면에서 익히는 게 아니라 철저하게 주입식으로만 익히고 있으니 이런 식의 대화가 성립될 수 없겠지."

"마법은 어려워. 별로 재미없어."

아레크스는 일반 드라칸과 비교해도 몇 배에 달하는 막강한 마력을 가졌다. 수명을 염두에 두지 않고 모든 출력을 최대치로 설정해 둔 육체 덕분이다.

하지만 그는 마법을 별로 좋아하지 않았다. 학습 능력이 워낙 뛰어나기 때문에 마법도 가르치는 족족 자신의 것으로 만들었지만, 창조적인 응용 면에서는 극단적으로 취약했다.

그가 좋아하는 것은 명확한 물리적 성향을 가진 마법을, 인간 스승에게서 배운 무술과 조합해서 사용하는 것이었다. 그러한 기술을 연마하는 것을 즐기기에 그의 전투 능력은 그레이슨에게 살해당할 당시와는 비교할 수 없을 정도로 상승해 있었다.

샤디카가 손가락으로 아레크스의 가슴을 찌르면서 말했다.

"왜 여기가 아픈지 알겠어?"

"몰라. 그냥 인간들이 울면서 매달리는 걸 보면 그래. 여기 인간들은 이상해."

"용족이 자신들을 죽인다는 게 말도 안 된다고 생각하지. 옛날부터 그랬다."

"응. 용족도 인간 편 들고… 다 우리편인 줄 알았는데……."

아레크스는 블레이즈 원에 소속된 용족 말고는 다른 용족을 본 적이 거의 없었다.

하지만 이곳, 하넬라 왕국에서 작전을 수행하기 시작한 이후로는 다수의 용족을 만나게 되었다. 그리고 인간을 지키고자 하는 그들과 싸워서, 모두 죽였다.

이 마을에서도 그는 청백색 용을 닮은 머리에 인간을 닮은 상체, 그리고 커다란 뱀의 하체를 가진 용족 프로스트 살라만더를 상대로 싸웠다. 인간들과 더불어 살아가던 그는 어린애들만이라도 살리기 위해 목숨을 걸고 아레크스를 가로막았지만, 아무도 구해낼 수 없었다.

그가 죽어가며 하던 말이 잊히지 않는다.

"왜 고귀한 드라칸께서 인간들을 죽이는 것이오? 이곳의 인간들이 당신과 원한을 질 리가 없었을 것을… 어째서……?"

아레크스는 그의 마지막 의문에 답해주지 못했다.

물론 머릿속에는 답이 나와 있었다.

'명령받았으니까.'

하지만 슬픔과 절망에 물든 눈으로 자신을 바라보는 그의 물음을 들었을 때는 입이 떨어지지 않아서 멍청하니 서 있는 수밖에 없었다.

처음 자신을 본 인간들의 반응도 이상했다.

지금까지 아레크스는 명령을 수행할 때 외에는 인간들 앞에 모습을 드러내지 말라고 배웠다. 인간들은 아레크스 같은 드라칸을 두려워하기 때문에 괜한 소란을 일으키게 되기 때문이라고 했다.

그런데 이곳의 인간들은 달랐다. 아레크스가 마을 어귀에 모습을 드러내는 순간, 아이들이 좋아하며 달려들었다.

"와, 용족님이다!"

"엄청 크다! 어디서 오신 거예요?"

"무슨 용족님이에요?"

샤디카의 마법이 마을 한복판에 폭발을 일으키기 전까지,

아레크스는 자기 앞에 달라붙어서 재잘거리는 아이들을 상대로 멍하니 얼어붙어 있었다. 그때는 도저히 뭘 어떻게 해야 할지 알 수 없어서 머릿속이 텅 비어버렸다.

혼란스러워하는 아레크스를 본 샤디카가 피식 웃었다.

"뭐, 지금까진 자기가 뭘 하는지도 몰랐을 테니 그렇게 혼란스러워할 만도 하군. 널 보면 재미있어."

"왜?"

"그걸 네가 알아듣게 설명할 자신은 없다. 난 누군가를 가르치는 데 익숙하질 않아서 말이지. 열심히 설명하는 데 알아듣지 못하면 머리를 날려 버리고 싶어지지."

샤디카는 손날로 목을 치는 시늉을 하며 말했다.

고개를 갸우뚱하던 아레크스가 물었다.

"샤디카는, 인간을 죽여도 여기가 안 아파?"

"아프지."

"정말?"

샤디카의 대답이 뜻밖이었는지 아레크스가 눈을 크게 떴다.

샤디카가 미소 지었다.

"하지만 내 아픔은 너와는 달라. 내 가슴엔 구멍이 뚫려 있어."

"구멍? 없는데?"

"눈으로 볼 수 있는 구멍은 아니지. 네 가슴을 아프게 하는 상처가 눈에 보이지 않는 것처럼."

"잘 모르겠어. 샤디카는 너무 어려운 말을 많이 해."

"마법사는 다 그런 거란다, 꼬마야."

"나도 마법산데… 꼬마 아닌데……."

진지하게 고개를 갸웃하는 아레크스의 모습에 샤디카가 픽 웃어버리고 말았다. 덩치 큰 괴물이 하는 짓은 어린애니 불균형의 극치다.

아레크스가 물었다.

"그럼 그 구멍은 어쩌다 뚫렸어? 그거 때문에 인간을 미워해?"

"글쎄. 그게 언제였더라?"

샤디카는 먼 곳을 바라보는 눈으로 과거를 회상했다.

"아마 200년쯤 전이었던 것 같군."

그것은 나샤 삼국이 아직 외부와 단절되어 있던 시절의 이야기다.

2

샤디카를 만든 것은 최강의 용족, 레비아탄을 창조한 드래곤 팔다르였다.

그러나 샤디카는 팔다르를 본 적이 손에 꼽을 정도로 적다. 마력이 안정된 후, 실험실에서 풀려나 마음대로 살아도 된다는 허락을 받은 후로는 다시는 찾아가 보지 않았다.

드래곤 팔다르는 안정된 종족으로 번성한 여러 용족들 말고도 단일 개체의 실험체도 많이 만들어내었다. 샤디카는 그 중 하나로, 드레이크를 보다 고도의 지성체로 발전시킨 형태를 연구하는 과정에서 만들어진 존재였다.

실험실에서 풀려나 세상에 나간 샤디카는 자신이 혼자라는 사실을 깨달았다.

'그렇군. 이놈들은 내 동족이 아니야.'

드레이크들은 결코 그와 같은 종족이라고 할 수 없었다. 비슷한 베이스의 생명체이기는 해도, 그들과 샤디카 사이에는 결코 좁혀질 수 없는 거리감이 존재했다.

물론 샤디카는 그 사실에 절망하거나 상처받지 않았다. 드레이크는 애당초 알에서 깨어난 후 10년만 지나도 부모에게서 독립해서 혼자 살아가는 독립성을 가졌다. 그들의 특성을 많이 가진 샤디카 역시 혼자라는 사실에 외로워하지 않았고, 인간처럼 친구를 갈구하지도 않았다.

'이놈들은 하나같이 약해 빠졌어. 한 번 물면 죽어버릴 것 같아.'

샤디카에게는 다른 드레이크와는 비교할 수 없을 정도로 강한 육체와 마력이 있었다. 그 사실을 알게 되자 문득 자신의 힘을 실험해 보고 싶어졌다.

약한 존재를 사냥할 때와는 전혀 다른, 자신의 힘을 제대로 발휘할 만한 싸움을 해보고 싶은 충동.

샤디카는 그 충동을 억누르지 않고 다른 드레이크와 부딪쳤다. 수백 년을 살아왔지만 자신보다 명백히 약한 존재와.

그 결과는 무참한 패배였다.

'내가 왜 졌지?'

피투성이가 되어 쓰러진 샤디카는 망연자실해져 있었다. 고통보다도 자신이 졌다는 사실이, 육체적인 힘도, 마력도 압도하는데도 상대를 제대로 건드려 보지도 못하고 패했다는 사실이 그를 괴롭혔다.

그를 패배시킨 드레이크는 흥미로워하는 기색으로 말했다.

"너는 마치 야생동물 같군. 마법을 모르는 건가? 그래서야 기형 와이번이나 다름없잖아?"

당시의 샤디카는 마법을 모르고 있었다. 그저 어떤 새보다도 높이 나는 강인한 날개와 바위조차 씹을 수 있는 이빨, 그리고 맹독을 발산하는 속성력을 가졌을 뿐.

그에게 있어 마력이란 맹독을 일으키기 위한 것이었지, 마법이라는 기술을 쓰기 위한 연료가 아니었다. 그런데 처음으로 드레이크와 싸워 패배함으로써 마법이 어떤 기술인지, 자신이 가진 힘과 지성이 무엇을 위한 것인지 깨닫게 된 것이다.

드레이크는 샤디카를 순순히 보내주었다.

"세상 모르는 어린애로군. 이 일을 교훈 삼아서 아무에게 나 싸움 거는 일은 없도록 해라."

뛰어난 생명력을 가진 샤디카는 한동안 상처를 회복한 뒤 마법을 찾아 헤매기 시작했다.

처음에는 용족을 공격해서 힘으로 협박해서 마법의 지식을 빼앗으려고 했다. 하지만 마법을 터득한 용족은 다들 만만치 않아서 괜히 상처만 입고 물러났다.

그래서 성미에는 맞지 않지만 다른 용족들을 찾아다니며 부탁한 결과 마법의 기초를 배울 수 있었다. 원래 용족들은 인간 마법사와는 달리 지식을 전수하는 데 인색하지 않은지라 적대적이지만 않으면 순순히 가르쳐 주었던 것이다.

"정말 대가가 필요없나?"

"네. 당신처럼 잠재 능력이 뛰어난 이에게 마법을 가르치는 것도 재미있겠지요."

샤디카는 놀라울 정도로 빠르게 마법을 터득해 갔다.

마법을 익히면 익힐수록, 자신이 마법을 보다 효율적으로 터득하고 쓰기 위해 만들어진 존재임을 실감할 수 있었다. 서로 사고가 연동된 세 개의 머리는 무섭도록 빠르게 마법을 이해하고 새로운 응용법을 만들었다.

세상에서 마법보다 재미있는 게 없었다. 샤디카는 200년이 넘는 시간 동안 마법에 탐닉하여 주변의 용족들이 더 이상 아무것도 가르칠 수 없는 수준에 올랐다.

"이젠 당신을 가르칠 수 있는 이가 아무도 없군요."

"그렇군. 떠날 때가 되었어. 그동안 고마웠다."

그쯤 되자 샤디카는 더 고명한 마법을 터득한 이를 찾아가거나, 아니면 연구와 실험을 통해 수준을 높여가는 수밖에 없다는 사실을 깨달았다. 샤디카는 첫 번째 실험 상대로 자신을 패배시켰던 드레이크를 골랐다.

그 드레이크는 다시 찾아온 샤디카를 비웃었다.

"200년만의 설욕전인가? 그동안 제법 마법을 배운 모양인데, 그걸로 충분하다고 생각하는 거냐?"

충분했다.

샤디카는 채 10분도 안 되어서 그를 무참하게 짓밟았다.

서로 익히고 있는 마법의 수준을 비교하면 그때도 그 드레이크 쪽이 좀 더 위였다. 그러나 같은 마법을 빠르게 구현하는 연산 능력과 마력 면에서는 샤디카가 그를 압도하고 있었다. 그것이 전투 능력의 격차로 드러났던 것이다.

200년간 의식의 한켠을 차지하고 있던 패배를 설욕한 샤디카는 세상을 떠돌기 시작했다. 다양한 용족을 만나고 특이한 현상을 관찰해 가면서 마법을 발전시켜 갔다.

그러는 동안 그는 인간과 마찰을 일으키는 일이 잦아졌다.

용족들과 교류하기만 할 때는 인간에게는 마법적 가치가 없다고 여기고 아예 거들떠보지도 않았다. 그러나 생명의 형

질에 관심을 갖고 연구하기 시작하자 인간은 무척 흥미로운 소재였다.

취약하긴 해도 마법을 익힐 수 있고, 간혹 가다 상위 용족을 지배할 정도로 강력한 용제가 태어나는 경우도 있으며, 무엇보다 강체술이라는 기이한 기술로 한계를 뛰어넘는다.

"마치 아무것도 최고가 아닌 대신 모든 걸 할 수 있도록 만들어진 것 같군. 신이라는 작자들이 이들을 만들었다면, 이 모든 것을 의도하고 만든 것인가?"

지상에서 가장 번성한 지적 생명체가 될 수 있었던 것은 그 범용성 때문이리라. 게다가 워낙 수가 많아서인지 종족 전체의 평균을 크게 웃도는 개체가 나타나는 일도 흔했다.

샤디카는 인간들 틈에서 살며 그들을 연구했다.

물론 여기서 연구라는 것은 그저 얌전히 관찰하기만 하는 것이 아니다. 필요하다면 얼마든지 인간을 죽여가면서 원하는 상황을 만들어내어 그 과정과 결과를 살피는 것이었다.

인간을 연구하기 시작한 지 100년이 지났을 때, 다섯 개의 나라가 그가 원인이 되어 망했다.

인간들을 연구하는 것이 즐거워진 샤디카는 전염병을 만들어 퍼뜨려 보기도 하고, 오로지 인간만을 먹는 괴물을 만들어 날뛰게 하기도 했으며, 왕을 죽이고 왕권을 노리는 자들끼리 내전을 벌이게 만들기도 했다.

지고한 마법의 힘 앞에서 인간의 운명은 노리개에 불과했다. 인간들을 자기 뜻대로 춤추게 만드는 것에 익숙해지자 인간이 더욱 더 하찮게 보였다.

그런 샤디카가 나샤 삼국에 들어간 것은 200여 년 전의 일이었다.

"단절된 나샤의 땅이라. 저 너머에 아직 인간들이 살아 있긴 한가?"

드래곤 스포르카트에 의해 외부와 단절된 지역이 어떤 모습을 하고 있는지 궁금해졌던 것이다. 그는 일단 흥미가 생기면 절대로 참는 법이 없었다.

단절된 지역으로 들어가는 데는 막강한 힘을 가진 그조차도 목숨을 걸어야 했지만, 결국 반죽음 상태로 들어가는 데는 성공했다.

안에 들어간 그는 다른 지역과는 완전히 다른 상황에 놀랄 수밖에 없었다.

인간들 속에서 살아가는 수많은 용족들과 그들을 숭상하는 인간들, 기이할 정도로 넘쳐나는 마법 금속과 오로지 그곳에서만 볼 수 있는 정령의 폭주체 스피릿 비스트까지.

"멋지군! 이곳은 마치 다른 세계 같아. 남방도 이렇지는 않았는데!"

흥미를 품은 그가 인간들을 연구하기 시작하고 나서, 모두에게 적대적인 존재가 되기까지는 별로 오랜 시간이 걸리지 않았다.

다른 지역과 달리 나샤 삼국에는 그의 존재를 알아보고 마법으로 장난을 친 사실을 눈치챌 수 있는 상위 용족이 많았던 것이다. 그러다 보니 샤디카는 금세 나샤 삼국의 공적으로 지목되었다.

그때부터 샤디카는 자신을 쫓는 이들이라면 용족이든 인간이든 가리지 않고 싸웠다. 그리고 한 번도 지지 않고 무수한 생명을 학살하면서 악명을 키워갔다.

때로는 수에 밀려서 중과부적이 되기도 했지만, 그런 때는 날개를 펼치고 도망치면 그만이었다. 그가 날기 시작하면 따라올 수 있는 자는 아무도 없었다.

어느새 그는 '하넬라의 악룡'이라고 불리기 시작했다.

"그럴싸한 별명이야. 인간들이 이런 쪽으로는 감각이 꽤 좋다니까."

그쯤 되자 국가에서 이름난 자들을 모아 샤디카를 없애려고 했다. 군사를 대거 일으키는 것으로는 아무 의미 없다는 것을 알기에, 고명한 자들을 청하고 상위 용족들을 모으고자 했다.

하지만 그러한 의도가 완성되기도 전에 샤디카는 어처구니없는 패배를 당하고 말았다.

"너는 뭐지……?"

피투성이가 되어 얼어붙은 눈산에 쓰러진 채 샤디카는 믿을 수 없다는 듯 상대를 바라보았다.

고작 한 명의 인간이었다.

흰 수염이 성성한 인간이 창 한 자루만을 든 채 혈혈단신으로 그를 찾아와서 싸웠고 쓰러뜨렸다.

직접 싸워서 패했으면서도 믿을 수가 없었다. 어떻게 인간이, 마법조차 익히지 않은 강체술사 따위가 자신을 패배시킬 수 있단 말인가?

"데커드 듀렌. 오르지아 발터의 비기를 모두 계승한 하나뿐인 정통 계승자다, 오만한 악룡이여."

하넬라 왕국의 유서 깊은 강체술 유파 중 하나, 오르지아 발터.

그들은 역사는 깊으나 명성은 다소 떨어지는 편이었다. 하지만 200년 만에 유파에 존재하는 모든 비기를 터득하고 집대성한 천재 데커드 듀렌은 하넬라 왕국에서 필적할 자를 찾을 수 없는 괴물이 되어 있었다. 오랫동안 기술을 연마하며 은둔했기에 사람들의 입에 오르내리지 않았으나, 당시에 나샤 삼국에서 유일하게 제6단계의 경지에 오른 강체술사였던 것이다.

"제6단계라고? 인간에게 기격 이상의 힘이 있었다니……."

충격이었다.

6단계의 강체술사에게 그는 손도 발도 내밀지 못하고 무참하게 패배하고 말았다. 그 힘의 격차는 거대한 공포가 되어 뼛속 깊이 새겨졌다.

사경을 헤맬 정도의 중상을 입은 샤디카는 겨우 그 자리에서 빠져나와 목숨을 부지할 수 있었다. 데커드 듀렌이 혼자 오지 않고 용족 마법사들을 대동했다면 아마 그 자리에서 죽었을 것이다.

그때 입은 부상이 너무 커서 회복하는 데는 10년 가까운 시간이 걸렸다. 아무리 생명력이 강해도 세 개의 머리 중 두 개가 날아가고, 날개가 꺾이고, 꼬리가 잘려 나가고, 내장기관의 3할이 소실되고, 팔다리가 잘려 나갔으니 완전히 회복할 수 있었던 것만 해도 기적이었다.

그 일로 샤디카는 인간을 하찮게 보는 오만함을 버리고 연구에 매진했다.

나샤 삼국에서 빠져나와서 대륙 전역을 쏘다니며 강체술사와 싸우고, 그들을 실험동물 취급해 가면서 강체술을 연구했다. 강체술에 대해서 모든 것을 알고 대응할 수 있다는 자신이 생기기 전까지는 결코 싸울 엄두를 내지 못할 것 같았다.

샤디카가 확신을 가진 것은 70년의 시간이 흐른 후였다.

"이젠 데커드 듀렌에게 설욕할 수 있다."

예전에 첫 패배를 당했을 때, 샤디카는 200년에 걸쳐 마법을 연마하고 나서야 설욕을 시도했다. 자신을 압도한 인간을 꺾기 위해 70년을 투자하는 것쯤은 아무것도 아니었다.

강체술에 대응하는 마법도, 장비도 완벽하게 갖춰졌다. 샤디카는 마음 한켠을 억누르는 공포와 싸우며 나샤 삼국으로 돌아갔다.

그러나…….

"데커드 듀렌이 죽었다고?"

그를 기다리고 있던 것은 전혀 생각지도 못한 사실이었다.

수백 년을 살아가는 용족에 비해 인간의 수명은 너무나도 짧다.

그것은 강체술사라 해도 마찬가지였다. 아무리 강한 인간이라고 해도 수십 년의 세월만으로도 노쇠해지는 것을 피할 수 없다. 하물며 70년 전에 이미 노인이었다면…….

샤디카는 데커드 듀렌이 20년 전에 죽었다는 사실을 알게 되었다. 그때 이미 늙어서 노쇠해진 그는, 하넬라 왕국에서 반란이 일어났을 때 압도적인 병력에게서 왕을 지키기 위해 죽어갔다고 했다.

"말도 안 돼. 누구 마음대로 죽어?"

모든 사실을 알게 된 샤디카는 절망했다.

오로지 데커드 듀렌이라는 인간만을 생각하며 70년을 살아왔다.

인간의 일생에 해당하는 시간 동안 그를 생각하고, 그를 두려워하고, 그에게 집착하고, 그를 증오했다.

그것은 마치 사랑 같았다, 어느 한쪽이 죽기 전에는 결코 끝나지 않는.

하지만 그 끝에서 기다리고 있는 것은 생각지도 못한 상실이었다. 광기 어린 집착 때문에 간과하고 있던 진실을 접했을 때, 샤디카는 미쳐 버리고 말았다.

하넬라 왕국은 70년 만에 거대한 재앙을 맞이했다.

미쳐 날뛰는 샤디카를 막을 수 있는 자는 아무도 없었다. 인간도, 용족도 그 앞에서는 추풍낙엽처럼 쓰러져 갈 뿐이었다.

심지어 마지막 희망을 품고 찾아가 본 오르지아 발터의 계승자들도 허약하기 그지없었다.

"너희들은 데커드 듀렌의 후예가 될 자격이 없다."

샤디카는 그들을 부정하고 오르지아 발터의 존재를 세상에서 지워 버렸다. 그로써 오르지아 발터의 명맥은 끊기고, 현재 남아 있는 것은 외부로 유출되었던 기술의 잔재뿐이다.

'하넬라의 악룡'이 마지막으로 역사상에 기록된 것은 라잔 구릉에서 이루어진 대전투다.

오직 그 하나를 잡기 위해 하넬라 왕실은 다른 나샤 삼국에 구원을 요청하기에 이르렀다. 이에 상위 용족 여덟 명과 기격의 경지에 오른 강체술사 일곱 명이 모여 샤디카와 맞섰다.

그 싸움에서 샤디카는 깨닫게 되었다.

"데커드, 너는 이제 어디에도 없구나. 인간은 덧없다. 인간은 잔인하다. 나는 이제 수백 년이 지나도 너에게서 벗어날 수 없겠구나!"

샤디카는 그 사실에 절망했다.

언젠가 다시 한 번 인간의 한계를 초월한 괴물을 만나기 전까지는, 그리하여 자신의 내면에 데커드 듀렌이 새겨놓은 공포가 고개를 쳐드는 그 날까지는 결코 이 속박에서 벗어날 수 없으리라.

너덜너덜해질 때까지 격전을 벌인 샤디카는 승산이 없다는 사실을 알고 물러났다.

그 후로 130년이 지나는 동안, 나샤 삼국에서 '하넬라의 악룡'이 모습을 드러내는 일은 한 번도 없었다…….

3

이야기를 다 들은 아레크스가 물었다.

"그럼 넌 그때 만난 인간만큼 강한 인간을 찾는 거야?"

"그래."

그러지 않고서는 이 갈망은 결코 채워지지 않는다.

모든 것을 갖추고, 인간 따윈 벌레 보듯이 했던 자신의 자존심을 무참히 짓밟고 죽음의 공포를 심어준 인간.

그와 동격의 존재를 다시 만나서 싸워 이겨야 한다. 그래야만 자신의 상처를 보상받을 수 있다. 그렇지 않으면 가슴에 뚫린 구멍은 언제까지고 그를 괴롭힐 것이다.

아레크스가 물었다.

"100년도 넘게 지났는데 그동안 한 명도 없었어?"

"글쎄. 세상은 넓으니까 내가 모르는 사이 몇 명 정도는 나타났을지도 모르지. 하지만 그동안 6단계에 도달한 강체술사도 두 명 만나봤는데, 그들은 생각보다 실망스러웠다."

하넬라 왕국을 떠난 후, 샤디카는 수십 년 동안 허송세월했다. 그동안 매진하던 마법 연구마저도 손에서 놓은 채 하루하루를 본능적으로 살아갔다.

정신을 차리고 다시 일어난 것은 불과 50년 전의 일이었다. 샤디카는 마법 연구를 재개하고 세상을 떠돌아 다니기 시작했다. 예전처럼 인간들과 적극적으로 부딪치진 않았으나 때로는 강대한 이들과 싸울 때도 있었다.

6단계의 강체술사를 만나 싸우는 일도 두 번 있었다. 그들은 죽어버린 것 같았던 투지에 불을 붙여주었고, 샤디카에게 충실감을 맛보게 해주었다.

하지만 공포는 없었다.

"데커드가 내게 새겨준 공포는 그때 이후로 되살아나지 않았지. 한 번도."

어쩌면 샤디카가 싸웠던 6단계의 강체술사들은 데커드 듀렌과 비교해도 떨어지지 않는 존재였을지도 모른다. 그때보다 샤디카의 힘이 더욱 강성해지고, 완벽한 대책이 성립했기에 손쉽게 상대할 수 있었던 것뿐일 가능성도 컸다.

하지만 아무리 이성적으로 스스로를 설득하려고 해도, 가슴이 납득하지 않는다.

가슴속에 묻은 데커드를 되살려 낼 수 있는 누군가가 나타나지 않는다면, 그는 언제까지나 과거의 속박에서 헤어나지 못할 것이다.

'루그라는 놈은 가능성이 있었지만…….'

불카누스가 집착하는 인간, 블레이즈 원의 대적 루그.

그는 샤디카의 가슴을 두근거리게 만드는 상대였다. 하지만 그 힘은 마법의 힘을 빌린 결과이기에 데커드 듀렌을 대신할 수 없다.

샤디카가 차갑게 미소지었다.

"하지만 어쩌면 곧 만날 수 있을지도 모르지."

"왜 그렇게 생각해?"

"네가 바라는 대로 하넬라 왕국을 교란시키는 일도 이제 끝이다."

샤디카와 아레크스는 그동안 하넬라 왕국 곳곳을 돌아다니면서 학살을 벌였다. 그들이 공격 목표로 삼는 곳은 대체로 용족이 있는 지역이었다.

이유는 현재 하넬라 왕국을 침공한 하라두스 왕국과 클론딜 공국을 돕기 위해서다. 하넬라 왕국이 왕위 계승 문제로 어수선하다고는 하나, 국력은 여전히 강성해서 두 나라를 합쳐도 상대가 안 될 정도였다.

일단 마법 금속과 마정석 때문에 돈이 워낙 많고, 따라서 타국과는 비교를 불허할 정도로 장비가 뛰어나며, 거기에 오랜 시간 스피릿 비스트와 싸우면서 강체술이 민간에 전파되어 강체술사의 비율이 말도 안 되게 높다. 싸움은 머릿수로 하는 법이라지만 나샤 삼국의 병사 천 명과 타국의 병사 천 명을 싸움 붙이면 아예 상대가 안 되는 것이다.

또한 인간과 더불어 살아가는 용족들 때문에 마법 전력 면에서도 상대가 안 된다.

웬만한 용족 하나만 있어도 인간 마법사 열 명 정도는 거뜬히 감당할 텐데, 나샤 삼국에는 그들에게 지도받은 인간 마법사들 역시 수두룩하다. 강체술과 마찬가지로 살아남기 위해 마법사의 수를 늘리려고 한 데다가, 마법을 익히는 데 필요한 재료도 풍부하고, 또 키울 때 돈을 아끼지 않다 보니 타국과는 비교할 수 없을 정도로 마법사도 많아진 것이다.

이쯤 되면 하라두스 왕국과 클론딜 공국이 국경을 넘어서 계속 밀고 들어오는 게 신기할 지경이다.

블레이즈 원은 그 사실을 잘 알고 있기 때문에 샤디카와 아레크스를 이용, 하넬라 왕국의 전력을 깎아내는 데 큰 노력을 들였다. 그래야만 하넬라 왕국이 혼란에 휩쓸릴 수 있기 때문이다.

하지만 이젠 그것도 끝이다. 샤디카는 더 이상 하넬라 왕국에서 작전을 수행하는 데 흥미를 느끼지 못했다.

"이걸 봐."

샤디카가 아공간에서 서류뭉치를 꺼내서 아레크스에게 건넸다. 조직에서 전달된 정보였다.

"로멜라 왕국의 왕태자 암살 작전 실패?"

"작전 책임자였던 알더튼에게서 연락이 두절됐다는군. 그 후에 한동안 정보를 수집해 본 결과 왕태자는 건재한 것으로 판명되었고."

로멜라 왕국에는 블레이즈 원의 기반이 거의 없기 때문에 정보를 수집하는 데는 꽤 오랜 시간이 걸렸다. 그만큼 시간을 들이고도 아직 상세한 부분은 미상으로 남아 있다.

아레크스가 물었다.

"인간 때문은 아니지? 용족들 때문이래?"

"나샤 삼국의 왕도쯤 되는 곳이니 그럴 수도 있겠지. 하지만 보고서를 읽어보면, 그 전에 알더튼이 국경에서 제1차 작전을 시도했다가 인간 때문에 실패했다고 보고한 내용이 있어."

"인간 때문에?"

"그래. 마법이 전혀 통용되지 않고, 그랑드조차 쉽게 격파해 버렸다는군."

"그랑드는 꽤 강하잖아? 인간이 해치울 수는 없을 것 같은 데……."

아레크스가 하넬라 왕국에서 작전을 수행하는 동안 마주쳤던 그랑드들을 떠올리며 말했다. 다른 스피릿 비스트는 몰라도 그랑드들은 하나같이 용족 뺨치는 힘을 갖고 있었다. 그런데 그걸 인간이 쓰러뜨리다니?

샤디카가 말했다.

"그래. 재미있는 인간이 있는 게 분명해. 그러니 이 건은 우리가 처리할 거다."

"우리가? 하지만 명령 안 왔는데……."

"엘토바스의 장단에 맞춰서 놀아주는 것은 이 정도면 됐어. 나머지는 그놈이 직접 하든지 하라고 해. 어차피 이 왕태자를 죽이는 것도 누군가는 해야 할 일이잖아?"

화르르륵!

샤디카는 마법으로 불길을 일으켜 서류를 태워 버렸다. 불타 흩어지는 서류 조각들 사이로 보이는 그의 눈은 열기를 띤 채 빛나고 있었다.

4

로멜라 왕국에서 결성한, 블레이즈 원에 대응하기 위한 조직에는 생명의 물이라는 의미를 가진 '아쿠아 비타'라는 이름이 붙었다. 세계에 종말을 가져오기 위한 겁화의 존재에게 맞서는 조직의 이름으로선 적당한 셈이다.

아쿠아 비타의 수장은 칼리아가 맡게 되었고, 알더튼은 그녀의 보좌역으로 취임했다.

루그가 물었다.

"제가 추천해 놓고 이런 말씀드리긴 뭐하지만, 정말 괜찮습니까, 이 녀석?"

아쿠아 비타는 아직 정식으로 출범하지 않았다. 하지만 어설프나마 조직의 골조가 갖춰져서 움직이기 시작했고, 칼리아는 인선이나 조직 편성으로 상당한 업무를 처리해야 했다.

칼리아가 쓴웃음을 지었다.

"유감스럽게도, 알더튼 공은 아주 유능합니다. 안 그랬으면 정보만 뽑아내고 당장 내치려고 했는데 이젠 그럴 수도 없군요."

"우와, 일리지스 대공께서 그런 살벌한 생각을 하고 계실 줄이야. 나 좀 상처받았소. 그리고 나 유능하다고 했잖소. 마스터는 또 왜 열심히 잘 하고 있는 나를 구박해서 의욕을 죽이려고 하시나?"

칼리아와 같은 집무실에 책상을 갖다놓고 일하고 있던 알더튼이 투덜거렸다.

알더튼이 왕도의 참화를 일으킨 범인이라는 것은 거의 알려져 있지 않았다. 하라자드가 그를 써먹을 경우를 대비해서 손을 써두었기 때문이었다.

하지만 그래도 진실을 알고 있는 이들은 알더튼을 칼리아의 보좌로 쓰는 것에 반대했다. 사실 루그도 거기까진 바라지 않고 적당히 능력을 발휘할 수 있는 자리에 앉혀주길 부탁했는데, 칼리아가 덜컥 그를 자신의 보좌로 임명해 버렸던 것이다.

칼리아가 말했다.

"전 루그 경을 믿습니다. 당신께서 그를 믿어도 된다고 하셨으니 신뢰할 수 있겠지요."

"그, 그건 정말 황송한 일이긴 합니다만……."

칼리아의 눈에 담긴 굳건한 신뢰감을 보니 가슴이 두근거린다. 그녀가 자신을 믿어준다는 것이 이토록 기분 좋은 일일 줄 몰랐다.

알더튼이 히죽 웃으며 말했다.

"오, 마스터도 이런 때는 평범하게 부끄러워하는구려."

"닥치고 일이나 해."

루그가 으르렁거렸다.

칼리아가 미소 지으며 말했다.

"어쨌든 되도록 앞으로 한 달 안에 조직 구성을 완료하고 정식 출범할 계획입니다. 부족한 것은 차근차근 채워 나가면 되겠지요."

아쿠아 비타는 어디까지나 로멜라 왕실에서 주축이 되어

결성한 조직이기 때문에 국외에서 움직일 때는 많은 제약이 발생한다. 칼리아는 알더튼과 머리를 맞대고 그 문제를 해결할 지혜를 짜내고 있었다. 블레이즈 원의 실무자였던 알더튼은 이 문제에 대해서는 누구도 따라올 수 없는 실력을 가졌고, 덕분에 칼리아가 생각한 것보다 조직이 훨씬 견고해질 것 같았다.

루그가 알더튼에게 물었다.

"암흑가를 이용하는 것은 어떻게 되어가고 있어?"

"뭐, 그건 문제없소. 내가 블레이즈 원에서 일할 때 워낙 많이 다뤄봤으니 말이오. 인간들을 내세워서 다루는 건 외려 쉽지."

블레이즈 원은 지부를 세울 때 인간들을 끌어들여서 암흑가의 범죄 조직으로 위장하곤 한다. 그러다 보니 그들을 이용해 정보를 얻는다는 발상은 알더튼에게는 아주 자연스러웠다.

'그러고 보니 자이르 네거슨 이놈은 지금 뭐하고 있으려나? 팔루카 도적단을 키우고 있다거나 하진 않겠지?'

원래대로라면 그는 팔루카 도적단에 소속되어야 한다. 하지만 루그가 전에 리루와 알라냐를 구출하면서 그의 인생도 틀어지고 말았다. 어쩌면 좀 더 빨리 도적질을 포기하고 암흑가로 진출하는 길을 선택했을지도 모르겠다.

루그가 알더튼에게 당부했다.

"혹시 그쪽 조직들을 조사하다고 자이르 네거슨이라는 이름이 나오면 내게도 보고하도록 해."

"자이르 네거슨? 뭐하는 놈이오?"

"암흑가에 있다면 제법 쓸모있을 놈."

"흠. 알겠소."

알더튼이 고개를 끄덕였다.

루그가 다시 칼리아에게 고개를 돌려 물었다.

"병력 문제는 지난번에 말씀하신 대로 처리하실 겁니까?"

"예. 하지만 아쿠아 비타 자체적으로도 소수정예의 병력을 갖추기로 했습니다. 용병이나 현지 귀족의 병력을 빌리는 것도 지역에 따라서 불가능한 경우가 많으니까요."

"각 지역마다 어떤 식으로 병력을 두고 운용할지는 아직 체계화 도중이오. 뭐, 이 나라는 마법사도, 강체술사도 많은 편이라 인력 문제는 그럭저럭 해결될 것 같구면. 다른 나라처럼 제대로 된 강체술사는 거의 기사인 상황이면 정말 골치 아프지. 이런 일을 할 인간을 처음부터 키워야 할 테니⋯⋯."

알더튼이 첨언했다.

루그가 말했다.

"그렇군요. 그럼 그 병력의 무력을 보충할 만한 방안이 있는데 들어보시겠습니까?"

"무력을 보충한다고요?"

칼리아가 고개를 갸웃했다.

그녀의 입장에서 볼 때 병력을 강화하는 방법은 간단했다.

우수한 교관으로 하여금 효율적인 훈련을 진행하게 하고, 장비를 충실하게 갖추어준 다음 보급을 착실하게 할 것. 그것으로 부족하다면 뛰어난 기량을 가진 이를 비싼 돈을 주고 초빙할 것.

하지만 루그는 거기에 한 가지 방법을 더해주었다.

"조직에 속한 강체술사들에게 비약을 공급해 주는 겁니다."

"좋은 방법이군요. 하지만 문제가 있습니다."

"어떤 문제지요? 역시 비용입니까?"

루그는 대화의 흐름을 예측하면서도 상식적인 의문을 입에 담았다. 칼리아가 고개를 저었다.

"비용은 문제가 되지 않습니다. 물론 많은 돈이 필요하겠지만 아쿠아 비타의 재정이면 충분히 감당할 수 있지요."

다른 나라의 귀족들이 들었다면 말도 안 된다고 외쳤을 것이다. 강체술의 비약을 제조하기 위한 약재들의 가격은 대단히 높았으니까. 하지만 칼리아에게는, 그리고 로멜라 왕국의 귀족들에게는 그 정도 지출은 전혀 문제가 되지 못한다.

칼리아가 말을 이었다.

"비약의 제조법을 구하는 것도 어렵지 않지요. 왕실에서 보유하고 있는 것만 해도 꽤 많은 편이니까. 문제는 재료입니다. 조직의 병력은 상당한 숫자가 될 텐데 그들 전원에게 비약을 공급하려면 공급에 차질이 발생할 겁니다."

칼리아는 마법 금속을 각국의 마법사 협회와 거래하고 있
는 몸이다. 일리지스 대공으로서 휘하 기사들에게 상으로 내
리기 위해 비약의 재료를 사들여 본 경험도 있어서 현실적인
문제를 파악하고 있었다.

마법사 협회는 엘프와의 거래를 통해 약재를 확보한다. 하
지만 그들 자신이 소비하는 양이 대다수인 데다가 애당초 양
자체가 많지 않아서 돈 주고도 필요한 약재를 구할 수 없는
경우가 많았다.

루그는 그 말을 예상했다는 듯 말했다.

"그 문제를 해결해 드리겠습니다."

"가능한가요?"

"물론입니다. 엘프들과 직접 거래하면 됩니다."

"엘프들과요?"

칼리아가 눈을 휘둥그레 떴다.

나샤 삼국에는 엘프 노예가 없다. 먼 옛날에는 있었지만,
용족들이 그것을 못마땅해하기 때문에 지금은 사라져 버렸
다.

하지만 나샤 삼국의 엘프들도 폐쇄적인 삶의 방식은 다른
곳의 엘프들과 똑같았다. 그들과 교류하는 것은 어디까지나
마법사 협회뿐이다.

"그동안 저는 엘프들과 친교를 맺고 필요한 약재들을 구해

왔습니다."

루그는 그렇게 말하며 리루를 소환했다. 실내에 산들바람이 몰아치나 싶더니 리루가 녹색 환영의 모습으로 나타났다.

「어라, 루그?」

5

리루가 호기심 어린 눈으로 칼리아와 알더튼을 보면서 물었다.

「이번에는 또 무슨 일이에요?」

루그는 아까 전에 정령들을 다루는 문제로 리루를 불러냈었다. 그런데 얼마 지나지도 않아서 또 불러내니 그녀가 의아해하는 것도 당연했다.

"이분은… 누구시지요?"

갑자기 나타난 리루의 모습에 칼리아가 눈을 휘둥그레 떴다.

칼리아는 지금까지 순수한 정령을 한 번도 본 적이 없었다. 엘프를 제외하면 정령을 다루는 이가 워낙 희귀하니 당연한 일이다. 게다가 나샤 삼국에서는 스피릿 비스트 때문에 용족 마법사들조차도 정령을 다루는 것을 금기시했다.

"바람의 정령입니다."

"정령이라고요?"

칼리아가 움찔했다. 나샤 삼국 사람인 그녀는 당연히 정령하면 스피릿 비스트부터 떠올린다. 본능적인 거부감과 두려움이 드는 것도 어쩔 수 없는 일이었다.

그 반응에 리루가 고개를 갸웃했다.

「혹시 제가 무서우세요?」

이런 말을 직설적으로 묻는 것도 그녀가 엘프이기에 가능한 일이다. 칼리아는 굳은 얼굴로 그녀를 바라보다가 떨리는 목소리로 입을 열었다.

"마, 말을 하다니… 루그 경, 설마 당신은… 그랜드를 지배하고 계신 건가요?"

「그랜드가 뭔가요?」

리루가 눈을 동그랗게 떴다. 작고 귀여운 모습을 한 그녀가 다가오자 칼리아는 움찔하며 뒤로 물러났다.

정령은 스피릿 비스트, 그리고 의사소통이 가능한 지적 능력을 갖춘 것은 그랜드.

지극히 나샤 삼국 사람다운 사고방식에 루그가 피식 웃고 말았다.

"아닙니다. 왜 그렇게 여기시는지는 알겠는데, 정령과 스피릿 비스트를 분리해서 생각해 주시면 좋겠군요. 리루는 당신께서 두려워할 이유가 전혀 없는 존재입니다."

「왜 절 두려워하지요?」

리루가 의아해하며 물었다. 그녀는 칼리아가 왜 자신을 두려워하는지 전혀 이해하지 못하고 있었다.

루그가 설명했다.

"리루는 바람의 정령인 동시에 엘프이기도 합니다."

"그게 무슨 소리요?"

알더튼이 노란 파충류의 눈을 휘둥그레 뜨며 물었다. 그는 리루가 소환되었을 때, 그녀가 상위 정령이라고만 생각하고 있었다. 그런데 엘프라니?

루그가 그를 째려보았다.

"넌 빠져 있어."

"허허. 여기서는 내가 이렇게 적절하게 끼어들어 주는 게 일리지스 대공 전하의 긴장을 풀어주는 일이라는 것을 왜 몰라주시는구려? 모처럼 배려했건만."

"배려였으면 생색을 내지 마시지? 말이나 못하면 밉지나 않지."

투덜거린 루그가 리루의 정체에 대해서 설명해 주었다. 마법사가 아닌 칼리아에게는 이해가 어려운 이야기였기 때문에, 그녀는 결국 리루가 '멀리서 바람의 정령 형식으로 이곳에서 현현하는 존재' 정도로 받아들였다.

하지만 마법사인 알더튼은 혀를 내둘렀다.

"이거 참. 마스터는 정말 양파 같은 남자요."

"왜 하필 양파야?"

"그야 껍질을 아무리 벗겨도 끝을 모르겠거든! 엘프 정령

사와 정령 대여 계약이 가능하다는 것만으로도 충격인데 계약이 그런 식으로 꼬여 있다니 이건 진짜 환상적이오! 정말 주인 한 번 잘 골랐다 싶구려. 이 정도 매력은 있어야 내 주인답지. 안 그러면 연애도 못할 남자를 주인으로 모시는 시절이 얼마나 암흑기겠소?"

"…네가 바라는 주인이라는 건 연애 대상인 거야?"

"기왕이면 다홍치마라고 매력 만점의 드래고닉 리저드 아가씨면 최고지. 나만 바라봐 주면 더 최고고. 그런 이가 나타난다면 이 알더튼, 얼마든지 청춘을 불사를 용의가 있는데 현실은 참 꿈도 희망도 없지. 마스터, 나중에 블레이즈 원에 아리따운 드래고닉 리저드 아가씨가 있으면 절대 죽이지 말고 종속시켜 주시오."

닭벼슬 같은 하얀 털을 흔들거리며 호들갑을 떠는 알더튼의 말에, 그때까지 잠자코 있던 볼카르가 느닷없이 부연했다.

〈참고삼아 말해두자면, 드래고닉 리저드는 성비가 워낙 불균형하다. 남자 20, 여자 1 정도지. 그러면서도 인간의 결혼제도에 가까운, 서로에게 충실한 일부일처의 관계를 갖는다.〉

—20대 1이라고? 어째서 그렇게까지 성비가 극단적인 거야?

볼카르의 말에 루그가 어이없어하며 물었다. 드래고닉 리저드의 '창조주'인 볼카르가 설명했다.

〈원래 드래고닉 리저드는 레서 드라칸이라는 종족이 너무 뛰어나서 문제가 된 것을 열악하게 개조한 거라서 그렇다. 번식력을 어떻게 낮출까 고민하다가 그냥 여자를 줄여 버린 뒤에 일대일로만 맺어지게 만들면 되겠다는 결론에 도달했지. 원래는 성적 욕구를 희소하게 만들거나, 아니면 임신 확률을 낮출까도 생각했는데 새로 만드는 게 아니고 원래 다른 종족이었던 것을 개조하는 것이다 보니 이런 방법들은 변수가 너무 많아서…….〉

─잠깐. 그러니까… 드래고닉 리저드는 남자 스무 명 중에 열아홉 명은 평생 동안 짝을 못 찾고 혼자, 독신으로 살아야 하는 거야?

〈그렇다만?〉

─아, 악마다…….

드래고닉 리저드에게 주어진 가혹한 숙명의 진실을 알게 된 루그는 눈물이 흐를 것만 같았다. 갑자기 알더튼이 굉장히 불쌍해 보인다.

루그가 태도를 싹 바꿔서 동정심 가득한 눈으로 바라보자 알더튼이 당혹감을 느끼며 물었다.

"갑자기 왜 그런 눈으로 보시오?"

"아니, 아무것도 아냐. 힘내라."

"응?"

알더튼이 눈을 크게 떴지만, 루그는 차마 그에게 진실을 이야기해 줄 수 없었다…….

슬쩍 그에게 다가간 루그가 어깨를 두드려 주며 말했다.

"네가 원하는 대로 해줄게."

"뭐, 뭘 말이오? 마스터, 갑자기 이러니까 이상하오."

알더튼은 루그가 태도를 싹 바꾸자 당황해서 닭벼슬 같은 하얀 털을 흠칫거렸다. 루그가 말했다.

"여자 드래고닉 리저드 말야."

"응?"

"내 눈에 보이면 반드시 종속시켜서 소개시켜 줄게."

"저, 정말이오?"

"당연하지. 나만 믿으라고."

"오오, 말씀만으로도 감격이오! 충성을 다하겠소!"

루그가 왜 이러는지 영문은 몰랐지만, 어쨌든 알더튼은 의욕이 불끈불끈 솟기 시작했다.

어쨌든 그 사이 리루는 흠칫거리는 칼리아에게 조심스럽게 다가가고 있었다.

「전 리루예요. 만나서 반가워요.」

"바, 반가워요."

'칼리아, 하나도 안 반가워 보여…….'

루그는 그렇게 말하고 싶은 걸 참았다. 칼리아는 미소 짓는 것조차 잊은 채 하얗게 질려 있었다.

하지만 곧 그녀는 표정을 수습했다.

일단 루그의 설명을 듣고 나니 두려움이 좀 가시긴 했던 것이다. 어려서부터 매사에 이성적으로 대처해 온 그녀는 머리로 납득하고 나면 감정도 그에 따라서 움직인다. 또한 감정이 어떻게 움직이든 그걸 내색하지 않고 가면을 쓰는 것은 그녀의 특기가 아닌가?

　"놀라서 미안합니다. 우리나라에서는 정령이 두려움의 대상이에요. 그래서 실례를 저질렀습니다."

　「아직도 무서워하고 계시네요.」

　"이젠 안 무섭습니다."

　「하지만 무서워하고 계시잖아요?」

　확신하고 있는 리루의 태도에 칼리아가 흠칫했다. 리루는 그녀를 추궁하는 게 아니라 의아해하고 있었다.

　알더튼이랑 이야기하고 있던 루그가 끼어들었다.

　"리루는 사람의 감정을 민감하게 느낄 수 있답니다. 그리고 엘프의 화법은 인간하고는 좀 다르니, 그 점 양해해 주시면 좋겠군요."

　"그, 그렇군요."

　칼리아는 신선한 충격을 느꼈다. 지금까지 살면서 이렇게 직설적으로 자신의 감정을 꿰뚫어보고, 가면을 쓴 자신에게 그 사실을 지적한 상대는 단 한 사람밖에 없었기 때문이다.

　'아.'

　그 사실을 상기한 칼리아는 어떻게 대처해야 할지 알 수 있었다.

'에리체를 대하듯이 하면 되는구나.'

때때로 순간예지력을 발휘하는 에리체는 칼리아가 어떤 태도를 가장하든 그녀의 진심을 쉽게 꿰뚫어보곤 했다.

그녀와 티격태격해 온 시간들을 떠올린 칼리아는 자신도 모르게 피식 웃고 말았다. 이런 때 에리체가 도움이 될 줄은 생각도 못했다.

마음이 편해진 칼리아는 리루를 가만히 바라보았다. 두려움을 걷어내고 잘 보니 정말 귀엽고 사랑스러운 모습이다. 그렇게 생각한 칼리아는 자신도 모르게 그녀에게 손을 뻗었다.

리루가 생긋 웃으며 손을 마주 내민다. 그녀의 작은 손이 칼리아의 손가락과 겹쳐졌다.

"신기하군요. 바람을 만지는 것 같아……."

손끝으로 바람의 질감이 느껴지는 것만 같다. 생전 처음 느껴보는 감각에 칼리아는 푹 빠져서 리루를 만지작거렸다.

그 광경을 보던 루그는 시공 회귀 전의 그녀가 겹쳐지는 것을 느꼈다.

'저런 거 좋아하는 건 옛날이나 지금이나 똑같네.'

시공 회귀 전의 칼리아는 복슬복슬한 동물들을 만지작거리길 좋아했다. 한번 만지작거리기 시작하면 시간 가는 것도 잊고 몰두할 정도였는데, 가끔 스트레스가 한계에 달하면 자신을 위안하는 수단 중에 하나였다. 의외로 귀여운 취미라고 나 할까.

"아."

한동안 리루를 만지작거리던 칼리아는 퍼뜩 정신을 차리고 루그를 돌아보았다.

"죄, 죄송합니다. 정신이 팔려서……."

"아뇨. 괜찮습니다."

루그는 피식 웃으며 대답했다. 칼리아는 부끄러운 듯 살짝 얼굴을 붉히며 물었다.

"루그 경, 당신께서 엘프의 친구라는 사실은 잘 알았습니다. 그럼 리루 양을 통해서 엘프들과 거래하면 되는 건가요?"

"그것만으론 충분하지 않습니다. 왜냐하면 제가 친교를 맺고 있는 것은 리루가 있는 거주지뿐이니까요."

"그렇다면 다른 엘프 거주지와 친교를 맺을 방법이 있다는 거군요."

"예. 국외에서 노예 생활을 하고 있는 엘프들을 어떤 방식으로든 구출해서 그들에게 돌려주면 됩니다. 그럼 그들은 기꺼이 친교를 나누고자 할 겁니다."

"그런 방법이……."

감탄하는 칼리아를 보며 루그는 속으로 쓴웃음을 지었다. 시공 회귀 전에는 칼리아가 제안했던 방법이거늘, 지금은 그녀가 루그에게 듣고 감탄하고 있는 것이다.

볼카르가 혀를 찼다.

〈여전히 양심도 없군. 미래의 그들에게서 훔친 지식으로 과거의 그들에게 잘난 척을 하는 너의 뻔뻔함에는 매번 감탄할 뿐이다.〉

—훗. 이건 어디까지나 그들의 것을 그들에게 돌려주는 작업일 뿐이야.

〈이젠 그냥 뻔뻔한 걸 넘어서 자기합리화가 거기까지 진행됐나…….〉

요르드에게 요르드의 말로 잘난 척하던 때보다 한 차원 더 진화한 루그의 뻔뻔함에 볼카르가 혀를 내둘렀다.

알더튼도 감탄했다.

"허어, 마스터. 정말 대단하구려. 엘프들하고 그런 식으로 친해지는 방법도 있었군?"

"엘프 노예를 가진 놈들은 소유욕이 강해서 큰 돈을 제시해도 팔지 않으려고 하는 경우가 많으니, 사전에 성향을 잘 조사해 보고 경우에 따라서는 강탈하는 형식을 취해야 할 거야."

"알겠소. 흐음. 뭐 그건 용족 마법사를 몇 명 움직일 수 있다면 간단하게 해결될 수도 있을 것 같은데……."

"그건 네가 알아서 하고. 아, 그리고 이따가 내 거처로 와라. 줄 게 있으니까."

"줄 거라니?"

"일단 내 부하가 됐으니 자기 몸 지킬 정도는 되어야 할 것

아냐? 네가 익힐 마법 몇 개 준비해 뒀어."

사실 리누스와 워즈니악에게 연락해서 마법 장비도 준비 중이었다. 조만간 완성되면 워즈니악이 이쪽으로 방문해서 배달해 주겠다고 했다. 드워프들은 대지와 일체화한 뒤 고속 이동을 하면 초음속으로 지형을 무시하고 이동할 수 있기 때문에, 마음만 먹으면 바레스 왕국과 로멜라 왕국을 한나절이면 왕복할 수 있었다.

알더튼이 눈을 빛냈다.

"호오, 나를 위한 마법이라! 생각도 못한 선물이구려."

"블레이즈 원의 윗대가리들은 마법 전수 안 해줬나?"

"전혀! 참 열심히 일해봤자 보람 없고 보상 없고 포상도 없는 조직이었지. 그나마 예외였던 게 전에 말한 비요텐 정도요. 그녀는 임무에 필요하면 마법 도구를 척척 내주는 게 참 부자 같더라고."

"남방에서 온 나가 왕족이랬나? 전에 요르드를 찾아갔을 때도 그렇고, 골치 아픈 녀석이군."

"전면에 나서기보다는 후방 지원에 더 힘을 쓰는 타입이라는 점에서 확실히 그렇지. 어쨌거나 기대하겠소. 오랜만에 막 가슴이 소년처럼 두근거리는구려."

"백사십여섯 살이나 처먹은 주제에 소년이라니 뻔뻔한 것도 정도가 있지."

루그가 투덜거렸다.

6

며칠이 지난 후, 루그는 뜻밖의 손님을 맞이했다.

자택으로 초대하는 대신 곧바로 루그의 처소에 기별을 넣고 찾아온 것은 에리체의 아버지인 메이달라 후작이었다.

"바쁘실 텐데 약속도 없이 갑자기 찾아와서 죄송합니다. 일 때문에 입궁한 참인데 생각이 나서……."

"아닙니다. 들어오시죠."

루그가 그를 안으로 들이자 미리 준비하고 있던 시녀들이 곧바로 차를 내와 주었다.

메이달라 후작은 40대 중반 정도의 중년 남자였다. 에리체와 비슷한 은발을 단정하게 빗어넘기고 수염을 근사하게 길렀다.

루그가 물었다.

"그런데 무슨 일로 찾아오셨습니까?"

"실은 루그 경에게 좀 묻고 싶은 일이 있습니다."

메이달라 후작은 조심스럽게 입을 열었다. 사실 그동안 몇 번이나 루그를 만나고 싶어했지만 상황이 여의치 않았다. 루그의 일정이 워낙 꽉꽉 차 있던 탓이다.

"루그 경께서 제 딸아이의 문제… 그러니까 저희 가문에 내려오는 '저주'에 대해서 알고 계시다고 들었습니다."

"에리체 양에게 들으셨나 보군요."

루그가 말했다. 메이달라 후작의 눈이 조금 크게 떠졌다.

'에리체 양이라?'

메이달라 후작 영애가 아니라 에리체 양이라고 부른다는 것은 조금이나마 친밀한 관계라는 의미로 들렸다. 에리체가 과연 오를 수 있는 나무를 올려다보고 있는 건가 싶었는데, 가능성이 아주 없진 않은 것 같기도 하다.

'하긴 에리체가 좀 엉뚱해서 그렇지 제 엄마를 닮아서 워낙 예쁘니까.'

평소에 에리체를 시집도 못 보낼 사고뭉치로 취급하는 메이달라 후작이었지만, 역시 딸 가진 아빠의 마음이라는 게 다 그렇고 그런 건가 보다. 그는 그렇게 생각하며 고개를 끄덕였다.

"예."

"그럼 제가 에리체 양에게 설명해 드린 내용도 들으셨을텐데요?"

"봉인이라고 들었습니다, 아쿠아 비타가 싸워야 할 블레이즈 원이라는 조직과도 관련이 있는."

그것은 메이달라 후작에게는 정말 뜻밖의 사실이었다.

루그의 적이며, 이제는 로멜라 왕국의 적이 된 비밀 조직 블레이즈 원이 가문의 저주와 관련이 있다니. 전혀 관련없어 보이는 것들이 하나로 이어지는 상황은 운명적으로까지 느껴졌다.

메이달라 후작이 물었다.

"루그 경은 어떻게 그런 사실을 알고 계시는 겁니까? 심지어… 제 딸아이의 정체도 알고 계신 것 같습니다만."

"그건 제가 맺은 용족들과의 관계와… 그들을 통해서 터득한 마법 때문입니다. 죄송하지만 자세한 사항은 밝힐 수가 없군요."

"그렇습니까."

메이달라 후작은 아쉬움을 느꼈다. 루그의 태도는 정중하면서도 단호해서, 더 추궁해 봤자 소용없다는 사실을 알 수 있었다.

메이달라 후작이 물었다.

"그렇다면 한 가지만 더 묻겠습니다."

"예."

"루그 경은 혹시… 에리체가 계승한 '저주'를 해결할 수 있으십니까?"

메이달라 후작에게는 대단히 절박한 문제였다.

대대로 가문의 혈족들을 괴롭혀 온 이 문제는, 상위 용족들조차도 해결할 수 없다고 두 손을 들었다. 그러다가 도달한 우회적인 해결안이 바로 에리체의 존재였던 것이다.

하지만 메이달라 후작은 에리체가 계속 저주를 봉인하는 역할을 떠맡기를 바라지 않았다. 그녀가 자유로워져서 자신의 인생을 살 수 있기를 꿈꾸었다.

루그가 말했다.

"언젠가는. 하지만 지금은 아닙니다. 아직 제 능력이 부족합니다."

"언제까지나 불가능한 것은 아니라는 거군요?"

"그렇습니다."

루그는 확신을 담아 대답했다.

볼카르의 가혹한 교육에 의해 루그의 마법 실력은 놀라울 정도로 향상되었다. 마력마저도 드래고닉 리저드인 알더튼을 압도할 정도로 성장한 상황인지라 라나가 품은 봉인의 조각을 해제하는 것도 슬슬 가시적인 목표로 떠오르고 있었다.

메이달라 후작이 간곡한 어조로 부탁했다.

"해드린 것 하나 없는 제가 찾아와서 이런 부탁을 하는 것은 뻔뻔스러운 일이라는 것을 압니다. 하지만 부탁드리겠습니다. 그 날이 온다면 부디 에리체가 짊어지고 있는 짐을 내려주십시오."

메이달라 후작은 자신보다 훨씬 어린 청년에게 정중하게 고개를 숙였다. 평생 동안 누구에게 고개 숙이는 일이 거의 없었을 높은 지위의 남자가, 가문의 희생양인 딸을 위해 고개를 숙이는 모습은 루그에게는 당혹스러웠다.

'도대체 메이달라 후작가는 어떤 집안이지?'

문득 라나의 모습이 뇌리를 스치고 지나간다.

라나도, 에리체도 사람들이 '저주'라고 부르는 운명을 짊어지고 있었다. 심지어 에리체는 오로지 그것만을 위해, 즉 필요에 의한 도구로서 탄생하기까지 했다.

그런데 어째서 두 사람의 입장은 이다지도 다르단 말인가? 도구로 태어난 에리체는 어떻게 저리도 행복하게 자라났고, 그녀의 아버지는 그를 위해 권위도 체면도 내던지고 자신에게 고개를 숙이는 것인가?

"고개를 들어주십시오, 후작님. 제 능력이 충분해지는 날이 온다면, 두 사람을 외면하지 않을 겁니다."

"감사합니다."

메이달라 후작은 진심으로 감사했다.

루그가 말했습니다.

"실은 저도 후작님께 궁금한 게 몇가지 있습니다."

"물어보십시오."

"저는 에리체 양의 정체는 물론이고, 태어나게 된 배경에 대해서도… 소문을 들어서 알고 있습니다."

"……"

메이달라 후작이 쓴웃음을 지었다. 가문에서 쉬쉬하는 사실이었지만 소문이 퍼지지 않을 수는 없었다.

루그가 물었다.

"하지만 어떻게 해서 그런 발상을 하시게 된 겁니까? 에리체 양 같은 존재는 상위 용족이라고 해도……"

루그는 말끝을 흐렸다. 그녀를 대상으로 '만들었다'는 표현을 쓰기가 꺼려졌기 때문이다.

　메이달라 후작이 말했다.

　"에리체를 탄생시킨 것은 하라자드 공입니다."

　"하라자드 공? 아, 과연 그래서……."

　왠지 납득이 간다. 하라자드는 에리체를 유달리 아끼고 있었고, 에리체도 다른 용족하고는 별 친분이 없으면서 그하고는 대단히 친밀한 관계를 맺고 있었으니까. 그 이면에 그런 사정이 있었다면 오히려 당연하다는 생각이 든다.

　메이달라 후작이 말을 이었다.

　"하라자드 공은 명실공히 이 나라 제일의 마법사입니다. 그분께서는 처음에 저주를 해결해 달라는 저희 가문의 부탁을 듣고 손댈 수 없는 문제라며 고개를 저으셨지만, 몇 년 후에 해결책을 제시하셨고 그 결과 에리체가 태어났지요."

　하라자드는 에리체의 존재가 메이달라 후작이 평생 동안 짊어지고 가야 할 과오가 될 수 있음을 경고했다. 메이달라 후작가의 분위기를 살핀 그는, 메이달라 후작이 집단을 위해 가족을 가차없이 희생시킬 수 있는 차가운 성품의 소유자가 아님을 꿰뚫어보았던 것이다.

　그러나 저주가 메이달라 후작가의 혈족들에게 주는 두려움은 너무 컸다.

　일단 결행하기로 하자 메이달라 후작은 가주로서 모든 것을 책임지기로 했다. 그리고 아내에게 무릎 꿇고 사정한 끝에 에리체를 낳았던 것이다.

"당시에 하라자드 공을 도왔던 드래코니안 한 분이 계셨습니다. 이름도 밝히지 않으신 여성 분이었는데, 하라자드 공 말씀으로는 자신이 아는 한 최고의 연금술사이며 애당초 이 해결책 자체를 그녀가 제안했다고 하셨지요. 그분은 하라자드 공과 함께 에리체 탄생을 진행하신 후에 홀연히 자취를 감추셨습니다."

'스포르카트로군.'

루그는 단정했다. 스포르카트가 아니고서야 굳이 이 나라에서 이름도 감추고, 일을 처리한 후에는 도망치듯이 모습을 감출 이유가 없었다.

메이달라 후작이 말을 이었다.

"제가 에리체를 낳기로 결정했을 때, 아내가 제게 다짐받은 것은 하나뿐이었습니다."

"무엇이었습니까?"

"에리체가 어떤 존재로 태어나든 그 아이를 딸로 여기고 사랑할 것. 그것뿐이었습니다."

"……"

쑥스러운 듯이 웃는 메이달라 후작을 보며 루그는 가슴 한 구석이 뭉클해졌다.

그의 말을 듣고 있노라니 어떻게 에리체가 저리도 행복하게 자라날 수 있었는지 이해할 수 있을 것 같다. 메이달라 후작은 딸을 가문을 위한 도구로 낳았으면서도, 그녀가 그런 운명에 매몰되지 않도록 진심으로 사랑해 주었던 것이다.

'라나가 이런 사람의 딸로 태어났다면……'

그랬다면 그녀도 지금보다는 행복했을 것이다. 루그는 가슴 한구석이 쓰라린 것을 느끼며 말했다.

"에리체 양이 제게 말했습니다. 자기는 행복하다고."

"그랬습니까. 그 녀석 참……."

메이달라 후작이 난감한 웃음을 지었다. 루그가 말했다.

"저는 후작님이 '저주'라고 부르는 봉인의 조각 때문에 불행해진 사람을 많이 보아왔습니다. 그래서 에리체 양을 보며 정말로 궁금했지요."

에리체는 모든 것을 안다. 자신이 어떤 사정으로 태어났는지, 그리고 어떤 운명을 짊어졌는지. 그런데 어떻게 저렇게 천진하게 웃을 수 있는 것일까?

그것은 그녀를 볼 때마다 루그의 가슴에 걸려 있던 문제였다. 하지만 이제는 조금 후련한 기분이다.

"후작님은 대단한 분입니다."

"과찬이십니다. 못난 애비일 뿐이지요."

메이달라 후작은 부끄러운 듯 살짝 고개를 숙였다.

그 후로 한동안 한담을 나누던 메이달라 후작은 자리를 떠나며 말했다.

"그럼 부디 딸아이를 잘 부탁드립니다."

듣기에 따라서는 상당히 미묘한 뉘앙스의 말이었지만, 루그는 아무 생각 없이 대답하고 말았다.

"예."

7

아사르는 요즘 날아갈 것 같은 기분을 맛보고 있었다.

이제 그는 언제나 신경을 곤두세우고 있지 않아도 숨을 쉬다가 꼬이는 일이 없었고, 멍하니 정신을 놓고 걸어도 발이 꼬여서 넘어지지 않았다. 심지어 숨이 찰 때까지 달려도 넘어지지 않을 수 있었다!

'세상은 어쩌면 이다지도 아름다운가?'

과장 좀 보태자면 복도 한구석을 기어가는 바퀴벌레의 존재마저도 찬양할 수 있을 것 같았다. 물론 그가 바퀴벌레 찬가를 짓기 전에 시녀들이 난리를 치며 밟아 죽였지만.

루그에게 치료를 받은 후로 벌써 보름이 지났다. 하루하루를 새로운 기분으로 살아가고 있는 그는 오늘도 날아갈 듯한 기분으로 연무장에 들어섰다.

"루그 경! 늦어서 미안하오! 회의가 좀 길어지는 바람에……."

"괜찮습니다, 전하."

그의 은인, 루그 아스탈이 빙긋 웃으며 그를 맞이했다. 그는 오늘도 주변에 귀여운 형상의 정령들을 띄워두고 있었다. 아사르는 처음에는 칼리아처럼 정령들을 두려워했지만, 이제는 자연스럽게 그 광경을 받아들일 수 있게 되었다.

아사르가 물었다.

"오늘은 뭘 배우는 거요?"

평생 동안 안고 있던 문제를 벗어 던진 아사르는 그동안 절망적으로만 느껴졌던 무술을 익히고 몸을 단련하겠다는 의욕이 충만했다. 하지만 그것은 단순히 몸을 쓰는 게 즐거워서는 아니었다.

사실 평생 동안 움직임을 자제하는 책벌레로 살아온 그는, 체력 단련이라는 것이 영 달갑지 않았다. 그는 형편없는 저질 체력의 소유자였고, 조금만 달려도 하늘이 노래져서 죽을 것처럼 괴로웠으니 당연한 일이다. 별로 안 좋은 건강을 개선하고, 교양으로 어느 정도 무술을 익혀야겠다는 생각은 했지만 그 이상을 바라진 않았다.

하지만 그런 태도도 매번 수업을 구경하러 오는 에리체의 말 때문에 완전히 뒤집어지게 되었다.

"우와, 전하. 며칠 지나지도 않았는데 몸이 좀 좋아지신 것 같아요."

치료가 성공하고 나서 세 번째 수업이 있던 날이었다. 루그가 시키는 별로 격렬하지 않은 동작들을 행하고 있던 아사르를 보던 에리체가 말했다.

"하하. 그럴 리가 있겠소?"

"아부하는 게 아니고 진짜로 그래요. 팔에 좀 살이 붙었잖아요."

그 말을 들은 루그는 어이가 없었다.

'보통 이럴 때는 살이 아니고 근육이 붙었다고 해야 하는 거 아냐?'

대놓고 왕자한테 살 붙었다고 하다니, 저거 진짜 아부가 아니다. 물론 근육은 요만큼도 없고 그냥 살이 맞긴 하지만.

수업을 받을 때, 아사르는 활동하기 편한 민소매 셔츠를 입고 있었다. 그래서 팔이 고스란히 드러났는데, 며칠 전에는 그야말로 뼈만 앙상했던 팔이 좀 사람 팔처럼 변해 있었다.

아사르가 어리둥절했다.

"그, 그런가? 요즘 잘 먹긴 했지만 그래도 며칠 만에……."

원래 아사르는 정말 새처럼 조금 먹는 소년이었다. 평소에 거의 움직이질 않는데 살이 찌기는커녕 앙상하게 마르는 것은 어지간히 적게 먹고는 불가능하다.

하지만 요 며칠 동안은 평소의 세 배씩은 먹었다. 몸이 걱정없이 움직인다는 것이 신기하고 즐거워서 왕궁 여기저기를 걸어다녔을 뿐인데도 지금까지는 경험해 보지 못한 격한 허기를 느꼈기 때문이다. 사실 그렇게 걸어다니는 것만으로도 이전과 비교하면 수백 배에 해당하는 운동량이었으니 당연한 결과다.

그러다 보니 단 며칠이긴 해도 살이 조금 붙어서 몸의 실루엣이 미묘하게 변하긴 했다. 눈썰미가 비범한 에리체는 그 점을 민감하게 알아차렸던 것이다.

에리체가 말했다.

"이제 더 살을 붙이셔서 근육으로 만들면 칼리아가 엄청 좋아할 거예요."

"일리지스 대공이? 어째서요?"

"그야 칼리아는 듬직한 남자를 좋아하니까 그렇죠. 전하께서 너무 말랐다고 몇 번이나 투덜거렸… 헙!"

신이 나서 말하던 에리체의 입을 바리엔이 틀어막았다. 바리엔이 어색하게 웃으며 말했다.

"지금 것은 부디 못 들은 것으로 해주세요, 전하."

"으음. 그, 그러지. 그런데 일리지스 대공의 취향이… 그랬단 말이오?"

아사르는 칼리아를 좋아하긴 해도 그녀에 대해서는 아는 것이 별로 없었다. 그나마 이야기가 통하는 부분은 다양한 지식을 다룬 책에 대해서뿐이고 나머지는 공감대를 형성해 본적이 없는 것 같다.

'듬직한 남자라면, 역시…….'

아사르는 루그를 바라보았다.

루그는 키도 훤칠하니 크고, 몸에 군살이라곤 없이 탄력있는 근육이 붙어 있어서 날렵하고 멋져 보였다. 아사르의 입장에서 보면 정말 이상적인 남자의 몸이 바로 저런 것인가 싶을 정도다.

버둥거리던 에리체가 빨개진 얼굴로 투덜거렸다.

"푸하아! 바리엔, 나를 숨막혀서 죽게 할 셈이야?"

"하나도 안 괴로워 보이는데."

"칫."

바리엔이 태연하게 받아치자 에리체가 입술을 삐죽였다.

에리체는 음흉한 미소를 지으며 말했다.

"어쨌든 전하, 칼리아는 늠름하고 듬직한 남자를 좋아해요. 전에 바리엔을 보면서 '너 같은 남자라면 사랑할 수도 있을 것 같은데' 라고 했다니까요?"

"뭣?"

"정말이오?"

그 말에 루그와 아사르가 눈을 휘둥그레 떴다.

바리엔의 얼굴이 새빨개지더니 에리체에게 달려들었다.

"에리체에에에에!"

"꺄악! 늠름하고 듬직한 바리엔이 사람 친다!"

장난스럽게 외치는 에리체의 모습이 순간 아사르의 시야에서 사라져 버렸다. 어찌나 빠르게 도약했는지 아사르의 동체시력으론 따라갈 수가 없었던 것이다. 훨훨 날듯이 연무장

바닥과 벽과 천장을 박차면서 도망치는 에리체를 바리엔이 열이 잔뜩 올라서 쫓아다녔다.

"거기 서어엇!"

바리엔은 이성의 끈이 뚝 끊어졌는지 공간 이동까지 해가면서 에리체를 추적했다. 한순간에 거리를 좁히는 그녀와 무시무시한 속도로 입체 기동을 하는 에리체 사이에서 현란한 추격전이 벌어졌다.

'우와, 진짜 쓸데없이 대단하다.'

루그는 혀를 내둘렀다.

세상에, 누가 저걸 열여덟 살짜리 귀족 아가씨 두 명이 아웅다웅하는 모습이라고 생각하겠는가? 저쯤 되면 어지간한 고수들도 기겁할 만한 공방이다.

아사르는 보다가 눈이 어질어질한 것을 느끼며 이마를 짚었다.

"따, 따라갈 수가 없구려. 두 사람 다 너무 빠르오."

'이것 참. 저 아가씨 대체 강체력이 얼마나 되는 거야?'

에리체 본인의 말에 따르면 그녀는 강체술 4단계의 경지다. 그리고 태어나서 지금까지 단 한 번도 비약을 먹은 적이 없다.

하지만 그녀의 체내에 축적된 강체력의 양은 루그도 측정이 불가능할 정도로 어마어마했다. 인간을 초월한 신체 능력에 엄청난 강체력이 더해지니 운동 능력에 한해서는 루그조차 따라가기가 버거워 보인다.

'이건 거의 반칙이군. 원래 본바탕이 웬만한 강체술사 뺨칠 정도로 강력한데 거기에 강체술의 증폭 효과까지 더해졌으니……'

강체력이란 기본적으로 인간이 가진 생명 에너지를 강체술이라는 기술의 연료로 변환시킨 것이다. 즉, 에리체는 온갖 비약을 먹고 강체력을 늘린 루그보다도 더 엄청난 생명 에너지를 타고났다는 소리다.

"거기, 서… 헉헉, 서라니까, 헉헉……."

결국 바리엔이 먼저 지쳐 버리고 말았다. 공간 이동이라는 반칙적인 능력을 가진 그녀지만, 신체 능력이나 반응속도 면에서 너무 큰 격차가 있었다. 그녀가 공간 도약으로 에리체의 뒤를 점하는 순간, 그때부터 에리체가 반응해도 붙잡을 수가 없는 것이다.

주저앉아서 숨을 몰아쉬는 바리엔을 에리체가 빤히 바라보며 말했다.

"바리엔."

"으……."

"머리랑 옷매무새가 다 흐트러졌어."

그 말에 바리엔이 흠칫했다. 그녀는 그제야 정신이 들었는지 머리를 붙잡고 얼굴이 새빨개졌다. 잠시 이성을 잃고 날뛰었는데, 그 모습을 루그랑 아사르가 다 보고 있었다는 사실을 상기한 것이다.

"나, 난 몰라!"

볼을 붙잡은 바리엔은 그대로 공간 이동으로 도망쳐 버리고 말았다.

에리체가 팔짱을 끼며 자신만만하게 웃었다.

"흐흥. 바리엔은 나한테 안 된다니까."

열여덟 살 먹은 귀족 아가씨라고는 믿어지지 않는 언행이었다…….

멍청하니 그녀를 바라보던 아사르가 헛기침을 했다.

"흠흠. 에리체 양, 지금 건 좀 장난이 지나쳤던 것 같소만."

"괜찮아요. 바리엔의 마음은 바다처럼 넓으니까요. 이런 일로 저를 버릴 거였으면 수백 번도 더 버렸을 거예요!"

'바리엔 경, 이때는 정말 불쌍했구나…….'

뻔뻔한 에리체의 대답에 루그는 진심으로 바리엔을 동정했다. 그녀가 에리체 때문에 얼마나 고생하고 살았는지 막 상상이 된다. 시공 회귀 전의 그녀는 가족도 친구도 다 잃고 바늘도 안 들어갈 것 같은 빈틈없고 날카로운 성정의 소유자였거늘, 소녀 시절이 이렇게나 안쓰러웠을 줄이야.

어쨌든 이 날 이후, 아사르는 '근육이 붙은 멋진 몸을 가진 듬직한 남자'가 되겠다는 의지에 활활 불타오르게 되었다.

…그러나 아사르가 아무리 의욕을 불태워도 현실은 그리

만만치 않았다. 루그는 그를 가르치면서 한 가지 절망적인 사실을 깨닫게 되었다.

'아, 그 문제가 해결되어도 이놈은 여전히 몸치구나!'

그렇다. 아사르는 루그의 치료를 받은 뒤에도 여전히 몸치였던 것이다!

생각해 보면 당연한 일이었다. 루그의 치료는 어디까지나 근본적인 리듬감을 수정해 준 것뿐, 몸의 다른 부분에는 일절 손대지 않았다. 아사르가 지금까지 무려 16년간 잘 먹지도 않고 잘 움직이지도 않고 방구석 폐인에 가까운 삶을 살아왔는데 갑자기 극적으로 운동 감각이 샘솟을 리는 없다.

결국 아사르는 며칠간 아주 기초적인 운동만을 배웠다. 연무장 안을 루그와 같이 가볍게 뛰고, 나무토막처럼 뻣뻣한 몸으로 유연성 운동을 하며 괴로워하고, 격렬함과는 거리가 먼 기본적인 동작을 배우고……

고작 그것뿐이었는데도 아사르는 문제를 겪었다.

팔을 둥글게 휘둘러 공격을 막고 주먹질을 해서 반격한 뒤 발차기를 날리는 기본적인 연속 동작을 연습할 때의 일이다. 루그는 그 동작을 아사르에게 팔과 다리를 바꿔가면서 스무 번씩 반복하도록 시켰다.

아사르는 어설프게 그 동작을 행하더니 세 번째에 가서 갑자기 멈칫했다. 그러더니 어느 손을 내밀어야 할지 헷갈려 하면서 정지해 있다가 한참 후에야 다시 움직였다.

"으음. 이거 왠지 어렵구려. 막 헷갈리네……."

'도대체 어디에 헷갈릴 구석이 있는 거지?'

루그 입장에서는 기가 막힐 노릇이었다. 고작 이어지는 세 동작을 반복할 뿐인데 어디에 멈춰 서서 한참 동안 머리를 굴려가며 생각해야 할 문제가 존재한단 말인가?

여기에 대해서 볼카르가 해석을 내놓았다.

〈저놈, 아무래도 생각없이 움직이는 게 불가능한 모양이다.〉

―뭐?

〈생각해 봐라. 지금까지 평생 동안 무슨 행동을 하든 그 전에 문제가 생기지 않게 생각을 해본 뒤에 움직였던 놈이다. 숨쉴 때도 무의식적으로 하지 못했고, 걸을 때도 행여나 꼬여서 넘어지지 않을까 걱정하면서 중간중간 멈춰서 생각하고, 다른 행동을 끼워넣어야 했지. 그렇게 16년을 살아왔는데 감각적으로 움직이는 게 가능할 것 같나?〉

―그, 그런 건가?

아사르는 '빨리빨리'와 '아무 생각 없이' 움직이는 것과는 아득하게 거리가 먼 남자였던 것이다. 루그의 치료를 받은 뒤, 일상적인 행동을 포함한 모든 움직임을 합치면 평생 움직인 것만큼 운동량이 많지 않을까 의심될 정도였다.

그러다 보니 뭘 시켜도 익히는 속도가 절망적으로 느렸다. 루그는 그를 보면 볼수록 속에서 열불이 났다.

'이 녀석, 안 되겠어. 내가 어떻게든 하지 않으면!'

16년 동안 몸치로 살아온 인간을 한순간에 바꾸는 것은 불가능한 일이다. 하지만 루그는 마음이 급했다. 이래서야 언제 듬직한 남자… 라기보다 좀 사람 같은 몸을 갖추고 칼리아에게 호감을 살 수 있겠는가?

"전하."

"음?"

"저를 믿으십니까?"

"그야… 신뢰하고 있소만?"

아사르는 영문을 알 수 없어하며 대답했다. 루그가 비장한 각오가 엿보이는 얼굴로 말했다.

"솔직히 이대로는 전하께서 듬직한 몸을 갖추는 것은 꽤나 먼 훗날의 일이 될 것 같습니다."

"으음. 나도 그렇게 생각하긴 하오. 의욕은 넘치는데 무술이라는 게 정말 쉽지 않구려."

"하지만 솔직히 저는 언제 왕궁을 떠나게 될지 모릅니다."

"알고 있소. 이번에 아쿠아 비타가 정식으로 출범하게 되면 떠날지도 모른다는 이야기를 들었지."

아사르가 아쉬워했다.

목숨을 구함받고 새 삶까지 얻었기에 아사르는 루그에게 절대적인 신뢰감을 품고 있었다.

가능하다면 언제까지나 그를 붙잡아두고 많은 것을 배우

고 싶다. 하지만 루그가 중대한 사명을 가진 몸이라는 것을 알기에 그럴 수 없었다.

루그가 말했다.

"그래서 제가 한 가지… 금단의 비법을 권해 드리고자 합니다."

"금단의 비법?"

루그는 심호흡을 한 번 한 뒤 말했다.

"저희 스승님께서 개발하신, 전이법이라는 비법입니다."

루그는 결국 아사르를 상대로 전이법에 도전하기로 결의했다.

8

루그는 오랜만에 왕궁 바깥으로 나들이를 했다. 그동안은 워낙 정신이 없어서 나올 생각도 못하고 있었지만, 슬슬 나오지 않으면 안 되는 이유가 생겼던 것이다.

"애송이! 거기 서라!"

…참고로 그 이유는 루그를 발견하고 득달같이 달려오는 발타르는 결코 아니었다.

루그가 그를 돌아보고는 눈을 크게 떴다.

"무슨 일이십니까?"

"네 이놈! 왜 약속을 지키지 않는 것이냐?"

"약속?"

"그레이슨이 있는 곳을 가르쳐 준다고 하지 않았더냐! 그런데 왜 열흘이 넘도록 감감무소식이냐! 내가 웬만하면 독촉은 하지 않으려고 했다만······."

"아······."

루그는 아차 했다. 왕태자의 치료 건도 있고, 워낙 신경 쓸 일이 많아서 까맣게 잊어먹고 있었다.

―볼카르, 좀 상기시켜 주지.

〈내가 이 악마의 종자가 좋아할 일을 시켜줄 이유가 없지 않은가?〉

루그가 식은땀을 흘리며 묻자 볼카르가 코웃음을 쳤다. 어지간히 발타르에 대한 악감정이 사무친 모양이었다.

루그가 진심으로 미안해하며 고개를 숙였다.

"경황이 없어서 깜빡하고 있었습니다. 죄송합니다."

"으음······."

항상 건방지게 굴던 루그가 솔직하게 고개를 숙이자 발타르의 기세가 주춤했다. 그가 표정을 누그러뜨리며 투덜거렸다.

"알았으면 됐다! 요즘 왕태자 전하를 가르치느라 정신이 없었던 모양이니 내가 이해하지."

'음?'

갑자기 그가 아사르의 이야기를 꺼내자 루그는 의아함을

느꼈다. 발타르는 조금 망설이더니 결국 목소리를 낮추어서 물었다.

"…그런데 도대체 무슨 수를 쓴 것이냐?"

루그는 비로소 그가 아사르 이야기를 꺼낸 이유를 알 수 있었다.

이미 아사르가 전과 달라졌다는 사실은 왕궁 전체에 소문이 퍼졌다. 발타르 입장에서 보면 절대 불가능하다고 호언장담했던 일을 루그가 해낸 것이다. 루그가 그 건에 대해서 그를 도발하기도 했기에 궁금해서 미칠 지경이 되어 있었다.

그의 속내를 읽은 루그가 빙긋 웃으며 말했다.

"그건 저희 계파의 비밀입니다."

"으음! 설마 그레이슨이 너를 가르친 방법과도 관련이 있는 것이냐?"

"글쎄요?"

루그의 대꾸에 발타르의 얼굴이 붉으락푸르락했다.

사실 그는 요즘 계속해서 그레이슨이 루그를 가르친 방법이 무얼까 골몰하며 이런저런 훈련법을 생각하고 있었다. 그러다 보니 시간이 후딱 지나가서 루그를 찾아가는 것을 잊고 있었던 것이기도 하다.

마음 같아서는 루그를 다그쳐서 비법을 털어놓게 하고 싶었지만, 그러기에는 너무 자존심이 상했다. 그레이슨의 훈련법도 아니고 그 제자의 훈련법(사실은 치료법이었지만)을 억지로 알아내자고 사정한다니 그게 가당키나 한 일인가?

결국 그는 고개를 홱 돌려 버렸다.

"에잉, 됐다. 쩨쩨한 놈."

루그는 피식 웃으며 말했다.

"뭐 그건 못 알려 드리지만 대신 원하시는 대로 스승님이 계신 곳을 말씀드리죠. 하지만 그 전에 한 가지 약속을 해주셨으면 합니다만."

"이제 와서 조건이라도 걸 생각이냐?"

발타르가 눈을 부라렸다. 전에는 분명히 그냥 가르쳐 준다고 한 주제에 이제 와서 조건을 걸려고 하다니!

루그가 고개를 끄덕였다.

"네. 그런데 제가 이득을 보기 위한 조건은 아닙니다."

"그럼?"

"들어보시면 알 겁니다. 저희 스승님과 실력을 겨루시고 나면, 결과가 어떻게 나든 간에 곧바로 이곳으로 돌아와 주셨으면 합니다."

"그건 어째서냐?"

발타르가 의아해하며 물었다. 그로서는 루그가 내건 조건의 의미를 이해할 수가 없었다.

루그가 설명했다.

"이 나라를 노리는 블레이즈 원의 위협은 아직 완전히 사라진 게 아닙니다. 언제 또 지난번 같은 사건이 일어날지 알 수 없지요. 그럴 때 선배님 같은 분이 계신 것과 그렇지 않은 것은 차이가 큽니다."

"그렇군. 알겠다. 네가 이 나라를 그렇게 생각해 줄 줄은 몰랐군."

발타르는 선뜻 고개를 끄덕였다. 그도 로멜라 왕국 출신은 아니었지만 이곳에서 오랫동안 머물다 보니 고국처럼 정이 들었다. 이곳을 노리는 위협이 존재한다면 그에 맞서 이곳을 지켜내고 싶다는 의지만은 누구에게도 지지 않는다.

루그가 말했다.

"감사합니다. 스승님께서는 바레스 왕국의 아룬데 백작령에 계십니다."

"바레스 왕국? 꽤 먼 곳에 있군."

발타르가 눈살을 찌푸렸다. 루그는 비정상적인 수법을 이용해서 한달음에 왔지만, 정상적으로 생각하면 로멜라 왕국과 바레스 왕국 간의 거리는 상당히 멀었다.

물론 발타르는 용족 마법사를 능가하는 무시무시한 이동력을 보유한 존재다. 하지만 쉬지 않고 달리기만 할 것도 아니고, 적당한 휴식을 취해서 컨디션을 유지하면서 오간다면 열흘 정도는 소요될 것이다.

'게다가 그레이슨과 결판을 내는데도 시간이 걸릴 것이고… 뭐, 하지만 길어봐야 보름 정도라면 비상 연락용 기구를 가져가면 크게 문제되진 않겠지.'

그렇게 생각한 그가 물었다.

"그 아룬데 백작령이라는 곳에 가서 그레이슨의 이름을 대면 쉽게 찾을 수 있는 거냐?"

"그렇진 않습니다. 아룬데 백작령의 외곽에는 특수한 숲이 하나 있는데, 백작령의 사람들에게 물어보면 어딘지 금방 아실 수 있을 겁니다. 스승님께서는 그곳에 머물고 계시고요."

"알겠다. 그런데……"

문득 그가 생각난 의문을 물었다.

"네 스승의 실력은 어느 정도 수준에 이르렀느냐? 당연히 너보다는 강하겠지?"

그 말에 루그가 피식 웃으며 대답했다.

"그건 직접 확인해 보시죠. 스승님께서는 아무것도 모르는 채로 당신을 맞이하실 텐데, 먼저 정보를 듣고 가는 건 좀 치사하지 않겠습니까?"

"맞는 말이군. 알겠다."

납득한 발타르는 볼일이 끝났다는 듯 휙 몸을 돌려서 가버렸다.

성문 안쪽으로 사라져 가는 그의 뒷모습을 바라보던 루그가 악마 같은 미소를 지은 채 중얼거렸다.

"그리고 미리 알면 가서 충격과 공포에 빠지는 재미가 없지 않겠습니까? 후후후."

〈루그, 잘했다. 저놈 아주 세상에 적수가 없다는 듯 자신만

만한데, 이번에 가면 자기가 얼마나 비루하고 하잘 것 없는 존재인지 알게 되겠군!)

"…나도 그걸 기대하고 있긴 한데, 그래도 너무 신난 것 같다, 너."

9

발타르가 떠나고 나자 루그는 왕궁 정문으로 느긋하게 걸었다. 귀족들은 다들 말을 타고 다니거나, 하다 못해 마차를 타고 다니지만 루그는 걷는 것이 좋았다.

사람들의 인사를 받으며 왕궁 정문에 도착한 루그는 경비병들에게 양해를 구하고 그곳에 서서 일행을 기다렸다. 그때 왕궁 정문 안쪽이 술렁거리며 스무 명이 넘는 기척이 다가왔다.

'고위 귀족이라도 행차하나?'

그렇게 생각하던 루그의 눈이 크게 떠졌다. 황금으로 만들어진, 거대한 나무 아래 똬리 틀고 있는 용의 문양이 박힌 호화로운 육두마차가 나오고 있었다. 그 문양은 일리지스 대공가의 문양이었다.

잠시 후, 루그 앞에서 마차와 호위인원들이 멈춰 섰다. 마차를 호위하는 기사들의 우두머리가 루그를 알아보고 마차 안에다 알렸던 것이다.

칼리아가 문을 열고 고개를 내밀었다.

"안녕하세요, 루그 경."

"안녕하세요, 일리지스 대공."

루그도 마주 인사했다. 마차에서 내려선 그녀가 물었다.

"웬일로 이런 곳에 혼자 계시는지요?"

"간만에 시내에 좀 나갈 일이 생겨서요. 일행을 기다리는 중입니다."

"일행이라면 메이즈 공과 다르칸 공 말씀이신가요?"

"네. 준비할 게 있다고 먼저 나가서 기다리라고 하더군요."

"하지만 왜 이런 곳에서……."

칼리아가 의아해했다.

참고로 왕궁 정문은 누군가를 기다리고 있을 만한 장소는 아니었다. 차라리 밖에 나가서 광장으로 나가면 모를까.

루그가 부끄러운 듯 헛기침을 했다.

"왕궁에서 머물러 본 경험이 없다 보니 그냥 아무 생각 없이 문 앞에서 만나자고 해버렸거든요. 저도 장소를 잘못 골랐다 싶던 참입니다."

"그렇군요."

칼리아가 재미있다는 듯 웃었다. 왠지 루그가 귀엽다는 생각이 들었다.

루그가 물었다.

"일리지스 대공께서는 어딜 나가시는지요?"

"왕성 밖에 피해 지역의 재건에 쓸 건축 자재들이 도착했다고 해서요. 물건을 확인해 보러 나가는 참이랍니다."

"부하들을 시키시지 않고 직접 확인하시는 겁니까?"

"네. 규모가 큰 거래를 할 때는 아무래도 직접 보지 않으면 안심이 안 되어서요."

루그는 잠시 동안 멍하니 그녀를 바라보았다.

'똑같군.'

예전의 칼리아도 그랬다. 큰 거래를 할 때는 부하에게 직접 맡기지 않고 무조건 직접 나서서 살펴보곤 했다. 루그의 머릿속에서 과거의 추억이 되살아났다.

"난 네가 조금이라도 위험을 덜 감수했으면 좋겠어. 사방에서 널 노리고 있는데 왜 굳이 직접 거래 현장에 나가는 거야? 사전 검증을 철저히 했다곤 해도 혹시라도 함정일 수도 있고 정보가 새서 기습받을 수도 있는데……."

루그가 아무리 짜증을 내도 칼리아는 고집을 부렸다.

"돌아가신 아바마마께서 내게 남기신 가르침이 있어."

"무슨 가르침인데? 위험 속에 몸을 던져라? 위험이 클수록 얻는 것도 많을 것이다?"

"너무 화내지 마. 당신을 믿으니까 이런 일도 할 수 있는 거야."

칼리아는 루그를 달래며 말했다.

"상대방과 거래를 할 때, 그 성패가 네 마음에 무언가를 덜하거나 더할 정도라면 반드시 스스로 나서서 확인하도록 해라."

"마음에 무언가를 덜하거나 더할 정도? 애매모호한 말이군."

"나도 그렇게 생각해. 하지만 그건 아바마마께서 남겨주신 두 가지 말씀 중에 하나야."

"나머지 하나는 뭔데?"

"사람을 거둘 때는 반드시 그 사람과 만나 눈을 들여다보아라. 눈을 보지 않고 사람을 믿을 수 있다 생각하는 것이야말로 경계해야 할 오만이다."

"선왕께서 아주 철학적이셨군."

"하지만 그 가르침 덕분에 나는 당신과 만나서 당신을 믿었어, 루그."

"……."

…그것은 이제 사라진 시간 속에 묻혀 두 번 다시 되살아나지 않을 이야기다.

하지만 루그는 이 순간, 추억과 현재를 겹쳐 보고 있었다.

루그가 멍청하니 서 있자 칼리아가 고개를 갸웃했다.

"왜 그러시죠?"

"아, 아닙니다. 좀 의외라서요."

퍼뜩 정신을 차린 루그가 허둥지둥 얼버무렸다.

위험하다.

칼리아를 만날 때마다 자꾸만 시공 회귀 전의 그녀를 겹쳐 보면서 두근거리는 일이 많아진다.

마음을 깔끔하게 정리해야 한다고 생각하는데, 라나가 그렇듯이 그녀도 완전히 다른 사람으로 대해야 한다는 것을 알고 있는데… 그런데도 마음이 멋대로 움직인다.

"대공 전하, 죄송합니다만 시간이……."

문득 옆에 있던 시녀가 조심스럽게 말했다. 칼리아가 살짝 고개를 끄덕이고는 루그에게 목례했다.

"저는 이만 실례해야겠습니다. 좋은 하루 되시길."

"대공께서도 좋은 하루 되시길."

루그가 마주 목례했다.

칼리아가 다시 마차에 오르자, 마차가 천천히 왕궁 정문을 빠져나갔다. 루그는 한동안 멍하니 그 뒷모습을 바라보고 있었다.

10

그리고 나서 10분 정도 지났을까?

이번에는 메이즈와 다르칸이 바쁘게 걸어왔다.

"주인님, 늦어서 미안해. 많이 기다렸어?"

"아, 별로 안 기다렸어. 지나다니는 사람들이 말상대가 되어줘서 시간이 금방 가더라."

반사적으로 대답하던 루그는 눈을 크게 떴다.

메이즈는 간만에 외출이라 꽃단장을 하고 있었다. 붉은 꽃무늬가 수 놓여진 모자를 쓰고 황과 적의 드레스 위에 주홍색 코트를 입은 그녀의 모습은 누구나 시선을 빼앗길 수밖에 없을 정도로 아름다웠다. 엄격한 태도로 임무를 수행하던 경비병들조차도 넋을 잃고 바라보느라 인사를 건네는 것을 잊었을 정도였다.

그녀가 기분 좋은 얼굴로 물었다.

"나 어때, 주인님?"

"어… 예뻐. 모자도 잘 어울리는데?"

루그도 잠시 동안 멍하니 그녀를 바라보다가 퍼뜩 정신을 차리고 대답했다. 평소에도 아름다운 메이즈였지만 마음먹고 꾸미니 정말 눈을 뗄 수 없을 정도로 강렬한 매력이 돋보였다.

루그의 대답이 마음에 들었는지 그녀가 배시시 웃으며 팔짱을 꼈다.

"여기에서는 모자가 유행이라고 해서 하나 맞췄어. 뿔 때문에 약간 모양을 고치지 않으면 안 맞더라."

"직접 고친 거야?"

"응. 이 정도는 굳이 재봉사들한테 부탁할 필요도 없고, 나는 이런 거 좋아하니까. 요즘은 다르칸 옷도 만들어보는 중이야."

"다르칸 옷까지? 하긴 여기 옷이 잘 어울리긴 해."

"의외로 꾸미는 재미가 있다니까, 다르칸도. 사실 다르칸을 꾸며주다 보니 시간이 훌쩍 가버려서……."

다르칸은 왕궁에 머무르게 된 이래 스무 벌도 넘는 옷을 맞췄다. 워낙 많은 이들과 만남을 가지다 보니 옷 한 벌로는 택도 없었기 때문이다. 게다가 다르칸이 풍채가 좋다면서 사람들이 선물한 옷도 많아서 300년 평생 동안 입었던 옷보다 더 다양한 옷들을 입어보는 기분이었다.

'300년 동안 후줄근한 로브 아니면 갑옷만 입고 살았다는 게 심히 우울하지만 말이지.'

루그는 피식 웃으면서 걷기 시작했다. 메이즈가 자연스럽게 팔짱을 끼고 달라붙으면서 물었다.

"그런데 어디로 갈 거야?"

"글쎄……."

루그는 덥썩 안겨오는 그녀의 감촉에 가슴이 두근거리는 것을 느끼며 슬쩍 고개를 돌렸다.

메이즈가 말했다.

"라나 선물을 사려면 지난번에 갔던 동쪽 지구 쪽 가게가 좋을 것 같은데… 지금 영업을 하고 있을지가 문제네."

셋이 오늘 외출한 이유는 라나에게 보낼 선물을 고르기 위해서였다.

벌써 6월 중순이다 보니 일주일 정도만 지나면 라나의 생일이었던 것이다. 돌아가서 그녀의 생일을 축하해 줄 처지는 아니어도 선물만은 보내주고 싶었다. 얼마 후에 드워프 장인 워즈니악이 장비를 전해주러 오기로 했으니 그때 그의 손에 들려 보낼 생각이었다.

루그가 말했다.

"일단 시녀들한테 물어보니까 남쪽 지구와 동쪽 지구는 상권이 제대로 살아 있는 모양이야."

지난번의 사건 때문에 라무니아 서문에서 왕궁으로 이어지는 거리는 완전히 폐허로 변하고 말았다. 하지만 그곳을 제외한 나머지는 도시 기능이 이상없이 돌아가고 있었다.

"그쪽을 차근차근 돌아보기로 하고… 일단 서쪽 지구도 상황이 어떤지 한 번 보고 싶은데, 어때?"

"응. 좋아. 거기 사람들도 주인님이 얼굴을 비추면 좋아할 테니까."

"나보다는 너나 다르칸을 더 반가워하지 않을까?"

루그가 뒤를 따라오는 다르칸을 돌아보며 말했다. 왕궁을 나온 후로 세 사람은 엄청난 시선을 받고 있었다. 이 나라에 온 후로는 정말 자신에게 시선이 집중되는 데 익숙해져 가고 있는 기분이다.

셋은 느긋하게 걸어서 서쪽 거리에 도착했다. 그 사건이 있은지 한 달이 지났지만 여전히 무참한 폐허가 기다리고 있었다.

메이즈는 폐허가 가까워지자 슬쩍 팔짱을 풀었다. 아무래도 이런 곳에서 루그에게 달라붙어 있는 것은 모양새가 안 좋다고 판단했기 때문이었다.

"그래도 재건 작업이 꽤 빠르게 이루어지고 있는 것 같네."

루그가 주변을 둘러보며 말했다. 그 말대로 폐허가 된 거리에는 많은 인부들이 몰려들어서 재건 작업이 한창이었다. 무너진 건물들의 잔해를 치우고 새로운 자재들을 조달하여 건물을 처음부터 지어나가는 모습은 나름 활기차 보였다.

사람들은 루그 일행을 발견할 때마다 하던 일을 멈추고 인사했다. 루그는 인사를 받아주면서 간간이 폐자재를 치우는 일이나 무거운 것을 나르는 일들을 도와주면서 이동했다.

그러다 보니 이 거리의 생존자들이 임시적으로 머무르고 있는 구역에 들어섰다. 잔해들을 싹 치워 버려서 만든 넓은 공터에 수십 개의 천막이 늘어서 있었고, 한편에 사람들이 줄을 서 있었다.

뭘 하고 있나 봤더니 귀족가에서 나온 사람들이 옷가지나 침구류 같은 구호품을 나눠주고 있었다. 그 모습을 가만히 보고 있노라니 갑자기 사람의 벽 위로 누군가 솟구쳤다.

"아! 루그님이다!"

그것은 에리체였다. 키가 작은 그녀는 루그의 존재를 느끼자마자 제자리에서 폴짝 뛰어서 사람들 위로 날아올랐던 것이다.

그녀는 몰려든 사람들을 헤치고 지나가는 대신 아예 허공을 훌훌 날듯이 뛰어서 루그 앞에 착지했다.

"안녕하세요!"

"안녕하세요, 에리체 양."

명랑하게 인사하는 그녀에게 루그가 마주 인사했다. 그리고 물었다.

"구호 활동하러 나오신 겁니까?"

"네. 아빠 명령으로 종종 나오고 있어요. 솔직히 애들 상대해 주는 것 말고는 하는 일이 없지만요."

"애들 상대라고요?"

루그가 의아해하자 에리체가 손가락 하나를 들었다. 그러자 그 끝에서 새하얀 빛이 떠오르더니 색색깔로 분화되어 춤추기 시작한다. 곧 그것은 고깔모자를 쓴 난쟁이 요정으로 변해서 행진하고, 새하얀 언덕을 올라 용이 되어 날아올랐다.

'대단한데?'

루그는 눈을 휘둥그레 떴다. 에리체가 빛의 속성력을 가졌다는 것은 알았지만 이 정도로 제어에 능한 줄은 몰랐다. 그녀는 왠지 작은 몸에는 믿어지지 않을 정도의 힘이 넘쳐서 그것을 마구 휘두르기만 하는 것 같은 이미지가 있었기 때문이다.

하지만 지금 빛을 자기 뜻대로 갖고 노는 모습을 보니 루그는 흉내 낼 엄두도 못 낼 정도로 속성력 제어가 능숙하다. 마법으로 영상을 구현해 낸다면 비슷한 일을 할 수 있겠지만, 속성력의 제어 수준만을 따지자면 그야말로 아득한 격차가 느껴진다.

에리체가 부끄러운 듯 볼을 붉적였다.

"아빠는 그냥 가서 웃기만 하라고 했는데 그러기엔 너무 심심했거든요. 애들이 좋아해요."

"좋아할 만하군요. 대단한데요?"

"정말요?"

에리체가 눈을 반짝였다. 루그가 칭찬해 주는 것만으로도 너무 기뻤다.

"아, 바리엔이에요."

문득 에리체가 거리 저편을 바라보며 말했다. 루그가 그녀를 따라 시선을 옮겨보니 한 무리의 사람들과 함께하고 있는 바리엔이 보였다.

'라한드리가 백작가의 도장 사람들인가?'

서른 명쯤 되어 보이는 인원들은 거의 다 우락부락한 남자들이었다. 그들 사이에서 이것저것 지시를 내리고 있는 바리엔은 드레스 대신 활동하기 편한 남자옷을 입고 있었다.

그 옆에는 서너 명의 소녀가 따라다니고 있었는데, 그녀들은 바리엔이 뭘 할 때마다 눈을 반짝반짝 빛내며 선망의 시선을 보내고 있었다. 하긴, 머리를 뒤로 올려서 묶고 남자옷을 입고 있는 바리엔은 남자들에게 지지 않을 정도로 당당한 모습이라 동경의 대상이 될 만해 보인다.

'…라고 본인에게 말하면 상처받겠지?'

루그가 그렇게 생각했을 때 에리체가 말했다.

"바리엔은 참 멋져요. 여자애들이 남자보다 바리엔이 더 좋다고 따라다니는 것도 이해할 것 같다니까요. 드레스보다는 역시 남자옷을 입고 있는 게 더 어울리는 것 같……."

에리체는 아무 생각 없이 말하고 있었지만, 루그는 멀찍이 있는 바리엔의 귀가 쫑긋하는 것을 보았다. 그리고 다음 순간, 그녀의 모습이 사라져 버렸다.

"엇?"

그녀의 주변에 있던 이들이 당황해서 주변을 둘러보았다.

그 짧은 순간, 바리엔은 에리체의 등 뒤에 나타나서 손날로 정수리를 내려치고 있었다.

"얍!"

하지만 불시의 기습이었는데도 에리체는 몸을 숙이면서 양손을 머리 위로 올렸다. 뒤를 돌아보지도 않은 채 바리엔의 손날을 잡아버리는 그 모습은 완벽한 '칼날잡기'였다.

"오오."

그야말로 한 편의 묘기다. 루그는 자기도 모르게 박수를 치고 말았다. 그러자 주변에 있던 사람들도 다들 따라서 박수를 치기 시작했다.

짝짝짝짝짝……!

"굉장하다!"

"멋있어!"

사람들이 환호하자 에리체가 손을 흔들며 화답했다.

"감사합니다!"

기습에 실패한 바리엔은 얼굴이 빨개졌다. 하지만 에리체가 손목을 잡고 있어서 달아날 수도 없었다.

11

잠시 후, 분위기가 다시 좀 가라앉자 바리엔이 헛기침을 한 뒤 인사했다.

"안녕하세요, 루그 경."

"안녕하세요, 바리엔… 양."

루그는 아직도 바리엔을 '경'이 아니고 '양'이라고 부르는 게 익숙하지 않아서 실수할 뻔했다.

루그가 물었다.

"바리엔 양도 구호 활동 나오신 겁니까?"

"네. 가문의 도장 사람들하고 같이 나왔어요. 저는 얼굴 마담이고, 일은 다른 사람들이 다 하지만."

라한드리가 백작가는 전통있는 무가라서 가전 무술을 아예 독자적인 유파로 승화시켜 이름을 떨치고 있었다. 저택 앞에 있는 도장뿐만 아니라 왕도의 다른 구역에도 두 개의 도장이 더 있으며, 바리엔은 사범을 맡고 있다고 한다.

상황을 간략히 설명해 준 바리엔은 메이즈와 다르칸에게도 인사했다.

"안녕하세요, 메이즈 공, 다르칸 공."

"반가워요."

"반갑소."

메이즈와 다르칸도 마주 인사했다. 다르칸도 여기 와서 많은 사람과 대화를 나눠서 그런지 이제 마주 인사하는 모습이 제법 자연스러웠다.

에리체가 물었다.

"그런데 여러분은 무슨 일로 나오신 건가요?"

"아는 사람 선물을 고르느라고요."

메이즈가 퉁명스럽게 대답하자 에리체는 조금 움찔했다. 메이즈 스스로는 인식하지 못하고 있었지만, 그녀는 잔뜩 뾰로통한 표정을 짓고 있었던 것이다.

솔직히 에리체는 메이즈를 대하기가 어려웠다. 딱히 자신에게 친밀감을 보여주지 않아서는 아니다. 단지…….

'역시 두 사람은 사귀는 사이일까?'

루그와 그녀가 어떤 사이인지 무진장 신경이 쓰일 뿐이

었다.

이미 두 사람이 다른 귀족들에게 연인 사이인가 질문을 받았을 때 부정했다는 소리는 들었다. 하지만 에리체는 두 사람 사이의 분위기가 심상치 않음을 느끼고 있었다.

에리체는 용기를 내서 메이즈에게 말을 건넸다.

"메이즈님, 모자가 굉장히 잘 어울려요."

"그, 그래요?"

에리체가 이런 식으로 말을 걸어올 줄 몰랐던 메이즈는 조금 당황했다. 지금까지 에리체는 메이즈에게는 거의 말을 하지 않았던 것이다.

"네. 오늘 굉장히 아름다우세요. 평소에도 예쁘셨지만……."

"…고마워요."

직설적이고 솔직한 칭찬에 메이즈는 살짝 얼굴을 붉혔다.

에리체가 그녀를 빤히 바라보며 물었다.

"그런데 혹시 그 팔찌와 목걸이는 어디서 구하신 거예요?"

메이즈가 하고 있는 장신구들은 단순하면서도 미려한 멋을 뽐내고 있었다. 목걸이는 빛을 다각도로 반사하도록 특별히 가공한 붉은 마정석에 머리카락만큼이나 세밀하게 가공한 금을 얽어서 만들었고 팔찌는 금테 위에 은으로 마법적인 문양을 상감하여 독특한 광택이 흐르도록 만들어졌다.

에리체의 지적에 바리엔도 눈을 빛냈다. 늠름하다느니, 사내답다느니 하는 소리를 듣지만 어쨌든 그녀도 예쁜 장신구나 옷을 좋아하는 소녀였다.

"확실히 지금까지 본 적이 없는 스타일이네요. 혹시 외국 물건인가요?"

"아, 이건… 내가 직접 만든 거예요."

"네에?"

메이즈의 대답에 두 소녀가 눈을 휘둥그레 떴다. 당연히 이름난 세공사의 제품이리라 생각했는데 본인이 직접 만들었다고 하니 그럴 수밖에.

에리체가 물었다.

"세공사셨어요?"

"그냥 취미로 한두 개씩 만들고 있어요."

"굉장해요. 세공사로 활동하고 계셨으면 반드시 사고 싶었을 거예요. 특히 이 금을 얽는 방식은 정말 매력적이에요. 이런 식으로 만들어진 목걸이는 본 적이 없어요."

"이건 만들 때 마법을 쓰기도 한 거라서, 일반적인 기법으로는 이런 방식으로 만들 수 없거든요."

"마법을 세공에다가요? 상상도 못해봤어요."

세 사람은 갑자기 옷이나 장신구에 대해서 열을 올리기 시작했다. 역시 다들 여자라 그런지 이런 화제가 나오자 눈빛이 변해 있었다.

다르칸이 눈살을 찌푸리며 루그를 바라보았다.

"마스터."

"응?"

"분명히 같은 언어를 사용하고 있는데도 마치 내가 모르는 이국의 언어가 들려오고 있는 것 같은 착각이 드오."

"원래 다 그래."

루그는 그 심정 이해한다는 듯 고개를 끄덕였다.

그런데 그때 에리체가 고개를 들어 하늘을 올려다보았다. 한참 신이 나서 이야기를 하던 그녀가 표정을 굳히자 다들 의아해하며 물었다.

"에리체 양? 왜 그래요?"

"뭔가 오고 있어요."

에리체는 눈을 감았다. 동시에 그녀에게서 강렬한 마력 파동이 뿜어져 나오기 시작했다.

'이건⋯⋯!'

루그가 눈을 크게 떴다.

에리체의 내부에 억눌려 있던 봉인의 조각, 그로부터 비롯되는 예지의 힘이 급속도로 확장되고 있었다. 자신이 서 있는 대지가, 숨쉬고 있는 공기가, 그리고 차지하고 있는 모든 공간이 예지력에 정보를 강탈당하는 것이 느껴진다.

잠시 후, 에리체가 눈을 뜨고 다급하게 외쳤다.

"모두 도망쳐요!"

동시에 먼 곳에서 뭔가 시커먼 것들이 날아오기 시작했다.

'뭐지?

그것을 발견한 루그는 눈을 크게 떴다. 바퀴처럼 둥근 것들 수십 개체가 성벽 너머에서 무시무시한 기세로 쏟아져서 떨어져 내리고 있었다.

"메이즈! 다르칸! 뭔지는 모르지만 일단 막아!"

"응!"

"알겠소!"

루그와 메이즈, 다르칸이 즉시 마법을 전개했다. 허공에서 폭염과 뇌격을 발생시켜서 떨어져 내리는 정체불명의 물체들을 강타한다.

콰콰콰콰콰쾅!

화려한 폭발이 허공을 수놓으며 정체불명의 물체들을 막아냈다. 하지만 놀랍게도 그것들은 거의 타격을 입지 않은 채로 튕겨 나가고 있었다.

투두두두두!

한 박자 늦게 라무니아의 성벽에 설치된 방어 마법들이 발동했다. 하늘을 날아오는 위험 요소들을 제거하기 위해서 마법진에 새겨진 마법들이 불을 뿜는다. 동시에 성벽을 감싸고 도는 황금빛이 더욱 강해지면서 도시 전체에 거대한 방어막이 형성되기 시작했다.

하지만 정체불명의 물체들은 마법 공격을 맞으면서도 계속 지상을 향해 낙하했다. 일부는 성벽 바깥쪽에 떨어졌지만,

거의 대부분이 성벽 안쪽에 떨어지면서 폭음이 울려 퍼졌다.

"저건 도대체 뭐야?"

루그는 의아해하며 하늘로 날아올랐다. 그때 심상 공간에 처박혀 있던 볼카르가 의식의 표면으로 부상했다.

〈루그, 왜 갑자기 키메라들이 튀어나온 거냐? 그것도 완전히 마법사를 잡기 위해 만든 키메라들이라니?〉

"키메라라고?"

루그가 깜짝 놀라서 눈을 크게 떴다. 그리고…….

콰과과과광! 콰아아아앙!

도시 곳곳에서 폭염이 치솟으며 대지가 뒤흔들렸다.

CHAPTER 50
제노사이더

폭염의 용제

1

지상에서 피어오르는 불길과 연기 때문에 하늘의 색이 혼탁하게 물들어가고 있었다. 멀리서 풍겨오는 매캐한 냄새를 맡던 검보랏빛 머리칼의 청년, 샤디카가 중얼거렸다.

"이 도시의 방비는 제법 뛰어나군. 이 정도로 강력한 대공 마법진이 형성되어 있을 줄은 몰랐는데? 용족들이 걸어둔 건가?"

정체불명의 물체들, 정확히는 오랜 시간에 걸쳐 제작한 키메라들을 라무니아의 성벽 안쪽으로 쏘아보낸 것은 샤디카였다. 그는 왕도 라무니아를 철저하게 파괴해서 막대한 피해를 입히기 위해 보름 이상의 시간을 들여서 준비해 왔다.

그의 곁에 있던 아레크스가 물었다.

"다 날려 보낸 거야?"

"그래."

"그럼 이제 뭘 해?"

"공간 이동 마법진으로 들어가서 닥치는 대로 죽이고 부숴. 그럼 된다. 스피릿 비스트들도 몰아칠 테니까 수적으로 밀릴 걱정은 별로 안 해도 될 거야."

"너는?"

"나는 왕궁으로 갈 거다."

"왜 이런 방식을 쓰는 거야?"

아레크스가 이해할 수 없다는 듯 물었다.

기본적으로 샤디카와 아레크스가 여기 온 목적은 왕이나 왕태자를 암살하는 것이다.

그런 일들은 아레크스도 지금까지 많이 해왔다. 마법으로 모습을 감추고 인간들 사이를 슥슥 지나가서 목표물의 목을 따버리면 그만이다.

하지만 샤디카는 굳이 인구가 30만을 넘는 도시 전체를 공격하는 번거로움을 감수했다.

샤디카가 말했다.

"저 도시는 왕도다. 지금까지 네가 유린했던 곳들과는 달라. 최소한 하넬라의 왕도와 동급 이상이라고 생각한다면, 일단 너도, 나도 안으로 들어가는 순간 존재를 감추기 어렵지."

"들켜? 왜?"

"인간들에게 협력적인 용족들이 많으니까. 어떤 놈들이 있을지 모르는데 숨어들어 가는 위험을 감수할 수는 없잖아? 강한 놈들이 많기 때문에 들켜서 포위 당하면 중과부적이야."

샤디카는 과거에 오로지 강체술사 데커드 듀렌과 싸우기 위해 하넬라 왕국의 왕도인 하넬루스를 공격한 적이 있었다.

그때는 목표였던 강체술사, 데커드 듀렌이 죽었다는 사실을 알고 미쳐서 혼자 난동을 부렸다. 하지만 원래는 데커드 듀렌의 소재를 확인한 뒤에 도시 전체를 혼란의 도가니로 몰아넣을 계획이었다. 그렇지 않으면 용족과 인간들에게 데커드 듀렌과의 대결을 방해받으리라 여겼기 때문이다.

'설마 130년 만에 이 방법을 쓰게 될 줄이야.'

스스로의 마음에 도사린 공포심을 극복하기 위해 그때는 정말 광기 어린 집착으로 준비를 진행했다. 200여 개체에 이르는 키메라도 그때 만들어낸 것이다.

샤디카의 계획은 5단계로 나뉘어져 있었다.

1단계는 정신을 완전히 파괴한 뒤 원격 조종하는 인간을 이용해서 도시 내부로 침투, 필요한 작업을 진행한다. 도시 요소요소에 폭발을 일으키고 화재를 확장시키기 위한 마법과 침투를 위한 공간 이동 마법진을 설치한다. 이 모든 것이 반쯤 시체가 된 인간의 몸으로 이루어지기 때문에 용족이라 해도 알아보기 쉽지 않다.

2단계는 마법과 충격에 강한, 곤충에 기반을 둔 외피를 가진 키메라 200여 개체를 던져 넣는다. 공격력 자체는 그렇게 뛰어나지 않지만, 워낙 단단하고 항마력이 강한 외피를 가진 데다가 재생력까지 갖추었기 때문에 병력을 분산시키는 데 효과적이다.

3단계는 설치해 두었던 마법을 폭발시켜 혼란을 확대시킨다.

4단계는……

"정말 안으로 들어갈 수 있는 것인가?"

그렇게 물은 것은 몸이 불타는 암석으로 이루어진 늑대 같은 괴물이었다.

스피릿 비스트 중에서도 인간에 준하는 빼어난 지성과 자아를 형성하기 위한 조건인 기억을 저장하는 능력을 가진 존재 그랑드.

갖가지 속성을 지닌 그랑드들이 샤디카의 곁에 일곱 개체나 모여 있었다.

샤디카가 말했다.

"그래. 이 공간 이동 마법진을 이용해서 침투할 수 있다. 그 후에는 마음껏 날뛰도록 해라. 너희들의 먹잇감이 될 만한 인간이 넘쳐 날 테니……"

4단계는 바로 공간 이동 마법진을 이용해서 스피릿 비스트를 침투시키는 것이었다.

스피릿 비스트의 생태에 대해서는 이전에 지긋지긋할 정도로 파고든 바 있었고, 정령을 복속시키는 마법을 이용해서 그랑드를 지배하거나 강화하는 데도 성공했다. 보름이라는 시간은 로멜라 왕국 각지에서 그랑드들을 끌고 오는 데 걸린 시간이기도 하다.

　우우우우우웅!

　공간 이동 마법진이 발동하면서 그랑드들과 그들이 이끄는 스피릿 비스트들이 하나씩 하나씩 안쪽으로 사라져 간다. 아무리 성벽이 스피릿 비스트를 물리는 파동을 발하고, 방어벽이 도시 전체를 감싼다 하더라도 이렇게 미리 설치해 둔 공간 이동 마법진을 이용하면 대책이 없었다.

　마지막 5단계는…….

　"그럼 우리도 가볼까?"

　샤디카와 아레크스가 왕궁 부근으로 침입하는 것이다.

　역사상 최악의 혼란에 빠진 왕도 라무니아에, 재앙의 원천이라 할 두 용족이 강림했다.

2

　키이이이이이이!

　검은 외피를 가진 키메라들은 애벌레 같았다. 지상에 착지할 때까지는 몸을 둥글게 말고 있다가, 몸을 곧게 편 뒤 일어나는데 그 크기가 3미터가 넘는다.

공격 수단은 몸 안쪽에 접어 넣고 있던 커다란 칼날 같은 두 개의 앞발과 입에서 뿜는 독액이었다.

"꺄아아아아아!"

집을 부수며 착지한 키메라가 몸을 펴자 그 앞에 주저앉아 있던 여성이 비명을 질렀다. 몸 안쪽에서 칼날 같은 앞발을 꺼낸 키메라가 그것을 휘둘러 여성을 노렸다.

평!

그 직전, 멀리서 날아든 무형의 충격파가 키메라를 후려갈 겼다. 충격으로 주변이 산산조각 나면서 키메라가 벽을 뚫고 나가떨어졌다.

"이걸로 끝나진 않겠지."

루그의 눈이 흉흉한 살기를 발했다. 이 키메라들의 내구성 은 보통이 아니다. 그나마 안쪽은 약한 편이지만 등 쪽은 루 그의 공격을 받고도 버텨낼 정도였다.

비틀거리며 일어나는 키메라를 향해 루그가 뛰어들었다. 키메라가 허우적거리며 날린 칼날 같은 앞발을 피하면서 그 몸통에 주먹을 찔러넣었다.

투두두둥!

찔러넣은 주먹은 단 한 방, 그러나 키메라의 내부에서 연속 적으로 충격이 폭발했다. 키메라의 몸 여기저기가 부풀어 오 르더니 입에서 울컥 체액을 토한다.

맨몸으로 무장한 자들과 싸우기 위해 발달한 오더 시그마에는 장갑을 관통하여 충격을 전달하는 기술이 많다. 제6단계의 경지에 오른 루그에게 키메라의 외피를 관통해 내부를 파괴하는 것쯤은 어려운 일이 아니었다.

쿠웅!

키메라가 쓰러진다. 하지만 루그는 안심하지 않고 키메라의 눈을 짓밟은 뒤에 마력을 끌어올렸다.

화아아아아악!

눈구멍을 통해서 내부로 침투한 마법의 폭염이 키메라를 완전히 태워 버렸다.

〈확실히 죽었다.〉

볼카르가 확인해 주었다.

이 키메라들은 단단하기만 한 것이 아니라 막강한 재생력까지 갖추고 있었다. 조금 전에도 완전히 죽었다고 생각한 놈이 다시 살아나는 바람에 기겁했었다.

루그는 마법으로 근처를 돌아다니는 왕도 경비대를 포착, 마법으로 메시지를 보냈다.

—생존자를 보호하고 있으니 와서 구출해 가세요.

경비대원들에게 위치를 설명해 준 루그는 주저앉은 채 떨고 있는 여자의 주변에 마법진을 그렸다. 그러자 그녀를 감싸고 빛의 막이 떠올랐다.

"곧 경비대원들이 올 겁니다. 그때까지만 참으세요."

루그는 그렇게 말한 뒤 곧바로 지붕에 뚫린 구멍을 향해 날아올랐다.

평소 같으면 직접 그녀를 경비대에게 인도했을 것이다. 하지만 지금 루그에게는 그런 여유가 없었다.

'칼리아!'

지금 칼리아는 재건을 위한 건축 자재를 거래하기 위해 왕궁 밖에 나와 있다. 그녀가 갑작스러운 참화에 휘말렸을지도 모른다고 생각하니 가슴이 타들어갈 것 같았다.

'젠장! 무조건 알더튼을 붙여놨어야 하는 건데!'

알더튼은 아쿠아 비타 쪽 업무를 처리하느라 정신이 없었다. 그래서 칼리아는 그를 왕궁에 놔두고 외출했던 것이다.

그때 볼카르가 말했다.

〈찾았다.〉

"누구야?"

루그가 물었다.

칼리아가 남쪽 성벽에 나가 있다는 것은 이미 왕도 경비대에 물어서 알아냈다. 루그가 찾고 있는 것은 어디까지나 이 사태를 초래한 원흉이었다.

볼카르가 말했다.

〈지난번에 싸웠던 샤디카라는 놈이군. 왕궁 쪽으로 향하고 있다.〉

볼카르는 루그가 지닌 용제의 감각을 이용, 블레이즈 원에 소속된 용족의 기척을 잡아낸 것이다. 루그가 분노했다.

"그 개자식이 여기에 왔다고? 제기랄!"

⟨그놈만이 아니다. 그레이슨 다카르에게 죽었던 아레크스라는 놈도 있군. 서로 반대로 흩어지고 있다.⟩

"두 놈이라고?"

루그가 흠칫했다. 샤디카의 위치를 아는 순간, 메이즈와 다르칸에게 말해서 그를 막으라고 할 생각이었다. 하지만 아레크스의 존재를 알게 되자 망설여진다.

'메이즈나 다르칸이 혼자서 그놈을 막을 수 있을까?'

지난번에 대적해 본 샤디카의 힘은 막강했다. 루그 자신이라면 모를까, 메이즈나 다르칸이 일대일로 싸운다면…….

'이길 수 없어.'

루그는 냉정하게 판단했다.

물론 메이즈나 다르칸도 그동안 볼카르의 지도를 받으며 큰 폭으로 성장했다. 게다가 새로운 장비들까지 갖추었으니 해볼 만할지도 모른다.

하지만 샤디카는 그때 모든 힘을 보인 게 아니다. 루그를 얕보고 인간 형태로 격투전에 집착하다가 패했을 뿐, 처음부터 무시무시한 비행 능력을 과시하는 아크 드레이크 형태로 싸운다면…….

"메이즈, 다르칸."

—주인님! 칼리아 씨는 찾았어?

통신이 연결되는 즉시 메이즈가 물었다. 루그가 대답했다.

"아니, 아직 가고 있는 중이야. 그쪽 상황은?"

—난리도 아니야! 그랜드들이 스피릿 비스트를 잔뜩 끌고 나타났어!

"그랜드까지?"

루그의 눈이 크게 떠졌다. 키메라들만 해도 골치 아픈 상황인데 그랜드가 나타났다고?

"이 자식들이 도대체 무슨 수를 쓴 거지?"

〈놈들의 행동 단계는 알아냈다. 여기까지 오면서 발견한 마법의 흔적들을 보니 확실히 보이는군. 영리한 놈이다.〉

"뭐? 무슨 수법인데?"

〈가면서 차근차근 설명하지. 일단 메이즈와 다르칸에게 지시를 내려라.〉

"알겠어. 메이즈, 다르칸! 틈이 나는 대로 지금부터 내가 알려주는 위치로 가서 적을 요격해! 블레이즈 원의 아레크스라는 놈이다!"

—아레크스? 그런 간부는… 아, 지난번에 그레이슨 씨에게 죽은 그 붉은 드라칸?

"그래. 블레이즈 원의 간부 한 놈과 함께 쳐들어온 거야. 그놈을 막을 수 있는 건 너희들을 제외하면 하라자드 공이나 알로키나 공밖에 없어."

—하지만 알로키나 공은 국왕과 왕태자를 보호하고 있겠지.

메이즈가 대답했다.

왕궁에 상주하고 있는 상위 용족은 크로커다이드 하라자드와 드래코니안 알로키나 둘뿐.

비상시에 하라자드는 마법사들을 지휘하여 전선으로 나서고, 알로키나는 근위대와 함께 국왕과 왕태자를 보호하는 데 전력을 다한다. 즉, 지금 상황에서 알로키나는 전력으로 기대할 수 없었다.

루그가 말했다.

"그놈은 너희들한테 맡길게. 어느 정도 실력을 가진 놈인지 알 수 없으니 조심해. 스승님 말씀으로는 몸놀림이 무시무시하게 빠르다고 하니 되도록 거리를 두고 싸워."

—알겠어.

—맡겨주시오.

메이즈와 다르칸이 대답했다. 루그는 그들과의 통신을 끊고 알더튼을 불렀다.

"알더튼! 어디야?"

—마, 마스터? 난 지금 왕궁이오. 이게 웬 날벼락이오?

"블레이즈 원 놈들이 공격해 온 거야. 샤디카와 아레크스 두 놈이다."

—그 화끈하게 미친놈하고 덩치 큰 어린애? 설마 단둘이서 이런 일을 벌인 거요?

"그래. 넌 지금 즉시 발타르 공을 찾아."

―발타르? 그 인간한테라면 왕궁 수비대 측에 비상 연락망이 있소.

"잘 됐군. 즉시 연락해서 내가 알려주는 위치로 보내! 샤디카가 왕궁으로 가고 있으니까!"

―그 미친놈이? 설마 내가 실패했다고 직접 왕태자를 암살하러 온 건가?

"아마 그렇겠지. 아니면 국왕이 표적일 수도 있고. 어쨌든 발타르 공을 보내서 막아! 그놈을 막을 수 있는 건 하라자드 공과 발타르 공밖에 없어!"

―마스터는?

"난 일리지스 대공을 구하러 간다! 발타르 공과 연락이 닿는 대로 내게 다시 연락해!"

루그는 일단 샤디카의 예상 이동 루트를 전한 뒤에 통신을 끊었다.

계속 고속 이동 중이었기 때문에 이미 남쪽 성문은 지척이었다. 퍼져 나가는 불길 속에서 성문을 본 루그는 아연해했다.

"이런……."

성문이 파괴되어서 주저앉아 있었다. 문을 열고 석재를 실은 마차를 안으로 통과시키는 도중에 적이 급습, 그대로 무너지고 만 것이다.

루그는 황급히 칼리아의 모습을 찾았다. 정신없이 사방을 두리번거리는 루그에게 볼카르가 말했다.

〈루그, 침착해라.〉

"젠장! 내가 지금 침착하게 생겼어? 이러는 동안에도 칼리아가……!"

〈그러니까 침착하라는 거다. 눈으로 찾을 생각을 하지 말고 마법을 써야 할 것 아니냐.〉

"어……."

루그는 그제야 퍼뜩 정신을 차렸다. 볼카르의 말이 옳았다. 탐색 마법으로 칼리아를 찾는 것이 제일 빠른데 이성이 날아가는 바람에 눈으로 찾을 생각만 하고 있었다.

'칼리아!'

일단 탐색 마법을 사용하자 금세 칼리아의 존재가 포착되었다. 그녀는 이미 성문 안쪽으로 들어와 있었다.

루그는 즉시 건물을 박차고 그곳으로 날아갔다.

3

칼리아는 불타 무너진 건물들 사이에 고립되어 있었다.

이 참화가 시작된 지 불과 10분 정도가 지났을 뿐이다. 하지만 그동안 그녀의 눈앞에서 수십 명의 사람이 죽었다.

첫 공격이 시작될 때 성문 밖에 있던 것은 불운이었다.

대공 마법과 방어막에 튕겨 나간 키메라들이 곧바로 그곳에 있던 이들을 덮쳤다. 비명을 지르며 달아나는 상인과 인부들이 키메라들에게 살해당했다.

물론 용감하게 맞서는 자들도 있었다. 상단을 호위하는 이들과 근처에 있는 경비대는 사람들을 지키면서 키메라들에게 맞섰다.

하지만 상대가 너무 좋지 않았다. 키메라들의 외피에는 강체술사의 검격조차 제대로 먹히지 않았다. 강검의 경지에 이르지 않은 자는 상처조차 제대로 낼 수 없었고, 접근한 자는 키메라가 뿜어낸 독액을 맞고 녹아버렸다.

그런 상황에서 호위기사들은 칼리아를 성벽 안쪽으로 이끌었다. 키메라 때문에 무너진 성벽을 넘어서 안쪽으로 들어오면서 경비대에 비상 신호를 보냈다. 안쪽으로 들어가서 그들과 합류하기만 하면 칼리아의 안전을 확보할 수 있으리라 판단했다.

하지만 오산이었다.

차라리 성문 바깥에서 소수의 키메라들을 상대로 버티는 편이 나았을 것이다. 일단 안에 들어오자 곳곳으로 퍼져 나가는 화재와 그 사이로 기어다니는 키메라들, 거기에 스피릿 비스트들까지 적으로 맞이하게 되었다.

으적으적!

육식동물이 뭔가를 씹어먹는 것 같은 소리가 났다. 그 광경을 보는 인간들의 얼굴에서 핏기가 빠져나간다. 왜냐하면 그

소리는 키메라가 그들 동료의 시체를 뜯어먹는 소리였기 때문이다.

"헉, 헉……."

기사들은 지쳐 있었다.

최악의 상황이었다.

사방에서 몰려드는 키메라들과 스피릿 비스트들 때문에 사망자가 속출했다. 성벽을 넘을 때만 해도 스무 명의 인원이 따르고 있었지만, 지금 칼리아 곁에 남은 것은 시녀 한 명과 기사 다섯 명뿐이다. 나머지는 모두 죽었다.

"전하."

호위단장이 시선을 앞에 둔 채로 말했다.

"일단 이곳을 이탈해야겠습니다. 다시 성문 밖으로 빠져나가고자 하는데, 어떻게 생각하십니까?"

"허락합니다. 지원 병력이 올 때까지는 성벽 밖에서 버티는 것이 최선으로 보이니."

"죄송하오나, 후방을 열어주실 수 있겠습니까?"

"알겠습니다."

칼리아가 고개를 끄덕였다. 그리고 귀걸이에 손을 가져가 그 힘을 해방시켰다.

후우우우우우!

칼리아가 몸에 두른 모든 것은 마법의 산물이었다. 드레스도, 코트도, 모자도, 목도리도, 코트도, 귀걸이도, 목걸이도,

팔찌도, 반지도 모두 그녀를 지키는 마법의 물품들이다. 그 중에는 유사시에 대비해 강력한 화력을 비장하고 있는 것도 있었다.

귀걸이에 비장된 마력이 해방되면서 칼리아의 눈앞에 폭염의 구체가 떠올랐다. 그리고…….

화아아아악!

일직선으로 뻗어 나가서 그곳에 있던 키메라들을 휩쓸었다.

"무례를 저지르겠습니다!"

그 직후 기사들이 달리기 시작했다. 두 명은 각각 칼리아와 시녀를 안아 들고, 나머지는 주변을 에워싼 채 전력으로 질주한다.

카르르르릉!

그러나 그때 괴성을 지르며 그 앞을 가로막는 존재가 있었다. 온몸이 불타는 암석으로 이루어진 거대한 늑대 같은 괴물이었다.

"맛있어 보이는 인간이군!"

불타는 늑대가 이를 드러내며 웃었다. 그 말에 칼리아 일행이 경악했다.

"그랜드?"

샤디카가 침투시킨 일곱 개체의 그랜드 중에 하나였다. 닥치는 대로 인간들을 잡아먹고 다니던 그랜드는 강력한 에너지가 분출되는 것을 느끼고 이곳으로 달려왔던 것이다.

"죽어서 내 양분이 되어라!"

불꽃으로 이루어진 눈이 부릅떠진다 싶은 순간, 그랜드의 거체가 허공으로 솟구쳤다가 불타는 유성처럼 떨어져 내렸다.

콰아아아앙!

옆에 있던 3층 건물이 단번에 박살 나면서 파편과 열파가 사방으로 흩뿌려졌다. 칼리아 일행은 그대로 그것에 휩쓸려 날아가고 말았다.

"꺄아아아아아!"

칼리아는 비명을 지르는 시녀를 붙잡고 감싸 안았다. 그녀의 옷과 장신구에 걸린 마법들이 발현되면서 충격을 경감시켰다. 하지만 그것도 잠시, 둘의 몸이 땅에 처박혀서 몇 바퀴나 뒹굴었다.

"아……."

칼리아는 땅에 쓰러진 채로 신음했다. 몸이 부서지는 것처럼 아프다. 세상이 온통 붉게 물든 것 같다. 가만히 있어도 일렁이는 풍경 때문에 어지럽다.

그녀는 가까스로 고개를 돌려 시녀의 모습을 찾았다. 그녀와 함께 땅에 처박힌 시녀는 쓰러진 채로 숨을 몰아쉬고 있었다.

"으윽……."

칼리아는 신음하면서 몸을 일으켰다. 젖먹던 힘까지 쥐어짜 내서 시녀를 부축해 일으키고는 걷기 시작한다. 다리를 다쳤는지 걸을 때마다 허벅지가 칼로 찌르는 듯이 아팠지만, 필사적으로 발을 내딛었다.

"전하, 안 됩니다……. 저를… 버리고 가세요……."

반쯤 정신이 나간 시녀가 헐떡이면서 말했다.

하지만 칼리아는 대답하지 않았다. 대답할 힘이 있다면 한 발짝이라도 더 앞으로 나아가는 데 써야 한다.

후두두둑…….

반쯤 무너져 있던 건물에서 돌가루가 떨어져 내린다. 칼리아는 불현듯 뒤를 돌아보았다.

화아아아아악!

"아아아아아아악!"

불길과 함께 비명이 울려 퍼진다. 불의 그랑드는 스스로 일으킨 불꽃으로 살아 있는 인간을 태워서 잡아먹고 있었다.

느긋하게 기사 하나를 잡아먹은 그랑드가 천천히 칼리아에게로 다가온다. 칼리아는 강체술사도, 마법사도 아니었지만 그 몸에 두르고 있는 것들이 지닌 마력 때문에 최상의 미식으로 보였다.

"크크크……!"

칼리아의 코앞까지 다가온 그랑드가 웃었다. 칼리아는 도망치기를 멈추고 시녀를 내려놓았다. 그리고 그랑드 앞으로 나섰다.

"뭔가 부릴 재주가 남았나?"

그랑드가 칼리아를 조롱했다. 칼리아는 대답 대신 남은 한 쪽의 귀걸이를 쥐었다.

퍼어어어어엉!

귀걸이에 비장된 마력이 개방, 폭염이 작렬해서 그랑드를 밀어냈다. 칼리아는 멍멍해진 귀를 막으면서 불꽃 너머를 응시했다.

'역시.'

흩어지는 불꽃 너머에서 그랑드는 전혀 타격을 입지 않은 모습으로 걸어오고 있었다.

애당초 불의 스피릿 비스트는 불을 생명의 원천으로 삼는 존재다. 그 정점에 서 있는 그랑드에게 폭염 마법이 통할 리가 없었다.

'끝인가……'

마지막을 직감한 칼리아는 하늘을 올려다보았다. 그리고 눈을 크게 떴다.

"칼리아—!"

천둥 같은 포효가 울려 퍼졌다. 그리고 혼탁한 하늘을 가로질러 날아온 루그가 그랑드를 향해 주먹을 뻗었다.

퍼어어어어엉!

일직선으로 뻗어 나간 섬광이 그랑드를 강타했다. 공기가 찢어지면서 충격파가 터진다. 칼리아는 반사적으로 귀를 막으며 몸을 웅크렸지만, 잠시 후 뭔가 이상하다는 것을 깨달았다.

'충격이 없어?'

곧바로 그녀를 덮쳤어야 할 충격파가 오지 않는다. 의아해하며 고개를 든 그녀의 시야를 붉은 코트 자락이 가득 메웠다.

'루그 아스탈.'

루그가 그녀의 앞에 등을 보인 채 서 있었다.

칼리아는 그가 자신을 보호해 줬다는 사실을 알아차렸다. 하지만 그녀가 그에 대해서 뭐라고 할 찰나, 루그의 몸이 번개처럼 빠르게 움직였다.

쾅!

칼리아의 눈이 포착한 것은 한순간에 루그의 몸이 멀어지면서 남은 잔상과 원형으로 퍼져 나가는 충격파 너머로 솟구치는 그랑드의 모습이었다. 한줄기 붉은 질풍으로 화한 루그가 허공에 벽이 있는 것처럼 지그재그로 튕겨 다니면서 그랑드를 유린하고 있었다.

퍼버버버버벙!

그 움직임이 너무 빨라서 칼리아의 눈에는 루그의 모습이 제대로 보이지도 않았다.

"카아아아아! 너, 너는 뭐냐!"

몸이 반쯤 박살 난 그랑드가 비명을 질렀다. 하지만 루그는 대답하지 않았다. 살의로 불타는 눈으로 그랑드를 내려다보며 조용히 읊조릴 뿐이었다.

"창염."

화아아아아아악!

루그의 오른팔을 감싸고 푸른 불길이 치솟았다. 무시무시한 열기가 주변으로 퍼져 나가면서, 수십 미터 이상 떨어진 칼리아가 있는 곳까지 후끈하게 달아오른다. 그리고…….

꽈앙!

불끈 쥔 주먹이 그랑드를 후려갈겼다. 그 일격이 작렬하는 순간, 푸른 불꽃이 회오리처럼 퍼져 나가며 그랑드의 전신을 집어삼켰다.

"불, 불이… 불이 나를… 카아아아아아!"

존재의 근본을 부정당한 그랑드가 비명을 질렀다. 버둥거리며 불을 지배해 보려고 하지만 의미없는 발버둥이다. 난폭하게 휘몰아치는 푸른 불꽃이 그 거대한 몸을 집어삼켜서 깨끗하게 소멸시켜 버렸다.

4

파아아아아아!

그랑드가 사망하자 엘레멘탈 코어에 담겨 있던 마력이 폭주하면서 거대한 화염이 일었다. 그러나 루그가 손을 들자 그 불길은 조금도 퍼져 나가지 못하고 전신을 휘감은 스파이럴 스트림에 먹혀 들어간다.

휘리리리리……!

그렇게 그랜드 최후의 불꽃을 죽여 버린 루그는 떨어지는 마정석을 확인하지도 않고 칼리아에게 달려갔다. 칼리아는 그 자리에 주저앉은 채로 멍청하니 그를 바라보고 있었다.

"칼리……!"

〈루그.〉

다급하게 그녀의 이름을 외치려는 순간, 볼카르가 나직하게 그를 불렀다. 그 덕분에 루그는 이성을 찾을 수 있었다.

곧 표정을 관리한 루그가 조심스럽게 물었다.

"…괜찮습니까, 일리지스 대공?"

"더, 덕분에요……."

힘없이 대답하는 칼리아의 몸이 그대로 무너져 내렸다. 루그가 황급히 부축하자 그녀가 몽롱한 눈으로 허공을 올려다보며 입을 열었다.

"…당신은 나를 알고 있었죠?"

순간 루그의 가슴이 덜컥 내려앉았다. 하지만 칼리아는 그 표정을 보지도 못한 채 꺼져 가는 의식 속에서 잠꼬대처럼 마음속의 의문을 풀어놓았다.

"당신은 누구인가요? 어떻게 나를… 알고 있는……."

그녀의 말은 끝까지 이어지지 못했다. 루그는 잠시 동안 자신의 품속에서 축 늘어진 칼리아를 보며 가만히 서 있었다.

"……."

잠시 후, 루그는 그녀를 안은 채로 걷기 시작했다. 기격으로 아직 숨이 붙어 있는 기사들과 시녀를 한 자리에 놓은 뒤, 보호의 마법을 걸고 근처에 있는 경비대원들을 찾아서 연락을 넣는다. 그런 다음 볼카르에게 말했다.

"볼카르, 바리엔 양의 위치를 찾아줘."

〈바리엔 라한드리가를? 어째서지?〉

"칼리아를 맡겨야 하니까. 그녀 말고는 안심하고 맡길 수 있는 사람이 없어."

그렇게 말한 루그는 손을 들어 조심스럽게 칼리아의 얼굴을 쓰다듬었다. 헝클어진 머리를 넘겨주고, 얼굴에 묻은 검댕을 닦아주면서 속삭인다.

"있잖아, 칼리아."

루그는 의식을 잃은 그녀를 바라보며 진실을 이야기했다.

"예전에… 난 당신의 연인이었어. 우리는 같은 상처를 갖고 있었고, 같은 목적으로 움직이면서 많은 날들을 보냈지."

그것은 칼리아가 품고 있는 의문에 대한 유일한 답이었다.

그러나 이 대답이 그녀에게 닿을 일은 없으리라. 그녀는 지금까지 그래 왔듯, 앞으로도 진실을 모르는 채로 살아갈 것이다.

루그는 과거를 상기하며 쓴웃음을 지었다.

"내가 아는 당신은 한 번도 마음놓고 웃어본 적이 없는 여자였어. 당신의 마음에는 흉측한 상처가 나 있었지. 언제나 고통스럽게 우리가 두려워해야 할 것을 상기시켜 주었던……."

칼리아는 언제나 다가올 파멸을 두려워했다. 매일밤 찾아오는 악몽과, 잠시라도 마음을 놓으면 무의식을 지배하고 몸을 떨리게 만드는 공포와 필사적으로 싸우고 있었다.

"나는 당신을 지키고 싶었어. 내 목숨을 주더라도 좋으니까 당신이 살았으면, 그래서 내가 보지 못한 내일을 봐주었으면 하고 바랐지."

하지만 지킬 수 없었다.

잔혹한 운명은 인간의 의지를 장난감처럼 유린하고, 조심스럽게 가꾸어온 희망을 무참하게 짓밟았다.

"이번에는 달라. 나는 반드시 당신을 지킬 거야. 그게 내 안의 당신을 죽이는 일이라고 해도……."

그 무엇보다 사랑했던 그녀를 추억 속에 묻고, 자신을 사랑하지 않는 현실의 그녀를 지킬 것이다.

"더 이상 누구도 당신을 상처 입히게 놔두지 않아."

루그는 칼리아의 이마에 키스하고는, 볼카르가 찾아낸 바리엔의 위치를 향해 나아가기 시작했다.

빠르게 나아가던 루그의 앞에 신기루처럼 두 사람의 모습이 나타났다. 에리체와 바리엔이었다.

에리체가 반가워하며 외쳤다.

"루그님! 무사하셨군요!"

"당신도요. 다행입니다."

그렇게 대답하는 루그는 조금 놀라고 있었다. 잠시 못 보던 사이 에리체의 복장이 완전히 바뀌어 있었기 때문이다.

아까 전까지만 해도 드레스를 입고 있던 그녀는, 지금은 백색 바탕에 청색이 섞인 갑옷을 입고 2미터 50센티에 달하는 육중한 언월도를 들고 있었다. 투구까지 쓰고 있었다면 그녀라는 것을 몰라봤을지도 모르겠다.

바리엔이 물었다.

"칼리아는 괜찮은가요?"

"네. 크게 다친 곳은 없습니다."

루그는 고개를 끄덕이고는 그녀에게 칼리아를 건네주었다. 그리고는 당부했다.

"사방이 위험으로 가득한 상황이라 일리지스 대공을 믿고 맡길 수 있는 사람이 바리엔 양밖에 생각나지 않았습니다. 부디 그녀를 잘 부탁드립니다."

"네."

바리엔이 결연한 표정으로 고개를 끄덕였다.

루그는 그녀에게 목례하고는 몸을 돌렸다.

"그럼."

"잠깐만요!"

그때 에리체가 다급하게 루그의 소매를 잡았다. 루그가 의아해하며 돌아보자 그녀가 머뭇거리며 말했다.

"저도 같이 갈래요."

"미안하지만 제가 가려는 곳은 지금 상황에서도 가장 위험한 지점입니다, 에리체 양."

루그는 샤디카가 있는 곳으로 향하려 하고 있었다.

물론 샤디카가 지금까지 살아 있을지는 모르겠다. 알더튼을 통해서 발타르를 예상 지점으로 보내두었으니 어쩌면 처리되었을 가능성도 있다.

하지만 혹시 발타르가 그와 어긋났다면, 혹은 아직 쓰러뜨리지 못하고 싸우는 중이라면… 자신이 합류해서 확실하게 끝장을 내야 한다.

'그놈만은 용서할 수 없어.'

아까 전까지만 해도 이 도시는 활기차고 아름다운 도시였다. 한 번 참화를 겪긴 했어도 모두들 다시 일어나서 살아가고자 하는 의지를 갖고 노력하고 있었다.

샤디카는 그러한 풍경을 무참하게 짓밟았다.

그 때문에 칼리아가 죽을 뻔했다.

그리고… 메이즈를 잃을 뻔했던 그 날의 기억이 뇌리에 박힌 채 떨어지지 않는다.

"…루그님?"

에리체가 겁먹은 기색으로 루그를 불렀다. 루그는 퍼뜩 정신을 차리고 그녀를 바라보았다. 샤디카를 생각하자 마음속에서 끓어오르는 분노가 겉으로 발산되었던 모양이다.

에리체가 고집스러운 표정을 지으며 말했다.

"같이 갈래요. 전 이래 봬도 강하니까 짐이 되진 않을 거예요."

"…뜻대로 하시죠."

루그는 그녀를 설득할 시간이 아까워서 그냥 그렇게 말하고 말았다.

"바리엔, 그럼 칼리아를 부탁해."

"맡겨둬. 너도 너무 무모한 짓 하면 안 돼."

"응."

에리체는 평소처럼 천진하게 미소 짓고는 루그와 함께 몸을 날렸다.

질풍 같이 멀어져 가는 둘의 뒷모습을 지켜보던 바리엔이 칼리아를 내려다보며 중얼거렸다.

"역시 혼자 놔두기엔 안심이 안 돼. 빨리 다녀와야겠다."

곧 바리엔은 공간 이동을 이용, 그 자리에서 벗어났다. 왕궁의 비밀 피신처에 칼리아를 두고 다시 나올 생각이었다.

"으음……."

공간 이동을 반복해서 빠르게 이동하던 중, 칼리아가 눈을 떴다. 바리엔이 물었다.

"칼리아, 괜찮아?"

"뭐가… 어떻게 된 거야?"

칼리아는 눈살을 찌푸리며 물었다. 바리엔이 대답했다.

"루그 경이 너를 구해서 나한테 맡겼어."

"루그 아스탈……."

흐릿한 시야에 그의 모습이 스쳐 간다. 자신의 앞을 가로막고 섰을 때 보였던 듬직한 등, 그리고 꿈인지 아니면 현실인지 모를… 자신을 내려다보며 울어버릴 것 같은 표정을 짓고 있던 그의 얼굴…….

"…지키고 싶었어."

환청처럼 귓가에 들러붙은 말.

정확한 의미를 알 수 없는 말이다.

무엇을, 그리고 왜?

아니, 정말 그가 그런 말을 하긴 한 것일까?

'왜…….'

이상할 정도로 가슴이 두근거린다.

칼리아는 그가 절박하게 자신의 이름을 부르던 순간들을 기억한다. 오로지 그것만이 그녀가 확신할 수 있는 현실 속의 일이다.

"칼리아!"

어떤 남자도 자신의 이름을 그런 식으로 불러주지 않았다. 죽은 부친조차도.

"칼리아? 아픈 거야?"

문득 바리엔이 물었다. 칼리아는 퍼뜩 정신을 차리고는 고개를 저었다.

"아니, 괜찮아."

그녀는 바리엔의 품에 안긴 채 불타는 도시 저편, 루그가 있을 것 같은 장소를 멍하니 바라보았다.

5

아레크스는 뭐라고 말할 수 없는 기분에 사로잡혀 있었다.

곳곳에서 피어오른 불길이 마법에 이끌려 사방으로 확산되고, 키메라들과 스피릿 비스트들이 난동을 부리며 인간을 죽인다. 아레크스는 무기를 들고 그들에게 덤벼드는 인간들을 하나하나 격퇴하고 있었다.

"와아아아앙!"

그런 그의 앞에서 아이가 울음을 터뜨렸다. 그 곁에는 핏방울이 얼굴에 튄 여자가 덜덜 떨며 아이를 안고 있었다.

그 피는 아레크스가 벤 병사들 몸에서 나온 것이다. 지금은 시체가 되어 누워 있는 기사와 병사들은 조금 전까지만 해도 키메라를 상대로 용감하게 싸우고 있었다.

그리고 그들 사이로 아레크스가 모습을 드러낸 순간, 아이와 여자는 환성을 지르고 싶은 표정을 지었다. 지옥 한가운데서 구세주를 만난 것처럼.

하지만 그러한 표정은 채 5초도 지나지 않아서 공포로 얼어붙고 말았다. 아레크스가 눈에 보이지도 않을 정도로 빠르게 인간들을 베어넘겼기 때문이다.

"어, 어째서 용족님이……."

여자는 믿을 수 없다는 듯 아레크스를 올려다보며 몸을 떨었다. 자기가 맞닥뜨린 현실을 믿을 수 없다는 것처럼.

그 시선을 마주한 아레크스는 왠지 가슴 한구석이 쿡쿡 쑤시는 것을 느꼈다.

이상하다.

왠지 모르지만 가슴이 답답하다.

"흐그극, 아앙… 와아아아앙!"

아이는 겁에 질려서 목이 터져라 울었다. 잠시 동안 멍청하니 서 있던 아레크스는 손을 뻗어서 아이의 뒷덜미를 잡고 들어 올렸다.

"아아악! 안 돼! 우리 애는 안 됩니다! 제발!"

그 동작이 워낙 빨라서 여자는 자기가 아이를 빼앗겼다는 사실을 한 박자 늦게 깨달았다. 여자는 비명을 지르며 아레크스에게 달라붙어서 아이를 향해 손을 뻗었다. 하지만 아레크스의 키가 워낙 커서 아무리 발버둥 쳐도 손이 닿지 않는다.

아레크스는 뭐라고 말할 수 없는 감각 속에서 아이를 바라보았다.

작다.

이제 두어 살 정도 되었을까?

바위 같은 거구를 가진 아레크스 입장에서 보면 손바닥 위에 올려놓을 수 있을 정도로 작은 존재다. 너무 작아서 손가락 끝에 조금만 힘을 줘도 부숴져 버릴 것처럼 위태위태하다.

아레크스는 답답함을 참지 못하고 물었다.

"왜 나를 그런 눈으로 봐?"

"와아아아아앙!"

하지만 아이는 대답하지 않는다. 눈물과 콧물 범벅이 된 채 울부짖을 뿐이다.

아레크스는 그 반응을 이해할 수 없다. 인간은 자신과 마찬가지로 지적 능력을 가진 존재다. 그리고 이 아이는… 믿기 어렵긴 하지만 아레크스 자신보다 오래 살았다.

'싫어.'

대답을 들을 수 없는 의문 때문에 괴로워하는 것이 싫다.

이 자리에 있는 것도, 울부짖는 인간들을 마주하고 있는 것도 모두 다 싫다.

화르륵…….

답답함을 견딜 수 없게 된 아레크스의 몸에 불이 붙었다.

날려 버리자. 전부 깨끗하게 태워 버리면 이런 기분도 사라질 것이다. 자신을 바라보는 저 눈도, 울부짖는 소리도 전부 지워 버리면… 이런 기분을 맛보지 않아도 될 것이다.

'사라져!'

아레크스가 그렇게 결정한 순간이었다.

갑자기 이질적인 감각이 엄습해 왔다. 허공에 작은 스파크가 튀는 듯 하더니 그의 손에 들려 있던 아이의 몸이 쑥 빠져나간다. 아이와 여자의 몸이 희미한 빛에 휘감기는 것을 보며 눈을 크게 뜨는 순간, 가슴에 시커먼 뭔가가 날아와서 충돌했다.

꽈아아앙!

폭음과 함께 아레크스의 거구가 날아가 버렸다.

3미터도 넘는 거구가 장난감처럼 날아가서 땅에 처박혔다 튀어오르고, 다시 반쯤 무너진 건물 잔해에 충돌하자 흙먼지가 폭발하듯 튀어오른다.

쿠르르릉……!

그 충격을 이기지 못하고 무너져 내리는 건물 위로 섬광이 내리꽂혔다.

퍼버버버버버벙!

수십 줄기의 섬광이 내리꽂히며 공간을 갈가리 찢었다. 반경 수십 미터를 초토화시키는 그 화력의 폭풍이 그친다 싶은 순간, 이번에는 그 위로 시커먼 형체가 나타나며 황금의 뇌광을 쏘아냈다.

콰르르르릉!

천둥소리와 함께 충격파가 터졌다.

무너진 건물은 흔적조차 남지 않았고 커다란 잔해들이 사방으로 흩어진다.

"죽었나?"

그 위쪽, 황금의 뇌격이 발생한 지점에서 보이드 아머를 두른 메이즈가 중얼거렸다.

뒤쪽에서 흑청색 갑옷을 입은 다르칸이 대꾸했다.

"글쎄. 모르겠군. 보통 드라칸이라면 죽었겠지만, 불사신에 가까운 생명력을 가진 자라고 했으니……."

다르칸은 아레크스의 손에 들려 있던 아이를 안고, 여자를 등뒤에 둔 채였다. 아레크스가 폭발하려는 순간, 둘이 끼어들어서 모자를 구해낸 것이다.

다르칸이 여자를 돌아보며 물었다.

"괜찮소?"

"……."

여자는 너무 겁에 질려서 대답조차 하지 못하고 부들부들 떨고만 있었다.

평소라면 다르칸의 존재를 보는 순간 환호했을 것이다. 하지만 방금 전, 비슷한 모습을 한 아레크스에게 희망을 짓밟혔던 상태라 혼란스러웠다.

다르칸은 안쓰러움을 느끼며 그녀에게 아이를 안겨주었다. 여자는 그제야 안도하며 눈물을 주르륵 흘렸다.

쿠르르릉……!

둘의 공격으로 초토화된 지점에서 굉음이 울렸다. 메이즈와 다르칸의 시선이 향한 지점에서 잔해가 폭발하듯 터져 나가며 붉은 드라칸의 모습이 나타났다.

메이즈가 어이없어하며 중얼거렸다.

"그렇게 난타당하고도 안 죽은 거야?"

제대로 방어를 했다면 모를까, 아레크스는 거의 무방비 상태로 공격을 맞았다. 평소에 항시 기능하는 방어 마법과 마법의 갑옷을 두르고 있는 것만으론 그 공격을 맞고 살아남을 수 없다. 그래야 정상이다.

물론 아레크스도 아무런 대가를 치르지 않은 것은 아니었다. 목에는 뼈가 덜렁거릴 정도로 깊은 상처가 났고, 가슴 아래쪽이 박살 나서 몸 안쪽이 드러나 있었으며, 오른팔은 완전히 날아갔고, 오른 다리는 완전히 으깨졌다. 날개는 볼품없이 뒤틀어졌고 꼬리도 잘려 나가서 피가 철철 흘러나온다.

정상적이라면 벌써 죽었어야 할 것이다. 그러나 아레크스의 상처 부위는 눈에 보이는 속도로 재생되고 있었다.

다르칸이 말했다.

"메이즈."

"왜?"

"이 두 사람을 안전한 곳까지 데려다다오."

"뭐? 하지만……."

"부탁이다. 혼자서 버틴다면 너보다는 내가 나을 거다."

다르칸은 격투 능력도 뛰어나지만 기본적으로는 마법사로서의 능력이 발달해 있다. 실드 콜로니를 전개하면 방어력이 강화되는 만큼 쉽게 당하진 않을 것이다.

다르칸의 눈에 깃든 결의를 본 메이즈는 고개를 끄덕였다.

"응. 금방 돌아올게."

그녀는 두 모자를 데리고 그 자리를 벗어났다.

홀로 남은 다르칸 앞에서 아레크스가 목과 머리를 재생했다. 그리고 이해할 수 없다는 표정으로 입을 열었다.

"있잖아."

우우우우웅!

그 앞에서 다르칸이 실드 콜로니를 전개했다. 무수한 방패들이 허공에 떠올라서 사방을 포위해 간다.

하나하나가 드워프 명공의 손으로 벼려진 마법의 산물들로만 이루어진 방패의 군세. 이것은 광범위한 영역을 커버하는 방어 시스템인 동시에, 다르칸의 마법 공격력을 극도로 증폭시켜 주는 화력 지원 시스템이기도 하다.

아레크스는 펼쳐지는 실드 콜로니를 무시한 채 물었다.

"넌 왜 아버지를 배신하고 인간을 지키는 거야?"

"아버지?"

"불카누스님."

아레크스의 대답에 다르칸은 잠시 혼란스러워졌다. 아레크스가 말하는 '아버지'의 의미를 좀처럼 이해할 수 없었기 때문이다.

'창조주라는 뜻인가, 아니면 진짜로 생물학적인 아버지?'

다르칸은 그렇게 생각하면서도 일단 공격을 가했다. 아레크스는 아직 몸 대부분이 파손된 상태다. 완전히 재생하기 전에 두들겨서 박살 내는 것이 현명하다.

마법이 발동하는 순간, 아레크스의 시선이 방패의 군세로 향했다. 동시에 그가 아직 덜 재생된 다리 대신 멀쩡한 반대편 다리로 땅을 박찼다.

투두두두두두!

섬광이 비처럼 쏟아지며 대지를 관통했다.

실드 콜로니를 이용해서 쏘아내는 파괴의 섬광은 변화무쌍하다. 다르칸이 쏘아내는 궤도 그대로 날아가는 게 아니라 방패들을 통해 반사되고 확산되면서 복잡한 궤도를 그려내기에 예측할 수가 없다. 루그조차도 모의전을 벌일 때는 전부 피하기를 포기하고 방어할 정도였다.

그러나 아레크스는 놀랍게도 그 모든 것을 피해내고 있었다.

'빠르다!'

다르칸은 경악했다.

인간보다 월등한 육체 능력과 감각을 가진 그의 눈에도 아레크스의 움직임이 붉은 질풍으로밖에 보이지 않았다. 한쪽 다리는 아직 온전히 재생되지도 않았는데 이런 움직임이라니!

화아아아아악!

하지만 그것도 한계는 있었다. 수백 발의 섬광을 피해내다가 구석으로 몰린 아레크스가 불의 속성력을 폭발시켰다. 동시에 폐허에 파묻혀 있던 그의 거대한 대검이 저절로 날아와서 손에 쥐어졌다.

우우우우우!

미친 듯이 휘몰아치는 폭염이 섬광을 흩어뜨리면서 울부짖는다. 강력한 힘들이 출동하면서 그 자리에 무시무시한 열풍이 불어닥쳤다.

"큭……!"

다르칸은 긴장했다. 불꽃 속에서 급속도로 몸을 재생시키는 아레크스의 마력 파동이 엄청난 수준으로 증폭되고 있었다.

다르칸도, 아레크스도 똑같은 드라칸인 만큼 잠재 능력 면에서는 별로 차이가 없어야 정상이다. 그러나 지금 아레크스가 발하는 마력 파동은 다르칸의 일곱 배를 넘는다. 그 청도 차이가 나니까 그저 속성력을 발하는 것만으로 다르칸의 마법 공격을 막을 수 있는 것이다.

'이것이 수명을 도외시한 개량의 성과인가?'

육체를 정신이 갈아입는 의복으로 정의하고, 수명이 짧아지는 부담을 무시한 채 모든 성능을 극한까지 끌어올린 결과물.

어느 순간, 두 다리와 양팔을 모두 재생시킨 아레크스가 땅을 박찼다. 긴 불의 궤적을 꼬리처럼 남기면서 다르칸에게 돌진한다. 쏟아지는 섬광을 피하면서 연이어 각도를 트는 그의 움직임은 다르칸의 눈이 따라갈 수 없을 정도였다.

'저기다!'

하지만 눈이 따라갈 수 없어도 마법은 따라갈 수 있다. 실드 콜로니의 방어 시스템이 아레크스의 움직임을 잡아내는 순간, 다르칸은 방패 세 개를 모아서 그 돌진을 저지했다.

퍼어어어어엉!

커다란 방패들이 너덜너덜해지며 튕겨져 나갔다.

그리고 미처 다르칸이 다음 대응을 하기도 전에 아레크스가 유성처럼 튀어올랐다. 위쪽에 있던 방패를 걷어차 직각으로 방향을 틀면서 다르칸의 머리 위로 떨어져 내린다.

콰아아아아앙!

불꽃이 폭발했다.

아레크스가 내리친 검격이 다르칸의 주변에 겹겹이 쳐져

있던 방어막을 일거에 가르면서 땅에 내리꽂혔다. 간발의 차이로 뒤로 피한 다르칸은 갑옷의 어깨 부분이 부서져 떨어지는 것을 보며 식은땀을 흘렸다.

"…괴물이로군."

마법은 미숙한 것 같지만, 저 신체 능력과 마력은 압도적이다. 그 둘을 감각적으로 활용하는 것만으로도 무시무시한 전투력이 나오고 있었다.

'용족의 전투 방식이 아니고, 마치… 강체술사를 보는 것 같다.'

이성보다는 감각에 기인한 전투 방식은 정말로 루그가 마법을 싸우지 않고 싸울 때를 보는 듯했다. 드라칸이 강체술을 터득하고, 불의 속성력을 가진다면 저런 방식으로 싸우게 되지 않을까?

"너."

그때 아레크스가 고개를 갸웃하며 입을 열었다.

"대답해 주면 안 돼?"

그렇게 묻는 목소리는 천진난만한 어린애 같았다. 다르칸은 잠시 동안 당혹스러워하며 그를 바라보다가, 표정을 굳혔다.

"대답해 주지."

기기기기깅!

다르칸의 뒤쪽에서 아공간이 열리면서, 그 안쪽에 있는 강대한 마력의 원천과 그의 정신이 연결되었다.

'레비아탄 코어 동조 완료.'

루그와 볼카르는 그동안 기즈누가 남긴 마력의 결정체, 레비아탄 코어를 어떻게 활용할지 고심해 왔다. 그리고 엘레멘탈 콜로니를 구축 중인 루그보다는 큰 마력의 성장을 기대하기 어려운 메이즈와 다르칸이 이것을 활용하는 것이 낫다는 결론에 도달했다.

메이즈와 다르칸은 볼카르가 직접 개량한 아공간 마법을 이용해서 '서로 공유하는' 영역에 있는 레비아탄 코어와 연결한다. 그리하여 그 안에 잠재된 강력한 마력과 물을 다루는 속성력을 끌어다 쓸 수 있게 된다.

쏴아아아아아!

공기 중의 수분이 한곳으로 몰려들면서 주변에 가득 찬 열기를 식히기 시작한다.

갑작스러운 변화에 눈을 크게 뜨는 아레크스에게 다르칸이 단호하게 말했다.

"인간이 불카누스의 열망보다 가치있는 존재라고 믿기 때문이다!"

"모르겠어."

아레크스는 혼란스러워하며 눈살을 찌푸렸다.

서로 반대편에 선 푸른 드라칸과 붉은 드라칸은 각자가 품은 신념과 혼돈 속에서 격돌했다.

6

자신이 초래한 재난 속에서 샤디카는 산책이라도 하듯이 느긋하게 걷고 있었다. 이질적인 검보랏빛 머리칼을 감출 생각조차 하지 않은 채 곳곳에서 울려 퍼지는 폭음과 비명을 즐겁게 감상한다.

그의 발걸음이 향하는 곳은 왕궁 중심부였다. 지금쯤이면 왕궁에 대기하던 병력들 대부분이 도시로 나왔을 터. 이 틈을 타서 국왕을 찾아 암살하면 그만이다.

하지만 이런 상황에도 상당수의 병력이 왕궁을 지키고 있었다.

"끄어어어어······."

샤디카의 눈앞에서 배를 깊숙이 베인 왕궁 수비대원이 쓰러졌다.

샤디카는 그를 무시하고 걸었다.

주변에는 수십 구의 시체가 널브러져 있었다. 그들은 샤디카의 걸음을 늦추지도 못하고 마법에 학살당했다.

지금, 비장의 장비를 갖춘 샤디카의 모습은 이질적이었다.

일반 갑옷에 비해 훨씬 슬림하게 몸에 달라붙는, 수십 개의 파츠로 이루어진 검보랏빛 갑옷을 입고 양손에는 붉은 광택을 흘리는 장갑을 끼었는데 마치 악마의 손처럼 흉악해 보인다.

문득 샤디카가 본궁 위쪽을 올려다보며 중얼거렸다.

"국왕이 쓸데없이 용감하군. 보통 이런 때는 일찌감치 안전한 곳으로 피신해야 할 것 같은데, 뭐 그만큼 일이 편해지니 좋지만."

그가 주변에 띄워둔 관측용 도구들이 입체적으로 정보를 수집해서 전달해 주고 있었다. 블레이즈 원의 자료에 있던 국왕의 인상착의와 동일한 인간이 본궁 꼭대기층에 있는 것을 확인했다. 일단 위치를 알았으니 처리하기는 쉽다.

샤디카는 걷기를 그만두고 땅을 박차고 날아올랐다. 단번에 국왕을 암살하고 큰 생체 에너지를 지닌 인간을 찾아볼 생각이었다.

―경고. 고속으로 접근 중인 고에너지체 포착.

관측용 도구들이 경고를 전달해 왔다. 샤디카가 전달된 정보를 따라서 고개를 돌리는 순간, 본궁의 벽을 타고 달려온 인간이 그에게 달려들었다.

쾅!

폭음이 울리며 샤디카의 몸이 지상에 떨어졌다. 자세를 바로 하고 착지하긴 했지만 미처 충격을 상쇄하지 못해서 바닥이 움푹 꺼지며 흙먼지가 일었다.

"호오!"

샤디카의 청회색 눈동자가 빛났다.

허공에서 샤디카와 격돌했던 인간이 그 반동을 이용해서 본궁 벽에 달라붙어 있었다. 반백의 금발에 부리부리한 눈매, 그리고 바위 같은 근육질을 가진 중년 사내.

　로멜라 왕국 최강의 강체술사, 발타르 나탈이었다.

　"네놈이 이 사태의 원흉이냐?"

　"그렇다면?"

　샤디카가 재미있다는 듯 웃으며 되물었다. 그러자 발타르가 으르렁거리며 허공으로 날아올랐다.

　"흔적도 남기지 않고 짓밟아주마!"

　그의 몸이 고속으로 낙하하며 죽 뻗어 올라갔던 다리가 샤디카를 향해 내리꽂혔다.

　"스톰 폴!"

　콰아아아아앙!

　폭음과 함께 지면이 박살 나며 충격파가 원형으로 퍼져 나간다.

　간발의 차이로 공격을 피한 샤디카는 등골이 서늘해지는 것을 느꼈다. 처음에는 장비로 강화된 힘을 믿고 정면으로 받아낼 생각이었으나 마지막에 생각을 바꿔서 다행이었다. 안 그랬으면 팔이 부러졌을지도 모른다.

　파칫!

　흙먼지 저편에서 보이지 않는 힘의 파동이 그를 맹습했다. 주변에 쳐둔 마법의 장막과 충돌하며 스파크가 튄다.

'기격!'

그것은 샤디카가 기격에 감각이 교란당하는 것을 대비하여 쳐둔 방어 마법이었다.

다음 순간 발타르가 흙먼지를 뚫고 튀어나왔다. 소용돌이치는 화염을 휘감은 그의 발이 공간을 꿰뚫었다.

"라이징 스톰!"

콰아아아아아!

폭염의 격류가 샤디카를 휘감았다. 본궁 앞쪽의 정원을 일거에 휩쓰는 폭염이 번져 나갔다.

그러나 그것도 잠시, 폭염 한가운데가 반으로 갈라지면서 검보랏빛 머리칼을 휘날리는 샤디카가 걸어나왔다. 발타르가 혀를 찼다.

"한 수 재간이 있는 놈이구나."

"이름이 뭐냐? 6단계의 강체술사."

샤디카가 물었다. 그의 얼굴은 흥분으로 들떠 있었다.

발타르는 눈살을 찌푸렸다가 대꾸했다.

"알아서 뭐하게?"

"너를 죽인 뒤 기억할 생각이지. 내 이름은 샤디카. 세상에 단 하나뿐인 아크 드레이크다."

샤디카는 씩 웃으며 엄지손가락으로 목을 긋는 시늉을 했다.

실로 오랜만에 마주한 제6단계에 도달한 강체술사의 존재에 가슴이 미친 듯이 요동치고 있었다. 이곳에 올 때부터 품고 있던 기대가 현실로 나타났다.

'자, 과연 네가 내 공허를 채워줄 수 있는 존재일까?'

샤디카는 혀로 입술을 핥으며 탐욕스러운 눈으로 발타르를 바라보았다. 당장에라도 그를 덮쳐 어느 정도의 능력을 가졌는지 확인해 보고 싶어서 몸이 근질거린다.

발타르가 코웃음을 치며 대답했다.

"어차피 죽을 놈이 들어봤자 기억할 일도 없겠다만, 그래도 바란다면 가르쳐 주마. 내 이름은 발타르 나탈!"

그의 몸을 감싸고 불꽃과 융합한 스파이럴 스트림이 무시무시한 기세로 가속하기 시작했다.

"오더 시그마의 권사이며, 위대한 로드리고의 의지를 잇는 자다!"

동시에 발타르가 광포한 기세로 샤디카를 덮쳐 갔다.

『폭염의 용제』 제12권에 계속…

老莊道海

촌부 **新무협** 판타지 소설
FANTASTIC ORIENTAL HEROES

천애
협로

『우화등선』,『화공도담』의 뒤를 잇는
작가 촌부의 또 하나의 도가 무협!

무림맹주(武林盟主), 아미파(峨嵋派) 장문인(掌門人),
군문제일검(軍門第一劍), 남궁세가(南宮勢家)의 안주인.

그들을 키워낸 어머니─
진무신모(眞武神母) 유월향(柳月香)!

어느 날, 그녀가 실종되는데……

"하, 할머니는 누구세요?"

무한삼진의 고아, 소량(少雨)에게 찾아온 기이한 인연.

세상과 함께 호흡을 나눌 수 있다면(天地同息)
천하의 이치를 모두 얻으리라(天下之理得)!

이제, 천하제일인과 그녀가 길러낸
마지막 자손의 이야기가 펼쳐진다!

Book Publishing CHUNGEORAM

유행이 아닌 자유추구
WWW.chungeoram.com

소드 슬레이어

류연 판타지 장편 소설

FANTASY FRONTIER SPIRIT

그날로 돌아간 그 순간부터 입버릇처럼 붙은 한마디.
"생각해라, 아서 란펠지."

귀족 반란에 휘말린 채 죽어야 했던 기사, 아서 란펠지.
600년 전 마룡 카브라로 인해 봉인당한 세 용사의 영혼.
버려진 이름없는 신전에서 그들이 만났을 때
운명은 또 다른 전설의 서막을 알렸다!

소드 슬레이어!

힘없이 죽어간 모든 인연들을 위하여
무력하고 허망했던 어제를 딛고
멈추지 않는 오늘을 달려 내일을 잡아라!

위선에 가득찬 검들을 향해
여섯 번째 마나 소드, 에스카룬의 검이 질주한다!

Book Publishing CHUNGEORAM

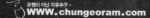

유행이 아닌 자유추구 -
WWW.chungeoram.com

정민교 新무협 판타지 소설
FANTASTIC ORIENTAL HEROES

2011년 대미를 장식할
준.비.된. 작가 정민교의 신무협이 온다!
『낭인무사(浪人武士)』

"죄수 번호 사천이백삼, 담운!"
"……!"
"출옥이다."

만두 하나.
고작 그 하나에 이십 년 옥살이를 한 소년, 담운.
그 답답하고 억울한 마음을 풀어낸다!

무림맹! 구대문파! 명문세가!
겉만 번지르르한 놈들은 다 사라져라!
겉과 속이 다른 너희들을 심판하리 내가 왔다!

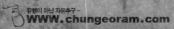

Book Publishing CHUNGEORAM

유행이 아닌 자유추구 –
WWW. chungeoram.com